1565

Das Buch
Förster ist ein Schriftsteller, dem nichts mehr einfällt. Von seinem neuen Buch existiert schon seit Langem nur der erste Satz. Seine Freundin treibt sich derweil auf den Äußeren Hebriden herum. Sein Nachbar Dreffke trägt auch mit siebzig noch knappe Badehosen, aber was er hustet, sieht nicht gut aus. Fränge und Brocki, die Förster seit der Schulzeit kennt, geht es auch nicht besser. Der eine ist drauf und dran, seine Ehe an die Wand zu fahren, der andere scheitert an den Herausforderungen des modernen Lebens. Und dann ist da noch Finn, der wohlstandsverwahrloste Teenager. Sie alle müssen mal raus hier. Da trifft es sich gut, dass Försters verwirrte Nachbarin Frau Strobel, die betagte Saxofonistin, einen Brief aus der Vergangenheit erhält. In Fränges altem Bulli fahren sie alle sechs an die Ostsee, um dem Reunion-Konzert der Tanzkapelle Schmidt beizuwohnen. Vor allem aber, um sich – die eigene Vergangenheit im Gepäck – der Zukunft wie einer steifen Meeresbrise entgegenzustellen.

Der Autor
Frank Goosen hat neben seinen erfolgreichen Büchern, darunter »Raketenmänner«, »Sommerfest« und »Liegen lernen«, zahlreiche Kurzgeschichten und Kolumnen in überregionalen Publikationen und diversen Anthologien veröffentlicht. Darüber hinaus verarbeitet er seine Texte teilweise zu Soloprogrammen, mit denen er deutschlandweit unterwegs ist. Einige seiner Bücher wurden dramatisiert oder verfilmt. Frank Goosen lebt mit seiner Frau und seinen beiden Söhnen in Bochum. Weitere Informationen finden Sie auch unter www.frankgoosen.de.

Weitere Titel bei Kiepenheuer & Witsch
»Sommerfest«, Roman, KiWi 1333, 2014. »Mein Ich und sein Leben«, Roman, KiWi 1458, 2015. »Sechs silberne Saiten«, KiWi 1448, 2015. »Liegen lernen«, Roman, KiWi 1457, 2015. »Raketenmänner«, Roman, KiWi 1482, 2016.

FRANK GOOSEN
Förster, mein Förster

Roman

Kiepenheuer & Witsch

Verlag Kiepenheuer & Witsch, FSC® N001512

1. Auflage 2018

© 2016, 2018 Verlag Kiepenheuer & Witsch, Köln
Alle Rechte vorbehalten. Kein Teil des Werkes darf in
irgendeiner Form (durch Fotografie, Mikrofilm oder
ein anderes Verfahren) ohne schriftliche Genehmigung
des Verlages reproduziert oder unter Verwendung
elektronischer Systeme verarbeitet, vervielfältigt oder
verbreitet werden.
Umschlaggestaltung und -motiv: Rudolf Linn, Köln
Gesetzt aus der Scala, der Scala Sans und der Courier Prime
Satz: Buch-Werkstatt GmbH, Bad Aibling
Druck und Bindung: CPI books GmbH, Leck
ISBN 978-3-462-05062-2

Für Maria

ERSTER TEIL
*Im All musst du ehrlich sein,
so weit weg von der Erde*   9

ZWEITER TEIL
*Der Salvador Dalí des
unfreiwillig komischen Jiu-Jitsu*   121

DRITTER TEIL
Susi Rock   225

ERSTER TEIL
*Im All musst du ehrlich sein,
so weit weg von der Erde*

1 Noch früh, aber schon hell

Es war noch früh, aber schon hell, als Förster, den alle bereits in der Schule nur beim Nachnamen gerufen hatten, auf dem Weg nach Hause auf einer Eisenbahnbrücke stehen blieb, um sein Bier auszutrinken und nachzudenken. Eigentlich müsste man mal weg hier, dachte er. Irgendwohin, wo man den Gegner auf sich zukommen sah, wo der sich nicht hinter der nächsten Häuserecke, einem am Straßenrand geparkten Auto oder in einer Toreinfahrt verstecken konnte, sondern wo die Landschaft flach und offen war, norddeutsche Tiefebene etwa oder Atlantikküste oder Iowa oder das australische Outback. Out und back, draußen und hinten, das war sicher sehr weit weg und flach und offen und außerdem still. Still musste es schon sein, weil: Stille bekam man hier nicht, niemals, nirgends, irgendwer oder irgendwas meldete sich immer, ein Kind, ein Auto, ein Radio, und wenn nicht, war da immer noch das Rauschen der Autobahnen und Hauptverkehrsstraßen, das führte alles früher oder später in den Wahnsinn, da musste man sich nichts vormachen.

Förster dachte kurz daran, die leere Flasche auf die Bahngleise zu werfen, einfach, weil man manchmal etwas irgendwo gegen- oder irgendwo runterschmeißen musste, um zu zeigen, dass man es noch in sich hatte, dass man nicht alles hinnahm, noch fähig war zum Protest, zur Anarchie oder wenigstens sich aufzuregen über die eigenen Unfähigkeiten, angefangen bei der, am frühen Sonntagmorgen eine leere Bierflasche von einer Brücke zu werfen. Denn natürlich warf er sie nicht, die Flasche, das war ja albern und pubertär und ziemlich asi, und außerdem war da noch Pfand drauf.

Er riss sich vom Anblick der Bahnlinie los und wollte weitergehen, sah dann aber etwas auf dem Bürgersteig sitzen. Zuerst hielt er es für ein großes Blatt, aber als er näher kam, sah er, dass es ein Hamster war. Der sieht nicht gut aus, dachte Förster. Wobei er nicht wusste, wie ein Hamster aussah, wenn es ihm gut ging, eigentlich sahen solche Tiere doch immer gleich aus. Wer was anderes behauptete, redete sich was ein und hatte als Kind zu oft *Lassie* gesehen oder *Flipper* oder *Daktari* oder *Boomer der Streuner* oder, wenn die Kindheit besonders hart gewesen war, *Unser Charly*.

In Försters Augen saß da also ein Hamster ohne besondere Kennzeichen an einem frühen Sonntagmorgen auf einer Brücke und machte Pause. Der muss einen ziemlichen Weg hinter sich haben, dachte Förster, die nächsten Häuser sind bestimmt fünfhundert Meter weit weg, und fünfhundert Meter waren für jemanden mit so kurzen Beinen eine Wahnsinnsdistanz.

Der Hamster blieb sitzen, auch als Förster ganz nah ranging. Jetzt sah Förster, dass der Kleine ganz schön am Pumpen war, völlig außer Atem. Die Straße war menschenleer, niemand war unterwegs, um nach dem Tier zu suchen. Den kann ich hier nicht sitzen lassen, dachte Förster, irgendwann rennt der auf die Straße und wird platt gefahren. Man könnte eher eine Flasche von einer Brücke werfen, als ein hilfloses Tier in den Untergang rennen zu lassen. Förster ging in die Hocke und strich dem Hamster übers Fell.

Der hielt still, starrte vor sich hin und pumpte ohne Ende. Er wehrte sich nicht, als Förster ihn aufhob und in seiner Hand barg. Und entweder war das ein sehr kleiner Hamster oder Förster hatte größere Hände als gedacht, denn die Hand war für den Kleinen praktisch eine Anderthalbzimmerwohnung, nur hoffte Förster, dass das Klo draußen auf dem Gang war. Er steckte das Tier vorsichtshalber in die Tasche seines Cordjacketts und entschloss sich dann, die Abkürzung über den Friedhof zu nehmen.

Richtig still war es selbst hier nicht, das Autorauschen verfolgte einen auch auf dem Friedhof, woraus Martina sich mal die Vorstellung gebastelt hatte, dass diese Gleichzeitigkeit von Tod und Leben schon ganz passend war, das Leben unvergessbar, unverdrängbar, unüberhörbar, selbst auf dem Friedhof. Förster hatte geantwortet, dass er dafür war, die Sphären klar zu trennen, hier das Leben, da der Tod, denn wie sollte man sich auf das eine konzentrieren, wenn einem das andere ständig dazwischenrauschte?

Er verließ den Hauptweg und ging einen der Nebenwege bergauf. Er überlegte gerade, auf einer der hier aufgestellten Bänke eine Pause einzulegen, vielleicht ein wenig mit dem Hamster zu reden, hatte dann aber die Sorge, er könne einschlafen, was ihm auf dem Friedhof ziemlich unangenehm gewesen wäre, als er auf einer der Bänke einen Mann in einem dunklen Anzug liegen sah. Der Mann bewegte sich nicht. Da war kein Heben und Senken des Brustkorbs zu erkennen. Ein Toter, der es nicht mehr bis ins Grab geschafft hatte.

Und der im nächsten Moment mit einem lauten Stöhnen zurück ins Leben fand.

Förster zuckte zusammen und krallte sich an der leeren

Bierflasche fest. In seiner Jackentasche schien der Hamster sich aufzuregen. Klar, der wollte seine Ruhe, der war erschöpft, der hatte ziemlich Meter gemacht aus seinem Käfig und der Wohnung, in der er lebte, bis auf die Brücke, aber er konnte auch froh sein, dass er da in der Tasche hockte und nicht mitansehen musste, wie der Mann sich auf die Seite drehte und neben die Bank übergab. Dann bemerkte er Förster, tat aber völlig unbeeindruckt.

»Kann ich Ihnen helfen?«, fragte Förster.

»Sehe ich aus, als ob ich Hilfe brauche?«

Dazu sagte Förster lieber nichts.

»Ist da noch was drin?«, fragte der Mann und meinte die Bierflasche in Försters Hand.

»Nein.«

»Wieso schleppen Sie die dann mit sich rum?«

»Da ist noch Pfand drauf.«

»Ach so.«

Förster wollte weitergehen, der Mann hielt ihn auf. »Da bewegt sich was in Ihrer Tasche!«

»Das ist ein Hamster.«

Der Mann nickte. »Natürlich, warum nicht. Können Sie mir sagen, wie spät wir haben?«

»Kurz vor sechs.«

»Morgens oder abends?«

»Morgens.«

»Verdammt, ich muss in den OP!«

»Am Sonntag?«

»Dringende Sache. Ich habe Bereitschaft. Die haben mich von einer Hochzeit weggeholt. Ich muss los!«

Der Mann stand auf und wäre beinahe gleich wieder umgefallen. Förster stützte ihn.

»Ich muss da lang!«, sagte der Mann und ging in die Richtung, aus der Förster gekommen war. Er schwankte, spuckte aus, nahm ein Taschentuch aus der Hosentasche und wischte sich damit über die Stirn.

Ja, dachte Förster, ich muss unbedingt mal weg hier.

2 FKK

War er gerade noch ziemlich müde gewesen, was nach dieser langen Nacht nicht verwunderlich war, so überkam ihn nun dieses trügerische Gefühl falscher Wachheit, das sich oftmals einstellte, wenn man einen gewissen Punkt überschritten hatte. Das kannte man ja noch von früher, wo man über diesen Punkt öfter hinauszugehen pflegte. Früher hieß in diesem Fall vor einem Vierteljahrhundert, was sich noch schlimmer und schräger anhörte als fünfundzwanzig Jahre, denn sobald ein Jahrhundert im Spiel war, wurde es ernst. Förster war jetzt seit fast zwanzig Stunden wach und hatte im Laufe der Nacht und des sehr langen, sehr ernsten Gespräches mit All ungezählte Biere getrunken, allerdings über einen so ausgedehnten Zeitraum, dass er – im Gegensatz zu Fränge, der das Bier des Öfteren mit Tequila hinuntergespült hatte – nie richtig betrunken geworden war.

Weil ihm alles gerade so schön und leicht vorkam, machte Förster noch einen kleinen Umweg über das FKK-Gelände, vorbei an dem Schild, das jeden potenziellen Spanner darüber aufklärte, dass es hier um Höheres ging als nackte Leiber: Freie Kunst Kooperative stand da zu lesen. Früher hatte hier ein Stahlwerk gestanden, heute war das Gelände eine weitgehend verwilderte Brache, auf der sorgsam verteilt Plastiken herumstanden, ein regelrechter Skulpturenpark war hier entstanden, auf der Rückseite des alten Verwaltungsgebäudes, das als Einziges übrig geblieben war, als man das Stahlwerk abgerissen und, jedenfalls zum Teil, nach China verkauft hatte, was ja eigentlich eine groteske Vorstellung war, dachte Förster: Stahlwerk auseinandernehmen, ab aufs Schiff und nach China, als wären da Griffe und Scharniere dran zum Zusammenklappen und Wegtragen. Das konnte man sich ja gar nicht vorstellen, also dass es billiger sein sollte, so ein Stahlwerk in Deutschland zu kaufen, als es in China einfach selber zu bauen, aber letztlich ging Förster das nichts an.

In dem früheren Verwaltungsgebäude waren jetzt Ateliers untergebracht, und in dem großen Sitzungssaal mit dem an Werke des sozialistischen Realismus erinnernden Mosaik, das Szenen aus dem Alltag der Stahlarbeiter zeigte, fanden Vernissagen, Sonderausstellungen und auch Lesungen oder Performances statt, was oft schräg und bescheuert, aber nie langweilig war. Monika hatte im zweiten Stock nicht nur ein Studio, sondern machte immer wieder Fotos für die hier arbeitenden Künstler, außerdem hatte die Uli ein Atelier im Parterre, und Fränge organisierte im Sitzungssaal Veranstaltungen, für die das Café Dahlbusch zu klein war. Förster kannte sich hier also aus, und dann saß da vor der Tür, das Gesicht mit geschlossenen Augen in die Morgensonne gehalten: die Uli. Ein erstaunlicher Zufall, aber am Ende auch wieder ganz logisch, dass er nach diesem sehr langen, sehr ernsten Gespräch mit Fränge auch noch dessen Frau über den Weg lief, denn so benahm sich das Leben manchmal: Es tat so, als wäre es eine zusammenhängende Geschichte. Nur: Was machte die Uli hier so früh am Morgen, noch dazu an einem Sonntag? Vorbeischleichen wäre blöd und feige gewesen, außerdem konnte es sein, dass sie ihn schon von Weitem gesehen hatte, also stellte Förster sich ihr in die Sonne, sodass ein Schatten auf ihr Gesicht fiel und sie die Augen öffnete.

»Förster«, sagte die Uli.

»Die Uli«, erwiderte Förster.

»Ich hab dich schon von Weitem gesehen und dachte noch: Wer streift denn da durch unseren Park, aber dann habe ich dich erkannt und war beruhigt, dass der Förster mal wieder nach dem Rechten sieht in Wald und Flur.«

Die Uli saß auf einem alten weißen Plastikstuhl, so einem zum Stapeln, der auf Millionen Balkonen dieser Welt zu finden ist, und hatte die Füße auf einen zweiten Stuhl gleichen Modells gelegt, von dem nahm sie ihre Füße jetzt runter, schob ihn Förster hin und fragte: »Kaffee? Ich hab drinnen noch welchen.«

»Danke«, sagte Förster und setzte sich, »aber ich will noch was schlafen.«

Die Uli hielt ihr Gesicht wieder in die Sonne. »Du warst mit meinem Mann unterwegs?«

»Schuldig.«

»Er hat also für die ganze Nacht ein Alibi?«

»Braucht er eins?«

»Kann nie schaden.«

Förster nickte. »Stimmt auch wieder.«

»Wieso bist du jetzt alleine unterwegs?«

»Er ist mir abgehauen, als wir aus dem Loft raus sind.«

»Ihr wart im Loft?«

»Auf der Treppe nach unten ist er mir ausgebüxt. Da kamen uns welche entgegen, und er war schneller.«

»Für das Loft seid ihr doch viel zu alt.«

»Da könnte was dran sein.« Was im Loft passiert war, dazu wollte Förster lieber keine Angaben machen.

Die Uli machte die Augen auf und sah Förster an.

»Ganz ehrlich, Förster, das Loft! Hat der sie noch alle, mein Mann?«

»Woher weißt du, dass es seine Idee war, da hinzugehen?«

»Weil du in Würde altern kannst.«

»Niemand altert in Würde.«

»Stimmt, du schleppst eine leere Bierflasche mit dir rum.«

»Da ist noch Pfand drauf.«

»Kannst sie hier stehen lassen. Ich geb dir das Geld.«

»Nee, nee. Es war mir nur zu blöd, die irgendwo stehen zu lassen oder runterzuschmeißen.« Förster stellte die Flasche neben seinen Stuhl, wobei sein Blick auf etwas fiel, das neben dem Gebäude im hohen Gras lag, ein Mann vielleicht, nur größer und ganz rot, mit großen Poren, und bevor er fragen konnte, stand die Uli auf und bedeutete ihm mit einer Kopfbewegung, ihr zu folgen. Und so standen sie dann vor dem, was da im hohen Gras lag, eindeutig ein Mann bäuchlings, ein Bein angewinkelt, eines ausgestreckt, den Kopf auf den linken, ausgestreckten Arm gelegt, den rechten angewinkelt, die Hand locker neben dem Gesicht. Es war dunkelroter Lava-Tuff, woraus die Uli den Mann gehauen hatte, das wusste Förster deshalb, weil Lava-Tuff zu ihren bevorzugten Materialien gehörte, neben Kalksandstein, Beton oder Gips.

Wie sie so neben ihm stand, die Uli, fiel ihm nicht zum ersten Mal auf, dass sie fast genauso groß war wie er selbst, höchstens zwei oder drei Zentimeter weniger als die eins dreiundachtzig, die Förster immer noch an den Türrahmen brachte, aber sie hatte besser definierte Oberarme, als er sie je gehabt hatte, das kam davon, wenn man den ganzen Tag mit Hammer und Meißel auf Steine einprügelte.

»Neu?«, fragte er.

»Ziemlich.«

»Jemand Bestimmtes?«

»Sag du es mir.«

»Könnte Fränge sein.«

»Wenn du meinst.«

»Muss aber nicht.«

»Nee, nee«, sagte die Uli.

»Interesse an einem Haustier?«

»Wieso?«

»Ich hätte einen Hamster im Angebot.«

»Der schafft hier keine drei Tage, bis was auf ihn drauffällt. Das gibt eine Sauerei, also lieber nicht.«

»Guck mal«, sagte Förster, hielt die Tasche seines Jacketts ein wenig auf und erzählte, wo er das Tier gefunden hatte.

»Wie kommt ein Hamster so weit? Mit so kurzen Beinen? Da sind doch gar keine Häuser in der Nähe.«

»Ich nehme ihn erst mal mit nach Hause. Vielleicht macht ja jemand einen Aushang.«

»Ich glaube«, sagte die Uli, »ich habe noch nie einen Aushang gesehen, dass jemand einen entlaufenen Hamster sucht. Ich denke, das lohnt sich nicht, die werden ja nur zwei Jahre alt, und wenn einer weg ist, ist er eben weg. So ein Hamster ist das reinste Vergänglichkeitssymbol.«

Die Uli ging zu einem Tisch, der ein paar Meter neben

den Plastikstühlen stand, griff nach einer Packung Zigaretten und zündete sich eine an.

»Förster«, sagte sie nach ein paar Zügen, »weißt du, was mit dem Fränge los ist?«

Es war klar oder zumindest nicht unwahrscheinlich gewesen, dass diese Frage aufkommen würde, weshalb Förster ja erst kurz daran gedacht hatte, sich wegzuschleichen, bevor die Uli ihn bemerkte.

»Ach, Uli«, sagte Förster, »das bringt nichts.«

Die Uli zog wieder an ihrer Zigarette und blickte über die Brache hinweg. »Als Kind hatte ich einen Hamster«, sagte sie nach ein paar Sekunden. »Rotz und Wasser habe ich geheult, als der eingegangen ist.« Sie sah Förster an. »Weißt du eigentlich, dass sie das ganze Gelände hier verkaufen wollen?«

»Ich habe davon gehört.«

»Erst waren sie froh, dass wir hier drin waren, so ist das Gebäude nicht verfallen, und gut fürs Image war es auch, Kunstförderung und so, aber jetzt steht da einer mit einem Koffer voller Dollars auf der Matte, und wir müssen in drei Monaten raus.«

»Ich dachte, ihr hättet noch ein Jahr.«

»Drei Monate, Förster. Das ist wie 'ne Krebsdiagnose, ich sage es dir. Bei einer Vernissage hatte ich mal so einen Anzugträger hier, der hat sich eine Skulptur von mir angesehen, ziemlich groß, die drei Frauen, du erinnerst dich vielleicht. Der Typ fragt mich, wie lange ich an so etwas arbeite. Hab ich ihm gesagt. Dann hat er gefragt, wie viel das kostet. Hab ich ihm auch gesagt. Dann hat er einen Moment nachgedacht und gemeint, dass man im Knast wahrscheinlich einen höheren Stundenlohn bekommen würde. Ich hab gesagt, das kann schon sein. Der hat mich nicht nur bedauert, der hat mich für krank gehalten. So sieht es aus. Knast ist vielleicht eine Lösung, dann müsste ich mir keine Gedanken mehr über Fränge machen, aber ich bin ja nicht nur Steineklopperin, ich bin auch noch Mutter, also wird vorläufig nichts aus dem lukrativen Urlaub hinter den Schweden ihren Gardinen.«

»Ich muss los«, sagte Förster.

»Tschuldigung«, sagte die Uli, warf die Zigarette auf den Boden und trat sie mit ihren schweren Bikerboots aus. »Ich sülz dich hier voll, dabei hat das sicher mein Mann schon die ganze Nacht getan.«

»Ich will mich noch ein bisschen hinlegen.«

Die Uli umarmte ihn und flüsterte ihm ins Ohr: »Pass auf dich auf, Förster.«

3 Die Äußeren Hebriden

Förster schlief bis kurz nach zwölf und machte sich dann ein Frühstück mit Rührei, Toast und schwarzem Kaffee, auch wenn er davon höchstwahrscheinlich wieder Sodbrennen bekommen würde, weil man das alles ja nicht mehr so einfach wegsteckte wie früher, wo man alles Mögliche in sich hatte hineinstopfen können, ohne dass es irgendeine Wirkung zu haben schien, aber heute, da musste man schon aufpassen, andererseits hatte er Riopan im Haus, und die Sonne schien, und wie er da so am offenen Fenster saß und in den Garten schaute und das gut gewürzte, mit Schnittlauch angereicherte Rührei auf weißem Buttertoast aß, wusste er, dass er die richtige Entscheidung getroffen hatte, und das war doch schon mal was, eine Entscheidung, die sich richtig anfühlte, der Tag würde nicht völlig scheitern, das war bereits klar.

Er hörte die Kellertür unter seinem Fenster aufgehen und schwere Schritte die Treppe hochkommen. Dann stand Dreffke, der pensionierte Cop, einen Liegestuhl am langen Arm, vor dem offenen Fenster und sagte: »Mann, Förster, du hast ein Leben!«

»Es ist Sonntag, Dreffke, da hat jeder ein Leben.«

»Für dich ist doch jeder Tag ein Sonntag. Dein ganzes Leben ein einziges Wochenende. Wo hast du dich heute Nacht wieder rumgetrieben? Hast du die Puppen tanzen lassen, nur für dich?«

»Ich hatte tolle Gespräche.«

»In runtergekommenen Eckkneipen, die es eigentlich kaum noch gibt und wo keiner dich kennt und dich deshalb auch keiner fragen kann, wie es mit der Arbeit vorangeht?«

»Ich war in einer Diskothek, Club nennt man das heute.«

»Diskothek, Club, soso. Ich nehme an, da hast du den Altersdurchschnitt massiv nach oben getrieben.«

»Kann man sagen.«

»Was sagt deine Freundin dazu?«

»Sie ist noch unterwegs. Auf den Äußeren Hebriden.«

»Das ist aber ziemlich weit weg.«

»Nicht so weit wie das australische Outback.«

»Outback, da ist nichts los, das sagt schon der Name!«

»Mag sein, aber es ist schön flach.«

»Wieso? Willst du Fahrrad fahren?«

»Nicht, wenn ich es vermeiden kann.«

»Wer braucht Australien, wenn er diese tolle Wiese haben kann? Angebot: Ich habe unten noch eine zweite Liege. Du bist blass wie Edward Cullen.«

»Wer ist das?«

»Du weißt gar nichts, was? Das ist die Hauptfigur in diesen Filmen über liebeskranke Vampire.«

»Wieso kennst du dich mit so was aus?«

»Habe ich mit meiner Enkelin auf DVD gesehen. Ist natürlich totaler Schrott, aber man muss wissen, was da draußen läuft. Bei denen, die wirklich noch jung sind und nicht nur so tun.«

»Das ist aber auch schon wieder ein paar Jahre her, das lief schon im Fernsehen, so hip und aktuell kann das auch nicht mehr sein.«

Dreffke brummte ein Brummen, das man früher manchmal im Radio zu hören gekriegt hatte. Jetzt schon länger nicht mehr, dachte Förster, wahrscheinlich, weil alles längst digital ist. Nicht, dass ihm das Radiobrummen fehlte. Es fiel ihm nur auf. Jedenfalls sagte Dreffke: »Das hat meine Enkelin auch gesagt. Als ich von ihr weg bin, hat sie zum Abschied gesagt, dass es schön war mit Opa, also habe ich gesagt, dass wir uns ja auch den zweiten Film aus dieser Vampir-Serie angucken könnten, und da druckste sie so ein bisschen herum und meinte dann, dass das mittlerweile eher was für ihre kleine Schwester sei. So weit ist es schon, dass die jungen Leute Vampir-Filme aus Mitleid mit ihrem Großvater angucken. Damit der nicht so einsam ist. Herrgott, Vampire mit Liebeskummer! Was für ein Quatsch! Jetzt komm raus und leg dich in die Sonne, Förster!«

»Ich lege mich hier nicht auf den Präsentierteller und lasse mich aus den anderen Häusern begaffen.«

»Du überschätzt dich. Wenn du neben mir liegst, wirst du gar nicht wahrgenommen.«

Dreffke ging in die Mitte des kleinen Rasenstücks, entfaltete seinen Liegestuhl und zog seine Trainingsjacke aus. Untenrum trug er nur eine dieser winzigen Badehosen, wie sie in den Siebzigern modern gewesen waren. Dreffkes Modell war definitiv ein Original. Er streifte die Adiletten von den Füßen und legte sich ab. Dreffke war braun von oben bis unten, sein ganzer Körper wirkte hart wie eine Schreibtischplatte. Der Brustkorb war ein ausgeklapptes Akkordeon, also oben breit, unten schmal, nur ohne Falten, der Bauch eine Bongo.

Förster spülte den Teller und das Besteck ab und blickte zwischendurch immer wieder in den Garten. Dreffke lag da wie angenagelt, völlig bewegungslos, die Augen geschlossen, siebzig Jahre alt und eins mit sich und der Welt.

Förster stellte dem Hamster frisches Wasser in die große Kiste, die er heute Morgen noch aus dem Keller geholt und mit Zeitungspapier ausgelegt hatte, aber das Tier war nicht zu sehen, hatte sich noch immer in der kleinen Kiste verkrochen, die Förster umgedreht und mit ausgeschnittenem Eingangsloch in die große gestellt hatte, weil solche Viecher ja nachtaktiv waren und sich bei Sonnenlicht versteckten wie Vampire. Der Vergleich gefiel Förster, und er beschloss, den Hamster Edward Cullen zu nennen.

Als er ihn heute früh aus der Jackentasche genommen hatte, hatte dessen Herz im Rhythmus eines Maschinengewehrs mit gefühlt tausend Schuss pro Minute gerattert. Förster wusste nicht, was solche Nager üblicherweise für einen Ruhepuls hatten, aber der Kleine hatte einiges hinter sich, da konnte einem schon mal der Blutdruck nach oben gehen. Außerdem hatte Förster auch noch schnell gegoogelt, was man Hamstern zu essen geben konnte. Das Einzige, was einigermaßen passte und Förster im Haus hatte, waren Möhren, also hatte er eine klein geschnitten und in die Kiste gelegt. Die Möhre lag immer noch da.

Als das Telefon klingelte, war Försters erster Gedanke: Hoffentlich wird der Hamster nicht wach!

Monika ging es gut. »Förster, mein Förster«, sagte sie, »wie geht es dir ohne mich?«

»Ich habe den Sonnenaufgang erlebt.«

»Ich hoffe, allein.«

»Sind die Äußeren Hebriden immer noch so weit draußen wie der Name behauptet?«

»Ganz am Rande der Erdenscheibe. Wir müssen aufpassen, dass wir nicht ins Urmeer fallen. Im Ernst, du solltest dabei sein. Vielleicht fahren wir hier mal zusammen hin.«

»Vielleicht aber auch ins Outback.«

»Outback? Da ist doch nichts los!«

»Ich weiß, das sagt ja schon der Name. Aber auf den Äußeren Hebriden geht die Post ab, oder was?«

»Das Meer, Förster, das Meer! Wo das Meer ist, geht immer die Post ab.«

»Außer an der Ostsee.«

»Die Ostsee ist kein Meer«, sagte Monika, »die Ostsee ist mehr so eine Art Bodensee, nur etwas größer.«

»Wie geht es mit der Arbeit voran?«

»Wir konnten bisher nur Aufnahmen landeinwärts machen. Wir warten auf stärkeren Seegang für die Fotos an der Küste.«

»Ich dachte, am Meer, da geht immer die Post ab, Monika!«

»Ich gebe zu, es gibt kleinere und größere Postämter.«

»Hört sich jedenfalls an, als hättest du viel zu tun.«

»Keine Sorge, am Sonntag stehe ich dir bei.«

Das war das Tolle: Monika wusste immer, worum es ging, selbst, wenn man es nicht explizit sagte.

»Es geht nicht um Beistand. Ist ja keine OP oder so.«

»Das Älterwerden ist schlimmer als jede OP. Und wenn man nullt, sowieso.«

»Das ist alles albern«, sagte Förster. »Ob mit Null hintendran oder nicht, jedes Jahr gibt es nur einmal.«

»Der Mensch teilt alles gern in Abschnitte ein, damit er weiß, wo er steht.«

»Der Mensch vielleicht, aber der Förster nicht. Dem ist das alles egal.«

Monika lachte. »Der war gut!«

Förster dachte: Die habe ich nicht verdient, diese Frau.

Sie plänkelten noch ein wenig, dann legten sie auf. Das Wichtigste war ja geklärt. Das mit Sonntag.

Dreffke lag noch immer unbeweglich auf seiner Liege.

»Dreffke!«

»Ja?«

»Wie heißt eigentlich die weibliche Hauptfigur in diesem Vampir-Film?«

»Bella Swan.«

Nur falls der Hamster ein Weibchen war.

4 *Enthirnte Aktivmongos*

Nachdem Förster geduscht hatte, lappte der Sonntagmittag schon in den Nachmittag, Dreffke hatte sich noch immer nicht bewegt, das Sodbrennen nach dem Rührei-Frühstück war ausgeblieben, und Förster rief Fränge an.

Er musste es nicht lange klingeln lassen.

»Fränge, du hörst dich schon wieder richtig gut an!«

»Mir geht es blendend, Förster. Wieso auch nicht?«

Hm, dachte Förster, Tequila, verschiedene Biersorten, alles in rauen Mengen – er selbst wurde beim bloßen Gedanken an die letzte Nacht praktisch rückwirkend noch mal blau, aber Fränge war schon immer ein guter Verwerter gewesen oder hatte die Fähigkeit, sich nichts anmerken zu lassen, zur Perfektion getrieben.

»Beneidenswert, Fränge, wirklich.«

»Normal.«

Förster fragte, ob Fränge denn noch alles parat habe, was sie besprochen hätten, und ob er sich auch sonst noch an alles erinnere.

»Geht so«, gab Fränge zu. »Der Film müsste an einigen Stellen geklebt werden. Da war irgendwas mit Jugendlichen, oder?«

Förster dachte: Fit wie ein Marathonläufer, aber erinnerungslos wie Jason Bourne.

»Du warst groß in Form, Fränge!«
»Die waren zu dritt, oder?«
»Ich habe übrigens deine Uhr sichergestellt.«
»Meine Uhr?«
»Die hast du abgelegt, als ...«
»... ich einem der drei Prügel angedroht habe?«
»Du hast ihm nicht direkt gedroht. Ich würde eher sagen, du hast darum gebettelt, aufs Maul zu bekommen.«
»Aber das ist dann nicht passiert, oder?«
»Weil du weggelaufen bist!«
»Ich bin weggelaufen?«
»Die anderen waren in der Überzahl.«
Fränge war entsetzt. »Aber ich bin mehr als doppelt so alt!«
»Ein Grund mehr, wegzulaufen.«
»Zusammen hätten wir sie fertiggemacht, Förster!«
»Gewalt ist keine Lösung, Fränge!«
Fränge seufzte. »Die waren jung und stark, die anderen, nicht wahr?«
»Echte Sportler waren das«, bestätigte Förster. »Die gehen regelmäßig in die Muckibude.«
»Schlimm, dieser Fitness-Wahn!«, stöhnte Fränge.
»Machte aber ganz klar den Unterschied.«
»Ich hätte sie vielleicht nicht enthirnte Aktivmongos nennen sollen.«
»Ja, das war nicht so eine gute Idee.«
»Ich dachte halt, hochbegabt sehen die nicht aus, also haben sie wahrscheinlich ADHS, das sind ja heutzutage die zwei Möglichkeiten. Außerdem finde ich die Formulierung enthirnte Aktivmongos schon vom Klang her sehr schön.«

»Ich glaube, dass du die Freundin von dem einen angebaggert hast, war auch nicht so gut.«

Fränge seufzte. »Ja, ja, das hat sich irgendwie hochgeschaukelt.«

»Und dass du dann ausgerechnet dem Größten der drei Prügel angedroht hast, hat die Situation nicht gerade entspannt.«

»Dem Kleinsten Prügel androhen ist uncool.«

»So richtig cool war dein überstürzter Aufbruch dann aber auch nicht. Auf der Treppe sind uns Leute entgegengekommen, da habe ich dich verloren, und als ich unten ankam, warst du weg. Ich dachte, du findest schon nach Hause.«

»Schön, wenn einem die Leute noch was zutrauen.«

Förster wartete darauf, dass Fränge noch etwas zu dem sagte, worum es die ganze Nacht gegangen war, aber da hielt Fränge sich jetzt bedeckt. Vielleicht war es an Förster, das Gespräch in diese Richtung zu lenken.

»Ich habe die Uli heute Morgen getroffen«, sagte er.

»Oh«, machte Fränge nur. Weil er Lunte roch.

»Ich bin übers FKK-Gelände nach Hause, und da saß sie in der Sonne.«

»Ja, die geht manchmal schon frühmorgens dahin, weil sie dann komplett ihre Ruhe hat, vor allem am Sonntag.« Pause. »Was hat sie denn so gesagt?«

»Wollte wissen, ob ich dir ein Alibi für die ganze Nacht geben könne.«

»Brauche ich denn eines?«

»Habe ich sie auch gefragt, Fränge.«

»Meinst du, sie ahnt was?«

»Ist eine kluge Frau, die Uli.«

»Sicher.« Fränge schwieg einen Moment. Dann: »Ja, also, hör mal, Förster, was ich dir da so alles erzählt habe ... Ich meine, das bleibt unter uns, oder?«

»Schon die Frage ist eine Beleidigung, Fränge.«

»Ja, ja, natürlich.« Fränge atmete tief durch. »Und jetzt hast du meine Uhr? Wann kriege ich die zurück?«

»Ich komme morgen bei dir im Laden vorbei.«

»Morgen ist alles wieder in Ordnung.«

»Nee, Fränge, das glaube ich nicht. Du musst das erst klären.«

Und wieder seufzte Fränge. Er sagte: »Weißt du noch, als wir so jung waren wie die, die jetzt ins Loft gehen? Das war unsere beste Zeit, oder? Als wir saufen konnten, ohne krank zu werden, und den besten Sex unseres Lebens hatten.«

»Krank? Ich dachte, dir geht es blendend?«

»Vielleicht habe ich da ein bisschen übertrieben. Ich meine, es ist ja auch peinlich, nach so einer Nacht dem anderen am Telefon einen vorzujammern. Früher hat man das besser weggesteckt.«

»Ich bin vom Saufen immer krank geworden«, sagte Förster. »Und schlecht ist der Sex, den ich jetzt habe, wirklich nicht.«

»Damals waren wir die enthirnten Aktivmongos, Förster!«

»Ich bin nie in eine Muckibude gegangen.«

»Weißt du«, sinnierte Fränge, »so viele Leute wären gerne wieder sechzehn oder achtzehn, dabei war die Zeit Mitte zwanzig die beste.«

Jetzt war Förster mit dem Seufzen dran. »Mag sein, keine Ahnung.«

Fränge war jetzt voll in Fahrt. »Ach komm, Förster, das war die geile Zeit. Nirvana, Edwyn Collins, Manic Street Preachers, Oasis, Blur, das ganze gute Zeug.«

»Du bist zur Love Parade gefahren, Fränge!«

»Einmal, Förster! Ein einziges Mal! Und das war nichts für mich, wirklich nicht! So eine halb nackte Angemalte hat mir auf die Schuhe gegöbelt. Die konnte ich wegschmeißen, die Schuhe! Techno war nie mein Ding! Obwohl ich immer total offen war für neue Sachen, nicht wie Brocki, der Horst! Ehrlich, so engstirnig, wie der ist, müsstest du den eigentlich unter Naturschutz stellen, weil: So was gibt es eigentlich gar nicht mehr.«

Förster hörte, wie Fränge irgendwas trank.

»Was trinkst du denn da?«

»Ach, Förster, ein Konterbier, was soll es denn, du bist nicht meine Mutter!«

»Ist schon gut.«

»Als Kind wollte ich Astronaut werden, wusstest du das?«

»Nein, das wusste ich nicht.«

»Als ich klein war, wollte ich Astronaut werden, weil ich die Welt retten wollte und weil ich dachte, Astronauten, das sind ehrliche Menschen. Im All musst du ehrlich sein, sonst bist du verloren, so weit weg von der Erde.«

»Kann sein.«

»Wir sollten die Welt retten, dabei können wir nicht mal mehr enthirnte Aktivmongos verhauen.«

»Rettung der Welt war doch Achtziger, oder?«

»Nein, nein!«, rief Fränge, »Rettung der Welt war immer! Aber irgendwann hat das aufgehört. Ich glaube, es hat bescheuerterweise aufgehört, als ich Vater wurde. Für wen aber sollte man die Welt retten, wenn nicht für seine Kinder? Stattdessen fährt man dann seine Ehe an die Wand.«

»Muss ja nicht sein, Fränge.«

»Ich lege jetzt auf«, stöhnte Fränge, »ich geh echt am Stock.«

Und Förster saugte einen Beutel Riopan leer, weil das Sodbrennen jetzt doch noch gekommen war.

5 Keine Quallen an der Côte d'Azur

Der Rest des Tages schleppte und schleppte sich hin, wie Sonntage es nun mal tun, denn da treiben alle Leute wie Quallen durch den Tag, wie es die Michaela in *Michaela sagt* von Element of Crime so sagt, und diese Michaela in dem Lied mochte ja eine ziemlich merkwürdige Person sein, aber mit dem Quallenvergleich hatte sie eindeutig recht, vor allem, wenn man sich vor Augen führte, dass viele Menschen in der Nacht zuvor kräftig gebechert hatten und entsprechend nicht auf dem Damm waren. Förster sah mehrfach nach Edward Cullen, aber der ließ sich nicht blicken, während Dreffke sich irgendwann doch wieder erhob, seine Liege zusammenklappte und im Keller verschwand. Kurz darauf hörte Förster ihn im Flur husten, und er hörte auch, wie Dreffke von der alten Strobel abgepasst und zur Rede gestellt wurde. Da musste jeder durch, der über den Hausflur ging, egal zu welcher Tages- oder Nachtzeit.

Förster sammelte im Internet ein paar Infos über Hamster, weil: Wenn sich niemand meldete, war Edward Cullen sein neuer Mitbewohner, und dann sollte es ihm auch gut gehen.

Irgendwie wurde es Abend, auch wenn es zwischendurch den Anschein hatte, der Tag wolle überhaupt nicht mehr vergehen, was im Prinzip kein Problem für Förster gewesen wäre, denn wenn man sich erst mal auf so einen Sonntag eingelassen hatte, wenn man also zur Sonntagsqualle geworden war, dann wünschte man sich, er möge ewig währen, besonders, wenn die Sonne schien und es auf den Straßen so vergleichsweise still war wie heute. Eigentlich sollte man was lesen, das berühmte gute Buch oder wenigstens eine dicke Sonntagszeitung, aber Förster machte das, was man seiner Meinung nach viel zu selten machte, nämlich gar nichts, saß einfach nur da und guckte, ohne zu sehen. Nur die Gedanken, die ja frei waren, sind und sein werden, die bekam er nicht abgeschaltet, die waren auf den Äußeren Hebriden und im Loft und bei der Uli und bei Fränge, und bevor diese so freien Gedanken bei seinen Eltern ankommen konnten, riefen die auch schon an, aber nicht über Telefon, sondern via Skype, und Förster war froh, dass er den Laptop vorhin nicht zugeklappt hatte, denn das hier war ganz eindeutig so eine Art von Sonntag, an dem man gut mit seinen Eltern skypen konnte, wenn man sie schon höchstens zweimal im Jahr leibhaftig zu sehen bekam. Seine Eltern meldeten sich immer an einem Sonntag, als seien sie sich zu schade dafür, an einem Werktag anzurufen.

Er nahm den Skype-Anruf an und sah gleich darauf seine Eltern auf ihrem braunen Ledersofa unter dem Kandinsky-Druck sitzen, seine Mutter in einem zauberhaften gelben Sommerkleid, das ihre immer noch makellosen, gebräunten Beine zur Geltung brachte, seinen Vater in Kaki-Shorts und Hawaiihemd, wie Magnums kleiner Bruder, nur ohne Achtzigerjahre-Porno-Balken unter der Nase, lässig ergraut und ganz entspannt im Hier und Jetzt, wobei »Hier« die Côte d'Azur meinte. Bei Försters Freunden hatten seine Eltern immer als cool gegolten. Seine Mutter, weil sie so schön war und das auch wusste und gerne zeigte, und sein Vater, weil er die Stones hörte, als die anderen Väter an Schlager und Klassik laborierten. Dazu kam, dass das Ehepaar Förster immer eine sehr entspannte Haltung bezüglich der Partys ihres Sohnes gehabt hatte, zu denen sie ihn aber oft hatten überreden müssen, weil dazu auch gehörte, den Keller des elterlichen Eigenheims hinterher wieder in den Status quo ante zu versetzen, wozu Förster eigentlich zu faul war, weshalb er am liebsten auf Partys, bei denen er der Gastgeber war, verzichtet hätte. Das aber ließen seine Eltern ihm nicht durchgehen, Partys waren Pflicht, als Förster zwischen fünfzehn und neunzehn gewesen war. Und dass seine Eltern jetzt in einem kleinen Kaff in der Nähe von Villefranche-sur-Mer lebten, wo die Stones Anfang der Siebziger in der legendären Villa Nellcôte *Exile on Main St.* aufgenommen hatten, war natürlich nur ein Zufall, auch wenn sein Vater, sobald die Sprache darauf kam, sich bemühte, seinem Lächeln etwas Geheimnisvolles zu geben, um den Eindruck zu erwecken, Mick und Keith seien seine alten Buddies. Tatsächlich ging ihre Vorliebe für alles Gallische auf Försters Mutter zurück, die mit ihren hugenottischen Vorfahren und ihrer Vergangenheit als Französischlehrerin sowohl qua Herkunft als auch aus Überzeugung immer schon schwer frankophil ausgerichtet gewesen war.

»Junge, wie geht es dir?«, wollte sein Vater wissen und blickte dabei wieder nur auf den Bildschirm, wo Förster zu sehen war, anstatt in die Kamera.

»Danke der Nachfrage. Wir haben schon seit Tagen ganz tolles Wetter.«

»Ach, Junge, du weißt gar nicht, was richtig gutes Wetter ist.«

»Du siehst müde aus«, bemerkte seine Mutter, die es im Gegensatz zu ihrem Mann richtig machte: Sie blickte beim Sprechen in die kleine Kamera im Deckel des Laptops, sodass Förster den Eindruck hatte, seine Mutter, obwohl sie mehr als tausend Kilometer weit entfernt war, sehe direkt in ihn hinein, und das stimmte sicher auch, denn das konnten alle Mütter.

»Ich war etwas länger unterwegs heute Nacht«, gab Förster zu.

»Bist um die Häuser gezogen, was?«, sagte sein Vater. »Mit Monika oder ...«

»Monika ist auf den Äußeren Hebriden.«

Försters Vater wirkte von einem auf den anderen Moment so, als hätte er in etwas sehr Saures gebissen. »Was will die denn da? Ist es da nicht arschkalt?«

»Fotos machen will die da, Papa.«

»Aber da ist doch nichts los, auf den Äußeren Hebriden. Übrigens auch nicht auf den Inneren. Muss man auch gar nicht unterscheiden, da oben ist überall nichts los.«

»Aber da ist das Meer, Papa, und wo das Meer ist, da geht die Post ab.«

»Ja, ja, aber das Wetter! Äußere Hebriden, das ergibt im Sommer gar keinen Sinn!«

»Martina ist heute Abend wieder im Fernsehen«, sagte Försters Mutter.

»Habe ich gelesen.«

»Wirst du es dir ansehen?«

»Ich weiß noch nicht.« Das war gelogen, natürlich würde er sich den *Tatort* mit Martina ansehen, und an der Art, wie seine Mutter in die Kamera blickte, erkannte Förster, dass sie das auch wusste.

»Aber viel wichtiger ist«, wechselte er das Thema, »wie es euch geht.«

»Junge«, sagte der Vater, »wie sehen wir denn aus?«

»Toll, wie immer.«

»Und weißt du, warum?«

»Nein, Papa, sag es mir!«

»Weil es uns super geht!«

Der Vater hob die Hand zum High Five, aber die Mutter schlug nicht ein. So oder so ähnlich lief das immer.

»Deutschland, das kann ich mir schon lange nicht mehr vorstellen.«

»Das sagst du immer«, sagte die Mutter.

»Ist ja auch so.«

»Was machst du den ganzen Tag?«, fragte die Mutter. »Wieso bist du überhaupt zu Hause, wenn das Wetter so schön ist?«

»Ach«, sagte Förster, »das Wetter ist schon ziemlich lange schön, da muss man sich nicht mehr jeden Tag diesem Freiluftdiktat beugen. Ich treibe heute mehr so wie eine Qualle durch den Tag.«

»Quallen haben wir hier nicht«, sagte der Vater. »Super sauberes Wasser! Glasklar, ehrlich!«

»Es gibt auch sehr schöne Quallen, Klaus! Und Quallen bedeuten nicht, dass das Wasser schmutzig ist.«

»Was ich dich immer schon fragen wollte, Junge: Willst du nicht mal wieder Gitarre spielen?«

Förster war ehrlich verblüfft. »Wie kommst du denn jetzt darauf?«

»Ach, wir haben neulich alte Fotos angesehen, und da

hast du Gitarre gespielt. Weißt du noch, wie du an deiner Schule aufgetreten bist? Du warst gut, ehrlich! Nur dein Bartwuchs war nix, Junge. Du hast keinen guten Bartwuchs, ich bin echt froh, dass du dich mittlerweile regelmäßig rasierst.«

»Dafür kann er nichts, Klaus.«

»Entschuldigung«, sagte Förster, »es ist jetzt kurz vor acht, und wenn ich den *Tatort* sehen will ...«

»Wir sehen uns den auch an«, sagte seine Mutter. »Mach's gut, Roland! Wir haben dich lieb!«

»Äh, ja, ich euch auch.«

»Siehst du, Susanne, das kann er nicht leiden.«

»Lass ihn, Klaus!«

»Also, macht's gut«, sagte Förster. »Und weiter keine Quallen. Auch wenn die schön sein können.«

»Wir melden uns natürlich am Sonntag«, sagte seine Mutter. »Bist du schon aufgeregt?«

»Warum sollte ich?«

»Fünfzig, das ist schon ein dickes Ding«, sagte sein Vater.

»Neunundvierzig oder achtunddreißig waren auch dicke Dinger«, meinte Förster.

Seine Mutter lächelte. »Wir lassen dich jetzt in Ruhe.«

»Denk mal über die Gitarre nach«, sagte sein Vater noch, dann war das Gespräch beendet und ließ Förster in einem Zustand gesteigerter Merkwürdigkeit zurück, denn manchmal hatte er das Gefühl, seine Eltern seien jünger als er selbst.

6 *Somnambul*

Als es kurz darauf klingelte, traf ihn das völlig unvorbereitet, so tief war er in quallenartigen Gedanken versunken. Er konnte sich auch nicht vorstellen, wer da so unangemeldet auf der Matte stand, aber als er auf den Flur trat, die Haustür aufging und Tilman Brock, genannt Brocki, hereinkam, nahm Förster seine Überraschung quasi vor sich selbst wieder zurück, denn wenn es einen gab, der unangemeldet auftauchte, dann Brocki, weil man das früher ja angeblich immer so getan hatte. Früher, das hieß für Brocki vor Smartphone, WhatsApp und SMS, also vor der Diktatur der Erreichbarkeit, wie er es nannte. Damals, hatte Förster ihm irgendwann entgegengehalten, habe es aber auch schon Telefone gegeben, mit denen man sich hätte ankündigen können, aber das hatte Brocki nicht gelten lassen.

»Hey!«, sagte Brocki. »Ich dachte, ich schnei mal rein und wir gucken uns zusammen den *Tatort* an.«

»Klar«, sagte Förster, »super Idee, komm rein!« Er klopfte Brocki, als der an ihm vorbei in die Wohnung ging, auf den karierten Rücken. Brocki trug im Sommer immer karierte Kurzarm-Hemden, und zwar solche aus Funktionsmaterial von einer Firma, die auf Outdoor-Kleidung spezialisiert war, weil dieses Material den Schweiß nach außen leitete, und das war etwas, was Brocki eine gute Idee nannte.

Förster wollte seine Wohnungstür gerade schließen, da ging die gegenüber auf, und die alte Frau Strobel streckte den Kopf heraus. Wie immer war sie ungekämmt und kam ihm vor wie ein kleiner Vogel, der schon zu viel gesehen hatte und nicht mehr fliegen wollte.

»Was war denn bei Ihnen wieder los, Herr Förster?«

»Ich weiß nicht, was Sie meinen, Frau Strobel.«

»Ich habe Stimmen gehört.«

»Das glaube ich gern.«

»Sie müssen das abstellen, Herr Förster! Die ganze Nacht dieses Gerede! Wer sind diese Leute? Wohnen die bei Ihnen? Zahlen die Miete? Ich glaube nicht, dass das erlaubt ist!«

»Stimmt, Frau Strobel. Ich werde dieses Pack rauswerfen.«

»Ja, machen Sie das, Herr Förster, das hält ja keiner aus, dieses ständige Gerede!«

»Sie wissen gar nicht, wie recht Sie haben, Frau Strobel!«, sagte Förster, und damit war Frau Strobel zufrieden und schloss ihre Tür wieder.

»Wird das schlimmer, oder meine ich das nur?«, fragte Brocki, als Förster ins Wohnzimmer kam.

»Sie ist stabil, würde ich sagen.«

»Spielt sie nachts immer noch Saxofon?«

»Manchmal.«

Brocki hatte es sich auf dem Sofa bequem gemacht. Neben ihm lag eine VHS-Kassette mit dem ersten *Die-Hard*-Film.

Förster wunderte sich. »Ich dachte, wir gucken *Tatort*?«

»Ja, aber falls der nix ist, ziehen wir uns diesen Klassiker rein, dachte ich.«

»Brocki, der *Tatort* ist mit Martina, natürlich gucken wir uns den bis zum Ende an, ob der was taugt oder nicht. Außerdem habe ich gar kein Abspielgerät mehr für die Kassette.«

»Du hast keinen Videorekorder mehr? Du warst in der Hinsicht immer super ausgestattet.«

»Ich habe auch kein Grammophon mehr, Brocki.«

»Was soll das heißen?«

Es hatte keinen Sinn, Brocki einen Vortrag über die Entwicklungen im Bereich der Unterhaltungselektronik zu halten, also fragte Förster einfach nur, ob er ein Bier wolle, und ging dann in die Küche. Wenn man mit Brocki zusammen war, hatte man manchmal das Gefühl, als würde die Mauer noch stehen, als bezahlte man noch mit D-Mark oder als moderierte Frank Elstner noch *Wetten, dass..?*. Förster vermisste das alles nicht, war auch technisch gerne mit der Zeit gegangen und hatte Brocki irgendwo Anfang der Neunziger verloren. Eine der Sachen, die Förster in den letzten Jahren schätzen gelernt hatte, war die Möglichkeit, Filme online auszuleihen. Videotheken hatte er immer gehasst: die Auslegeware, der Geruch, die abgegriffenen Hüllen, der Vorhang zur Porno-Abteilung, das gelangweilte Gesicht des pickeligen Freaks hinterm Schalter, das Geräusch, wenn er die Kassette aufklappte, um zu sehen, ob das Band noch in Ordnung war. Das Schlimmste war gewesen, mit zwei, drei Freunden in der Videothek aufzuschlagen, ohne vorher entschieden zu haben, welchen Film man sehen wollte. Die endlosen Diskussionen, ob Almodóvar oder Jarmusch oder vielleicht mal wieder einen Bond, das war ja alles nicht auszuhalten gewesen, und Förster war in diesen Momenten die Auslegeware und der Geruch besonders unerträglich vorgekommen, ganz abgesehen davon, dass es schon erstaunlich war, wie schnell man von Jarmusch und Almodóvar auf Bond kam, als wollte eigentlich niemand diese komplizierten Kunstfilme sehen, sondern einfach gute Ballerei und halb nackte Frauen, was man dann aber auch wieder nicht zugeben wollte. Andererseits waren Jarmusch und Almodóvar so kompliziert nun auch wieder nicht, das waren ja keine Franzosen oder Polen, bei denen es schon mal ziemlich abgedreht werden konnte, was man sich dann aber trotzdem anguckte, um Maruschka Detmers in *Teufel im Leib* beim Oralverkehr zu sehen oder die völlig vergessene Valérie Kaprisky in *Die öffentliche Frau*, mit ihrem Mädchengesicht und ihren großen dunklen Augen, kaum älter als man selbst, damals, mit achtzehn, aber wenn man sich den Film als Mittvierziger ansah und dabei scharf wurde, dann hatte man ein Problem, ehrlich jetzt, dachte Förster. Und schlau geworden war er aus dem Film auch nicht, die Handlung war zäh und öde, nervend lange Unterbrechungen zwischen den Stellen, an denen die Hauptdarstellerin unbekleidet war. Das musste man sich heute nicht mehr geben, und wenn man es als sentimentale Erinnerung brauchte, konnte man es einfach googeln oder sich bei YouTube den Zusammenschnitt der entsprechenden Passagen ansehen. Heute war alles in Ordnung, man hatte einen kleinen Kasten am Fernseher angeschlossen, Zugriff auf einen Haufen Filme in bester Qualität, und kein pickeliger Freak sah einen mehr an, als hätte man alte Frauen vor den Bus geschubst, nur weil man den Film nicht zurückgespult hatte.

Heute aber *Tatort*. Während die Erkennungsmelodie lief, fragte Brocki, was denn mit Fränge los sei, beziehungsweise mit der Uli und ihm. Er, Brocki, habe gerade bei ihnen angerufen, und da sei die Uli ziemlich komisch gewesen und habe seltsame Bemerkungen über Fränge gemacht.

»Es ist Sonntag, Brocki, da treiben alle Menschen wie Quallen durch den Tag.«

»Ich glaube, Fränge hat Mist gebaut. Blöd genug wäre er. Eine Frau wie die Uli, also wer nicht begreift, was er da hat, dem ist nicht zu helfen.«

Bevor sie weiterreden konnten, sahen sie Martina im Bett liegen, neben einem deutlich jüngeren Mann, der aber noch schlief, und als Förster sah, wie Martina da gerade aufwachte, musste er daran denken, wie oft er sie so hatte aufwachen sehen, natürlich ohne dass eine Kamera dabei gewesen wäre.

»Ist das immer noch komisch, sie so zu sehen?«, wollte Brocki wissen.

»Ach, Brocki, das ist eine Ewigkeit her. Die Monika wacht auch sehr schön auf.«

Förster beschäftigte etwas ganz anderes. Wenn Martinas Kommissarin sich durch den Film bewegte, durch ihr Filmbüro, ihre Filmwohnung, durch die Filmhäuser der Verdächtigen, dann hatte man immer den Eindruck, sie sei gar nicht ganz da, als sei ein Teil von ihr woanders, letztlich verlor sie nie diesen mondsüchtigen Blick, den sie gleich nach dem Aufwachen hatte, eine somnambule Schönheit, nicht ganz von dieser Welt, eine französische Schauspielerin vielleicht, die sehr vorteilhaft von einem feuchten Jungstraum zur erotischen Wunschvorstellung erwachsener Männer gealtert war, aber da musste Förster sich jetzt bremsen, denn das wurde ihm alles zu essayistisch im Kopf.

»Was ist das da?«, fragte Brocki dann zum Glück und zeigte auf die Kiste, die neben Försters Schreibtisch auf dem Boden stand.

»Da ist ein Hamster drin.«

»Was willst du mit einem Hamster?«

»Ist mir zugelaufen.«

Das Hamster-Thema wurde durch Schüsse unterbrochen, und es war Martina, die da schoss, aber weil ihre Schönheit etwas Verschlafenes hatte, flogen auch die Kugeln aus ihrer Dienstwaffe langsamer, sie verfehlte den fliehenden Mann, hinter dem sie her war und der über eine Mauer in eine Seitenstraße verschwand, sodass Martina ihn zur Fahndung ausschreiben musste. Am Ende löste Martina den Fall natürlich, aber das schien sie nicht glücklich zu machen, im Gegenteil, am Ende legte sie sich wieder ins Bett, diesmal allein, und konnte sehr lange nicht einschlafen.

7 Echtes Leben

Nach dem *Tatort* war Förster unruhig und rastlos, mondsüchtig quasi, obwohl derzeit kein Vollmond war, und er schlug Brocki vor, im Café Dahlbusch noch den sprichwörtlichen Absacker zu nehmen, vielleicht sei ja Fränge da, dann könnte man den Sonntag zusammen ausklingen lassen. Sie verließen die Wohnung, gegenüber ging die Tür kurz auf, aber sofort wieder zu, es war nicht ganz klar, was die Strobel damit bezweckte. Draußen hatte es sich kaum abgekühlt, dank der Mitteleuropäischen Sommerzeit stand ja auch noch die Sonne am Himmel, tief im Westen zwar, aber es war noch hell, trotzdem war die Bushaltestelle ein paar Meter weiter schon erleuchtet, Verschwendung eigentlich, dachte Förster. Er wäre dran vorbeigegangen, aber Brocki hielt ihn am Arm fest und sagte: »Was soll das heißen?«

Er meinte die Werbung an der Bushaltestelle: *50% klar machen, 50% rar machen = 100% echtes Leben!*

»Was soll das heißen?«, wiederholte Brocki. »Wie soll einen das dazu bringen, mehr zu rauchen?«

Das wusste Förster auch nicht.

In diesem Moment kam der Bus, der Fahrer öffnete die Tür, aber Förster und Brocki stiegen nicht ein, niemand stieg aus, ein paar Sekunden passierte einfach gar nichts.

Dann war der Busfahrer sauer und fuhr weiter, die ersten Meter mit offen stehender Tür. Förster wunderte sich, dass das technisch überhaupt möglich war, dass da nicht irgendein Sicherheitsmechanismus eingebaut war. Fahren mit offener Tür, das konnte nur gefährlich sein.

»Ich fühle mich nicht nur verarscht, wenn ich so etwas lese«, sagte Brocki. »Ich fühle mich auch dumm. Ich weiß nicht, was das bedeuten soll. Und ich begreife nicht, dass irgendwer davon ausgeht, dass es Leute gibt, die damit was anfangen können. Bin ich zu blöd?«

»Nein, Brocki, bist du nicht.«

»Niemand geht mehr bei irgendwem einfach vorbei und sagt Hallo. Ich habe gesehen, wie du geguckt hast, als ich vor der Tür stand. Früher haben wir das ständig gemacht. Ins Treppenhaus gerufen: Kommt der Roland raus?«

Brocki konnte ähnlich sprunghaft sein wie Fränge. Für ihn gehörte das alles zusammen: die blöde Werbung und die Abkehr von Spontanbesuchen. »Meine Eltern hatten ein Eigenheim, da war nichts mit Treppenhaus«, sagte Förster.

»Dann eben bei Fränge. Aber heute musst du ja wochenlang im Voraus einen Termin machen, wenn du mit jemandem fernsehen willst.«

»Hat doch geklappt heute, das mit dem spontan vorbeikommen.«

»Ja, ja, aber du hast komisch geguckt.«

»Ich habe mich gefreut, dass du gekommen bist.«

»Ich hatte den Eindruck, du wärst lieber allein geblieben mit der Martina und ihrer Pistole.«

»Das täuscht.«

Im Café Dahlbusch war kaum was los, drei Tische noch

besetzt, im Hintergrund lief irgendwas Loungeartiges, hinterm Tresen stand ausgerechnet Peggy, von Fränge nichts zu sehen. Peggy sagte Herr Brock zu Brocki, weil sie früher bei ihm Unterricht gehabt hatte, die Schule war gleich nebenan, sie brachte es nicht über sich, ihn zu duzen. Er hatte es ihr aber auch nicht angeboten, sondern es war Fränge gewesen, der eines Abends gesagt hatte, das ginge nicht, dass sie Brocki immer noch sieze. Das war eine etwas peinliche Situation gewesen, die Förster dadurch gelöst hatte, dass er sich noch einen Cocktail bestellte, obwohl er keinen mehr wollte. Förster zu duzen, damit hatte Peggy kein Problem, aber das war ja auch etwas anderes, denn er hatte noch nie irgendjemanden unterrichtet.

»Peggy«, sagte Brocki, denn natürlich nannte er sie noch beim Vornamen, wie früher, aber er siezte sie eben, auch wie früher. »Peggy«, sagte Brocki jedenfalls, »zwei Bier bitte.«

»Klar, Herr Brock. Hallo Förster.«

Früher war das hier die Bäckerei von Fränges Eltern gewesen, mit angeschlossenem Café, und als seine Eltern sich zur Ruhe setzten, hatte Fränge, wo es einigermaßen mühelos ging, die Tapeten von den Wänden gekratzt, dann alles, was an Bäckerei erinnerte, rausgerissen, einen Tresen und eine kleine Bühne eingebaut und die ganze Sache zum Szenetreff ausgerufen, was eigentlich auch immer gut gelaufen war, nicht zuletzt wegen der Schule nebenan. Den Abbruch-Chic hatte er über die Jahre sorgfältig erhalten.

Förster und Brocki setzten sich ans Fenster.

»Sonntage«, sagte Brocki. »Mit Sonntagen komme ich nicht zurecht. Zu viel Freizeit, zu viel Zeit zum Nachdenken. Und abends dann die erschütternde Erkenntnis, dass am Montag zwar einiges anders, aber nichts besser wird.«

Peggy brachte das Bier, Förster sagte Danke, aber Brocki fragte: »Peggy, rauchen Sie?«

»Ab und zu, Herr Brock, wieso?«

»Fünfzig Prozent klar machen, fünfzig Prozent rar machen gleich einhundert Prozent echtes Leben. Bringt Sie so ein Spruch dazu, mehr zu rauchen als sonst? Oder eine bestimmte Marke zu bevorzugen?«

»Ich weiß nicht, was das bedeuten soll«, meinte Peggy.

»Da haben wir es, Förster! Der Spruch geht voll an der Zielgruppe vorbei. Das ist ein Werbespruch an der Bushaltestelle da vorne, und ich werde nicht schlau draus. Ich fühle mich dann dumm.«

»Keine Sorge, Herr Brock, Sie sind nicht dumm.«

»Ich weiß, ich werde vielleicht einfach nur alt.«

»Ja, sicher, Herr Brock, aber über so etwas haben Sie sich früher schon aufgeregt, also im Unterricht.«

»Wirklich?«

»Ja, ja, über blöde Reklame und englische Wendungen in deutschen Sätzen und so was alles. Sie haben immer gesagt, das ist alles die Schuld vom Privatfernsehen.«

»Das sei alles die Schuld *des* Privatfernsehens«, sagte Brocki. »Bei wem haben Sie denn Deutsch gehabt?«

»Bei Frau Augustin.«

»Dann wundert mich nichts mehr.«

Zwei Tische weiter wollte gezahlt werden, und Peggy nutzte die Gelegenheit, um von Brocki und Förster wegzukommen.

»Wieso stellt er immer so junge Mädchen ein, der Fränge?«, fragte Brocki.

»Das hier ist ein Junge-Leute-Laden«, entgegnete Förster. »Da lässt man keine Kaltmamsell mit weißem Schürzchen überm schwarzen Rock von Tisch zu Tisch gehen.«

»Das wäre schräg, Förster. Ich glaube, die jungen Leute würden das cool finden.«

»Für einen Moment wäre das schräg«, gab Förster zu, »aber am Ende irgendwie zu gewollt.«

»Ach, du bist auch nur froh, dass du zwischendurch auf so einen zweiundzwanzigjährigen Hintern gucken kannst. Aber bei dir weiß ich, dass du dich benehmen kannst. Du weißt, was du an deiner Frau hast.«

»Sie ist nicht meine Frau.«

»Auch so ein Ding, das ich nicht verstehe. Stell dir vor, du liegst auf der Intensiv, und es müssen Entscheidungen getroffen werden. Wann kommt die Monika eigentlich zurück von den Seychellen?«

»Sie ist auf den Äußeren Hebriden.«

»Meinetwegen.«

»Da ist das Meer, da geht die Post ab, Brocki.«

»Wenigstens da. Und dem Fränge traue ich nicht übern Weg, was die Peggy angeht.«

»Der Fränge wollte früher Astronaut werden«, gab Förster zu bedenken. »Und Astronauten sind ehrliche Menschen, oder? Im All musst du ehrlich sein, sonst bist du verloren, so weit weg von der Erde.«

»Fränge ist aber kein Astronaut geworden, das steht fest.«

Lange sagten sie nichts, und dann gingen sie nach Hause.

Als Förster seine Wohnungstür aufschloss, stand plötzlich Frau Strobel hinter ihm.

»Herr Förster, da waren wieder diese Stimmen.«

»Ich war aber gar nicht zu Hause.«

»Es hat geknallt, und es wurde geschossen.«

»Das war ein Film, Frau Strobel.«

»Ja, ja, ich bin nicht blöd, Herr Förster. Das war der *Tatort* mit dieser schönen Kommissarin. Aber dann diese Stimmen. Hier wird ständig geredet und gemurmelt.«

»Ich denke, wir sollten beide schlafen gehen.«

Förster war schon fast in seiner Wohnung, da hielt Frau Strobel ihn am Arm fest.

»Wissen Sie, Herr Förster, das mit den Stimmen wäre halb so schlimm, wenn ich nur verstehen würde, was die sagen!«

Frau Strobel ging in ihre Wohnung und schloss ihre Tür sehr leise.

Förster verzichtete darauf, Licht zu machen, es war hell genug. Er stellte sich ans Fenster und blickte in den Garten, in dem Dreffke heute Nachmittag sehr überzeugend den toten Mann gegeben hatte. Förster blickte zum Himmel, wo jetzt tatsächlich der Mond zu sehen war, fast voll, aber nicht ganz, was ja immer der beste Zustand überhaupt war, ein Zustand, in dem einen manchmal der Scharfsinn überfiel und die Einsicht, dass alles vergänglich war und man gelassener werden und sich nicht so wichtig nehmen sollte, und genau in diesem Moment, da Förster sich seiner Unwichtigkeit schmerzhaft bewusst wurde, begann die Strobel nebenan wieder Saxofon zu spielen, einen Gassenhauer aus den Fünfzigern, es dauerte etwas, bis Förster *Ganz Paris träumt von der Liebe* erkannte, und das bei einem fast vollen Mond in einem Zustand gesteigerter Erkenntnisfähigkeit.

Er ging zu der Kiste hinüber. Edward Cullen stand auf den Hinterbeinen und schnüffelte. Wo ist mein Rad?, schien er zu fragen. Echtes Leben, dachte Förster, aber hundertpro.

8 *John Lennon hat seine Ruhe*

Montag, kein Lieblingstag, einer, den man nicht liken kann, weshalb er gern wahlweise als manic oder blue besungen wird, aber es hilft ja nichts, dachte Förster, der Mensch ist Arbeit und die Arbeit ist der Mensch, also Rechner auf und ab die Post, auch wenn kein Meer in Sicht ist.

....

> Von: lutz.lutz@lutz.info
> An: info@foerstermeinfoerster.de
> Betreff: Lesung Berlin
>
> Förster, guten Morgen,
> denk dran, dass du am Mittwoch die Lesung in Berlin hast. Endlich wieder, was? Der Termin mit dem Klausner ist jetzt auch bestätigt. Mach mir da keine Schande ;)
> Ich habe dem in den höchsten Tönen von deinem neuen Buch vorgeschwärmt, auch wenn du mir bisher noch immer keinen Titel genannt hast. Wenn wir da nicht bald aus dem Quark kommen, ist der Zug abgefahren. Aber ich will dich nicht unter Druck setzen. Ist es nicht schön, wenn man von vergangenen Heldentaten leben kann? Du jedenfalls, dein Agent nicht unbedingt. Also denk dran: Auch meine Kinder wollen essen. Da der Vorverkauf für

die Lesung noch nicht so prickelnd läuft, habe ich noch
was mit einem Citymagazin klargemacht, die schicken dir
einen Fragebogen zu, den du beantworten musst. Das
erscheint nur online, aber besser als nichts. *Tip* und *Zitty*
haben leider nicht angebissen. Die kannten dich gar nicht.
Zu jung. Also die. Egal, du wirst das Ding rocken, ich
vertraue dir.
Lutz

....

Von: melina.ortega@cityonline.com
An: info@foerstermeinfoerster.de
Betreff: Fragebogen

Sehr geehrter Herr Förster,
wie mit Ihrer Agentur besprochen, sende ich Ihnen
hiermit unseren Fragebogen zu. Ich würde mich freuen,
wenn Sie ihn so schnell wie möglich beantworten
könnten.
Mit freundlichen Grüßen,
Melina Ortega

....

Von: info@foerstermeinfoerster.de
An: melina.ortega@cityonline.com
Betreff: Re: Fragebogen

Liebe Frau Ortega,
anbei der Fragebogen.
Viele Grüße,
Förster

....

Von: info@foerstermeinfoerster.de
An: melina.ortega@cityonline.com
Betreff: Re: Fragebogen

Ups, jetzt auch mit Anhang.

....

Von: melina.ortega@cityonline.com
An: info@foerstermeinfoerster.de
Betreff: Re:AW: Fragebogen

Sehr geehrter Herr Förster,
es wäre schön, wenn Sie uns den Fragebogen
beantwortet zurückschicken könnten.
Mit freundlichen Grüßen,
Melina Ortega

....

Von: info@foerstermeinfoerster.de
An: melina.ortega@cityonline.com
Betreff: Re:AW:Re: Fragebogen

Liebe Frau Ortega,
ich habe den Fragebogen nun zum zweiten Mal
ausgefüllt und hoffe, dass es jetzt klappt.
Viele Grüße!

Von: info@foerstermeinfoerster.de
An: melina.ortega@cityonline.com
Betreff: Re:AW:Re: Fragebogen

Und hier: Der Anhang.

Von: melina.ortega@cityonline.com
An: info@foerstermeinfoerster.de
Betreff: Re:AW:Re:AW: Fragebogen

Sehr geehrter Herr Förster,
leider ist hier auch nur wieder der leere Fragebogen
angekommen. Vermutlich gibt es bei Ihnen ein Problem
mit dem Abspeichern der Datei. Zur Sicherheit ziehen
Sie vielleicht die Textdatei erst auf Ihren Desktop,
anstatt sie im Mailprogramm zu öffnen, dann müsste es
funktionieren.
Mit freundlichen Grüßen,
Melina Ortega

Von: info@foerstermeinfoerster.de
An: melina.ortega@cityonline.com
Betreff: Re:AW:Re:AW:Re: Fragebogen

Liebe Frau Ortega,
das alles ist mir sehr peinlich. Zur Sicherheit jetzt Fragen
und Antworten direkt in der Mail.
Viele Grüße,
Förster, Follidiot

Name: Roland Förster
Aktuelle Projekte: Beobachtung des sog. echten Lebens, das laut Werbung je zur Hälfte aus Rarmachen und Klarmachen besteht. Ziel: Verwendung in Buchprojekt »Der letzte Idiot«. Autobiografisch.
Was machen Sie in Ihrer Freizeit? Arbeiten.
Haben Sie Macken? Ungeduld und Phlegma.
Was würden Sie gerne mal machen? Und warum haben Sie es noch nicht gemacht? Drei Monate schweigen. Aber es gibt so viel zu besprechen.
Auf welche drei Gegenstände könnten Sie auf keinen Fall verzichten? iPad und Kaffeemaschine. Und natürlich eine Tasse, damit ich mich nicht unter den Auslauf der Maschine legen muss.
Was können Sie besonders gut? Wichtige Dinge ignorieren.
Mit wem würden Sie gerne einen Tag tauschen? Mit John Lennon. Der hat seine Ruhe.
Wo sind Sie aufgewachsen? Bei meinen Eltern.
Wie war Ihre Kindheit? Alles sah sehr groß aus.
Welchen Sport betreiben Sie? Pfahlsitzen ohne Pfahl.
Was mögen Sie auf Partys? Wenn Musik gespielt wird, die nur ich mag.
Was ärgert Sie auf Partys? Leute, die behaupten, sie könnten keine Ikea-Regale zusammenbauen. Und Leute, die sofort zeigen wollen, wie leicht das ist.
Was würden Sie verbieten, wenn Sie könnten? Im Kino aufstehen, obwohl der Nachspann noch läuft.
Welchen lebenden Prominenten würde Sie gerne treffen? Elvis.
Und welchen Toten? Keith Richards.
Was haben Sie als Nächstes vor? Dreffke werden.

Von: melina.ortega@cityonline.com
An: info@foerstermeinfoerster.de
Betreff: Re:AW:Re:AW:Re:AW: Fragebogen

Sehr geehrter Herr Förster,
jetzt hat alles geklappt! Ich glaube nur, dass Ihnen bei der Beantwortung von zwei Fragen ein kleiner Dreher unterlaufen ist. Sie haben den lebenden und den toten Prominenten vertauscht. Elvis Presley ist tot, Keith Richards lebt noch. Wir werden das korrigieren. Außerdem habe ich die Antwort »Dreffke werden« nicht verstanden.

Mit freundlichen Grüßen,
Melina Ortega

Von: info@foerstermeinfoerster.de
An: melina.ortega@cityonline.com
Betreff: Re:AW:Re:AW:Re:AW:Re: Fragebogen

Liebe Frau Ortega,
ich habe nichts vertauscht. Elvis lebt und wird nie sterben, Keith Richards wurde als Toter geboren, das ist allgemein bekannt. Fragen Sie Dreffke.
Viele Grüße,
Förster

....

Von: laurenbacall@gmx.net
An: info@foerstermeinfoerster.de
Betreff: Halunken

Förster, mein Förster,
wieder einmal habe ich einen Halunken zur Strecke gebracht, aber die Welt ist nicht besser geworden, es wachsen ständig welche nach. Darüber wird Frau Kommissarin alt und grau. Gegen das Graue helfen Tönungen, gegen das Grauen kaum etwas. Morgen ist der Tag, ab dem man sich nichts mehr vorlügen kann. Ich freue mich, Dich zu sehen.
Martina

....

Von: lutz.lutz@lutz.info
An: info@foerstermeinfoerster.de
Betreff: Kein Betreff

Förster, die von dem Onlinemagazin haben gesagt, dass sie deinen Fragebogen nicht bringen, weil sie ihn zu schräg für ihre Zielgruppe finden.
Lutz

9 *Der letzte Idiot*

Das war ein Fehler, dachte Förster, weil es immer ein Fehler war, seine Mails zu lesen, bevor man mit der eigentlichen Arbeit begonnen hatte, denn was man las, das ging einem im Kopf herum, ob man es beantwortete oder nicht. Viel zu oft tat er es nicht, dann wieder doch, obwohl es ihm gar nicht in den Zeit- und Gedankenplan passte. Er konnte nicht sagen, ich habe ein künstlerisches Programm, das ich durchziehen werde, gegen alle Widerstände, nein, er wollte Melina Ortega gefallen, so wie er immer allen gefallen wollte, aber jedermanns Schätzchen ist jedermanns Arschloch, in Amerika war das ein Sprichwort, denn die wussten Bescheid, die Amis.

Um irgendwas zwischen sich und die Lutzens und Melinas zu legen, das ihm den Übergang in das umkämpfte Paradies der Kreativität erleichtern würde, nahm Förster sein Handy, steckte den Kopfhörer ein, schaltete auf Flugmodus und scrollte durch seine Musik, hörte erst Frank Spilkers *Der Mond und ich,* aber das kam irgendwie zwölf Stunden zu spät. Sowohl der Mond als auch das Ich waren in dem Song voll, nicht nur so halb voll wie Förster und sein Mond gestern, als das Saxofon von Frau Strobel von Paris und der Liebe geträumt hatte. Auch *Smile Please* von Stevie Wonder brachte keine Rettung, weil diese Nummer für Förster wieder etwas, nun ja, Somnambules hatte, was ihn wieder auf Martina brachte und zu der Frage, ob früher wirklich alles besser und schöner gewesen war, damals, als Fränge noch Astronaut hatte werden wollen. Von da war es nur ein Klick zu The National: *We're out looking for Astronauts, looking for Astronauts*, aber auch das killte Försters Unruhe nicht, also riss er sich die Knöpfe aus den Ohren und warf das Handy aufs Sofa.

Um so zu tun, als ginge noch was, öffnete er die Idioten-Datei und sah sich an, was er da bisher zustande bekommen hatte, das überwältigende Ergebnis von einem Monat harter Arbeit, einem ständigen Probieren und Verwerfen, Schreiben und Löschen und Feilen und Abwägen, der Anfang des Großen Deutschen Romans, der Beginn eines Opus Magnum:

Ich bin der letzte Idiot. Um mich herum werden alle immer schlauer. Auch schlanker, schöner, gelassener – unverwundbar. Nur ich verstehe immer weniger, werde dümmer und dümmer, und eines Tages werden sie mich irgendwo ausstellen und mich anstarren, die Familien werden Ausflüge machen und ihren Kindern sagen: »Seht ihn euch an! Das ist er: der letzte Idiot. Die anderen sind alle ausgestorben!«

Einen Satz obendrauf, dachte Förster, und es wäre ein gelungener Tag, besser als alle sieben der letzten Woche, ein Satz kann nicht schwer zu finden sein, irgendeiner, selbst, wenn du ihn morgen wieder streichst, denn das Streichen, das ist ja auch arbeiten, streichen kann schreiben sein, und wer schreibt, der bleibt, blöder Spruch, aber wahr, also komm: ein einziger Satz!

10 *Bionade Litschi oder:*
Man kann auch alles übertreiben

Fränge saß am Tresen und rührte in seinem Milchkaffee, Brocki nahm sich eine Bionade Litschi aus dem Kühlschrank. Es war ruhig im Café Dahlbusch, denn es waren Ferien, trotzdem saßen draußen ein paar Jungs und Mädchen von der nebenan liegenden Schule. Fränge hatte es geschafft, dass sie nicht nur in den Pausen herkamen oder wenn sie blaumachten. Wobei, wenn sie blaumachten, mussten sie immer damit rechnen, dem Angehörigen ihres Lehrkörpers, Tilman Brock, über den Weg zu laufen.

»Ich verstehe nicht, wie man dieses Zeug trinken kann, Brocki!«, ereiferte sich Fränge.

»Und ich verstehe nicht«, entgegnete Brocki, »wie die Menschen immer noch glauben können, die Erde sei eine Kugel.«

Förster nippte von seinem stillen Wasser und sagte nichts. Das mussten die beiden untereinander ausmachen.

»Da draußen«, machte Fränge weiter, »sitzen Schüler von dir. Du bist ein Vorbild! Du kannst nicht vor Schülern Litschi trinken, Brocki! Nimm dir ein Bier oder dreh dir 'ne Tüte, aber lass das mit den Hip-Getränken!«

Förster sagte, er habe den Eindruck, Bionade sei gar

nicht mehr hip, sondern längst schon wieder out. Brocki nahm einen tiefen Schluck, seufzte und betrachtete die Flasche. Das konnte jetzt eine Zeit lang Ärger geben, weil Fränge und Brocki seit fast vierzig Jahren darauf programmiert waren, sich gegenseitig auf die Nerven zu gehen, das machte ihnen einen Heidenspaß, auch wenn es sich manchmal nicht so anhörte und zufällig Anwesende zutiefst irritierte. Wir sind Blagen, dachte Förster, Blagen kurz vor der Rente.

»Warum«, wollte Fränge jetzt wissen, »verhalten sich Lehrer ständig so, dass man sie einfach hassen muss? Und dann beschweren sie sich auch noch darüber, dass sie gehasst werden? Ich verstehe nicht, wie jemand, der selbst zur Schule gegangen ist, überhaupt Lehrer werden kann.«

»Man möchte etwas zurückgeben«, sagte Brocki.

»Was denn zurückgeben? Den Hass, die Demütigungen, die Erniedrigungen?«

»Genau in der Reihenfolge.«

»Förster«, wandte sich Fränge jetzt an Förster, »was sagst du dazu? Du hast deine Pauker in der Schule auch gehasst, oder?«

»Meine Güte«, unterbrach Brocki, »Lehrer-Bashing ist mittlerweile langweilig! Ungefähr so out wie schmale Lederkrawatten!«

»Aber noch nicht so out wie Bionade Litschi!«, rief Fränge. »Die Sache ist die, Brocki: Wenn du vierzehn, fünfzehn, sechzehn bist, gehören Lehrer zu den Menschen, die dein Leben bestimmen. Notabene gehen sie einem auf den Geist. Erwachsene müssen einem in dem Alter auf den Geist gehen, sonst wird man selber keiner. In dem Alter ist oftmals das ganze Leben ein Tritt in die Eier, jeden Tag, du bist verwundbar, als wärst du nicht nur nackt, sondern hättest keine Haut. Es gibt Lehrer, die damit umgehen können, und es gibt welche, die damit nicht umgehen können. Dummerweise erinnert man sich mehr an letztere. An die, die dich vor der Klasse lächerlich gemacht haben, an die, die dich als den kleinen Wichser behandelt haben, der du in dem Alter auch warst. Okay, du hast dir irgendwann gesagt: Ich dreh den Spieß um, ich mache euch genauso fertig.«

»Das ist Blödsinn, Fränge!«, unterbrach Brocki ihn.

»Hast du gerade gesagt, Brocki!«

»Leg bitte nicht jedes Wort auf die Goldwaage.«

»Jedenfalls gibt es auch die anderen, die werden nicht Lehrer, sondern lernen was Anständiges und erinnern sich bis aufs Totenbett an die Demütigungen der Schulzeit. Weißt du noch, wie du die Deutschklausur über expressionistische Gedichte vor der ganzen Klasse vorlesen musstest und sich alle gebogen haben vor Lachen, weil du so einen Blödsinn geschrieben hattest?«

»Du hast mitgelacht, Fränge!«

»Ich habe höchstens gegrinst, aber darum geht es nicht. Du hattest diesen ganzen Expressionismus-Kram völlig falsch verstanden, du hast danebengelegen, aber nicht absichtlich, du hast es einfach nicht begriffen, das ganze schräge Zeug mit den Metaphern und so, und der Vogel, der hat das auch geschnallt, dass du ihn nicht absichtlich verarschen wolltest, aber er hat dich da hingestellt und vorlesen lassen und hat sich vor Lachen nicht mehr eingekriegt und ständig den Kopf geschüttelt, weil er so viel Dummheit nicht fassen konnte.«

»Das ist dreißig Jahre her, da stehe ich drüber, schon lange.«

»Aber ich nicht, Brocki«, sagte Fränge, »ich stehe da nicht drüber, ich habe das nicht vergessen oder verdrängt.«

»Du musst nicht meine Psychosen leben, Fränge, wirklich nicht. Und du hast bei deiner Beschreibung von Lehrertypen einen vergessen, nämlich den, der sich an den Mist von früher erinnert und dann selber Lehrer wird, um es besser zu machen. So was soll es auch geben!«

Darauf wusste Fränge nichts zu erwidern, also sagte er nur »Sag du auch mal was« zu Förster, und der antwortete, er finde das einen interessanten Gedanken.

»Okay«, sagte Fränge und rieb sich die Nasenwurzel, als könne er nicht glauben, dass ihn niemand verstand. »Folgende Geschichte: Neulich stehe ich an der Ampel da unten am Krankenhaus. Ich muss betonen: Ich kenne diese Ampel. Ich bin in dem Krankenhaus daneben geboren. Ich bin da schon sieben Millionen Mal langgefahren.«

»Wir haben es begriffen«, stöhnte Brocki.

»Also ich stehe da mit meinem Volvo, so ungefähr, ich würde sagen: acht Sekunden, mehr nicht. Und was passiert? Da steigt einer aus dem Wagen hinter mir aus und klopft bei mir gegen das Fenster. Ich lasse die Scheibe runter, und er so: Können Sie nicht lesen, da steht Anforderungskontakt, Sie müssen bis ganz nach vorne fahren! Und ich? Ich sage: Welche Fächer unterrichten Sie? Der hat I-a-bescheuert aus der Jacke geguckt!«

»Riesenstory!« Brocki gähnte.

»Weißt du, der Knaller ist ja«, machte Fränge weiter, »dass der Typ gedacht hat, der Anforderungskontakt sei in dem weißen Haltebalken. Das denken ja viele. Tatsächlich aber sind da Induktionsschleifen im Boden verlegt, und zwar schräg, damit auch jeder Vollidiot da richtig drauf zu stehen kommt. Ich bin dann jedenfalls noch ein paar Sekunden stehen geblieben, die Ampel wurde grün, natürlich OHNE dass ich bis zur weißen Linie vorgefahren wäre, und dann habe ich gewartet, bis es gelb wurde, und erst dann bin ich losgefahren, und der Typ musste noch 'ne Runde stehen bleiben. Hat sich aufgeregt ohne Ende, aber zu Recht, ehrlich jetzt!«

»Natürlich hat er sich zu Recht aufgeregt«, sagte Brocki, »das war ja auch eine Sauerei von dir, Fränge!«

»Ich meine, er hatte es verdient, sich zu ärgern und da noch eine Rotphase länger zu stehen. Ich kann nur hoffen, dass er weit genug vorgefahren ist, bis zu dem scheiß Anforderungskontakt. Ernsthaft, es gibt Leute, die müsste man verbieten.«

»War der Typ denn überhaupt Lehrer?«, wollte Förster wissen.

»Er hat jedenfalls geguckt wie einer.«

»Oh Mann«, stöhnte Brocki, »man kann auch alles übertreiben.«

»Ja, darin bin ich gut«, sagte Fränge. »Aber du, du hast keine Ahnung, Brocki, ehrlich.«

»Ich muss nach Hause.«

»Komm«, sagte Fränge, »nimm noch 'ne Litschi mit, für unterwegs!«

Da konnte Brocki nicht anders und musste lachen.

In dem Moment kam Alex herein und gab Brocki und Förster, nicht aber seinem Vater die Hand, sondern drückte sich gleich in die Bank im hinteren Teil des Cafés.

»Hey, Großer«, sagte Fränge, »ich wünsche dir auch einen guten Tag. Kriegst gleich dein Essen, ich will den beiden Spezialisten nur noch was zeigen.«

»Tut mir leid, Fränge«, sagte Brocki, »ich muss los, ehrlich.«

»Wir gehen nur schnell hinters Haus.«

Damit war Fränge schon draußen, und Förster und Brocki konnten gar nicht anders, als ihm zu folgen. Fränge ging durch die Toreinfahrt auf den Hof und verschwand nach rechts um die Ecke. Als Förster und Brocki ebenfalls um die Ecke bogen, präsentierte ihnen Fränge einen alten VW Bulli, zweifarbig, oben weiß, unten blau.

»Du hast das Ding echt gekauft?«, sagte Förster.

»War ein Schnäppchen. Also mehr ein Schnapp, so günstig war der.«

»Nicht übel, Fränge«, staunte Brocki. »Wirklich, nicht übel!«

»Was willst du damit?«, fragte Förster.

»Mensch, Förster, jetzt sei nicht so eine Spaßbremse, das Ding wird auf Vordermann gebracht, und eines Tages lege ich da 'ne Matratze rein und fahre los.«

»Und was sagt die Uli dazu?«

Fränge atmete aus. »Die Uli sagt dazu, dass es gut ist, wenn ein Mann sich einen Traum erfüllt. Es ist keine Harley.«

Also sah die Uli das wahrscheinlich ganz anders, aber das ließ Förster jetzt mal außen vor. Sie hingen alle ihren Gedanken nach und betrachteten den Bulli. Fränge wirkte glücklich. Dagegen war nichts zu sagen, dachte Förster.

11 *Das Einzige, was früher wirklich besser war*

Das hatte was, das Draußen, jedenfalls in einem Sommer wie diesem, wo man an jeder Ecke sehen konnte, wie das sogenannte Leben seinen Job machte, vor allem hier im Park, am Nachmittag, Förster sah sich das sehr gerne an, nicht zuletzt, weil es sinnvoller schien, stichprobenartig der Bevölkerung bei der Absolvierung der eher angenehmen Aspekte ihres Alltags zuzuschauen, als sich von einem fordernd blinkenden Cursor demütigen zu lassen. Förster sah Pärchen auf der Wiese, Rentner, die trotz der Hitze viel zu warm angezogen waren, und Kinder, denen Eis aufs T-Shirt tropfte. Vom Tierpark her war Lärm zu hören. In der Nordseewelt wurden die Seehunde gefüttert, und eine Pflegerin erklärte per Lautsprecher Wissenswertes über die Tiere. Jogger joggten. Auf dem Minigolfplatz war schwer Betrieb. Heute spielten vor allem Familien und andere Normalbürger. An Tagen mit schlechterem Wetter sah man die Profis, die Spezialisten mit den teuren Schlägern und den kleinen Koffern, in denen sie alle möglichen Bälle von Bahn zu Bahn trugen. Förster fand das enttäuschend. Wenn man praktisch für jede Bahn einen eigenen Ball spielen konnte, war das, als würde man mit Stützrädern Fahrrad fahren. Aber letztlich wusste er zu wenig darüber.

Dieses ganze Leben hier draußen war eine tolle Sache.

Der Sommer gab sich Mühe, das musste man sagen. In den letzten Jahren war es oft kühl und nass gewesen, aber in diesem Jahr konnte man nicht meckern.

Früher waren Förster die Jahreszeiten egal gewesen, er hatte es abgelehnt, sich Gedanken über das Wetter zu machen, aber mit fortschreitendem Alter war er immer weniger bereit, so etwas wie Winter, also Eis und Schnee, zu akzeptieren, sodass er sich immer wieder vornahm, den nächsten Januar und Februar irgendwo zu verbringen, wo es warm war, aber dann kam ihm irgendwas dazwischen, und er sagte sich, dass es ihm dann auch nicht wirklich ernst sein konnte. Das Outback, das ihm seit gestern Morgen so oft durch den Kopf gegangen und über die Lippen gekommen war, dass man es jetzt auch erst mal wieder abhaken müsste, wäre im Winter natürlich keine Option, denn dann war da unten (oder da draußen) Hochsommer, das hieße vierzig oder fünfzig Grad, und das musste ja nun auch nicht sein.

Er setzte sich auf eine Bank und dachte nach. Rar machen, klar machen, echtes Leben. Die Frage war tatsächlich, ob es Menschen gab, bei denen solche Sprüche funktionierten. Aber Werbung, das war ja heute praktisch Wissenschaft, da machten sich eine Menge Leute eine Menge Gedanken, und die hatten sicher auch ihre Verfahren, mit denen sie die Wirkung ihrer Gedanken überprüfen konnten. Förster war mit Fernsehen und Werbung aufgewachsen, hatte in letzter Zeit aber den Eindruck, das alles richtete sich nicht mehr an ihn, sondern an andere, die durch die Bank besser aussahen.

Doch er wollte nicht jammern. Leute, vor allem Männer, die auf die fünfzig zugingen und sich über die Zumutungen des modernen Lebens beschwerten, waren peinlich. Förster schätzte die Annehmlichkeiten technischer Innovationen. Früher hatte er auf Lesereisen einen tragbaren Player und fünf, sechs CDs mitgeschleppt, dann aber im Zug irgendwo zwischen Karlsruhe und München festgestellt, dass er dringend zum ersten Mal seit fünf Jahren wieder Queen hören musste, und es bedauert, dass er die nicht dabeihatte, heute hatte er das alles auf seinem Handy, und da konnte Neil Young noch so oft quengeln, dass der Klang der MP3s oder MP4s mies war, denn Förster hörte das nicht, sondern war einfach nur glücklich, wenn er sich ungeplant in Vergangenheiten abseilen konnte, die er lange nicht besichtigt hatte. So wie jetzt, denn Aztec Camera hatte er seit Jahren nicht gehört, und auch wenn die Nummer *Rainy Season* hieß und rundherum der Sommer explodierte, passte das jetzt wie Arsch auf Eimer, denn der Song hatte einen fast japanisch angehauchten Melodiebogen, und bei Japan, da hatte man an Kirschblüten zu denken, die waren Frühling, und der war ganz nah am Sommer.

Geil, die moderne Welt.

E-Mails hatten dazu geführt, dass man keine Briefmarken mehr anlecken musste. Man musste nicht mehr in stinkende Videotheken rennen, sich nicht mehr von den Schaltermenschen bei der Bahn falsch beraten lassen. Man musste auch nicht mehr für jede Überweisung zur Sparkasse, man konnte sich praktisch alles nach Hause liefern lassen, anstatt stundenlang durch Geschäfte zu tigern, nur um festzustellen, dass das, was man brauchte oder wollte, nicht zu kriegen war. Klar, im Internet bestellte Klamotten passten oft nicht oder sahen anders aus als auf den Bildern, und dann musste man die Pakete zur Post bringen, wobei es die Post ja eigentlich nicht mehr gab, aber die kleine Selterbude drei Straßen weiter nahm DHL an und die Änderungsschneiderei daneben Hermes, das war alles kein Problem, und: bisschen Schwund war immer. Die schlechten Arbeitsbedingungen der Leute bei den Online-Händlern – ja, das war zum Kotzen, und was Elektrogeräte anging, vertraute Förster nach wie vor einem kleinen ortsansässigen Fachgeschäft. Das ist das echte Leben heutzutage, dachte Förster, egal ob rar oder klar, du lebst den Widerspruch. Das hast du früher auch, aber du wusstest weniger darüber. Und die Sehnsucht nach früher funktionierte auch nur, wenn dieses Früher sich immer weiter entfernte. Wenn plötzlich alle wieder im Urlaub in einer langen Schlange vor der Telefonzelle stehen müssten, um der Omma zu sagen, dass man gut angekommen war, während draußen weißbeinige Familienväter in kurzen Hosen und Sandalen an die Scheibe schlugen und zur Eile drängten, dann wäre das Geschrei groß.

Nur soziale Netzwerke waren nicht sein Ding. Gerade mal zwei Tage war er bei Facebook gewesen, dann, so erzählte er gerne auf Partys, habe seine Freundin seine Freundschaftsanfrage abgelehnt, woraufhin er seine Seite inaktiv geschaltet habe. Tatsächlich war es ihm unheimlich gewesen, wer sich plötzlich alles bei ihm gemeldet hatte, was bei Förster sofort einen unerträglichen Schub von Schuldgefühlen ausgelöst hatte, weil er alte Freundschaften nicht pflegte, Anrufe oder Mails nicht beantwortete, obwohl er es sich jedes Mal fest vornahm. Außerdem hatte es ihn verunsichert, dass plötzlich so viele Menschen wussten, welche Bücher ihm etwas bedeuteten, welche Musik ihm wichtig war und was er den ganzen Tag tat und das alles. Kaum dass all die

Informationen auf seiner Seite standen, hatten die Gegenstände, die sie betrafen, für ihn ein kleines bisschen weniger Bedeutung, also löschte er alles, bevor es ihm völlig abhandenkam. Das war natürlich kindisch, im täglichen Gespräch gab er ständig Informationen preis, er hatte früher einen Haufen Interviews gegeben, aber das war nicht dasselbe. Er beneidete die Leute, die mit Facebook zurechtkamen. Menschen, die sich ewig nicht gesehen hatten, fanden wieder zusammen und blieben in Kontakt, das war gut, dagegen war nichts zu sagen, im Gegenteil. Monika beherrschte das alles, tauschte Videos und Bilder mit Menschen auf der ganzen Welt, blieb in Kontakt. Kontakt war immer gut, man wusste nie, wann man mal dringend Kontakt brauchte, tief in der Nacht, wenn der Liebeskummer kam und der Alkohol zur Neige ging, aber die Zeiten waren für Förster vorbei, Liebeskummer kam in seinem Plan für das letzte Lebensdrittel nicht vor. Alkohol war auch immer genug da, und zur Not heulte man eben nüchtern den Mond an, das ging immer, da wurde man mit fortschreitendem Alter ja auch gelassener, man konnte – eine alte Forderung seiner Mutter – auch ohne Alkohol fröhlich sein, aber eben auch zutiefst niedergeschlagen, letztlich machte es keinen Unterschied. Und wenn man Glück hatte, spielte dazu die demente Nachbarin auf dem Saxofon.

Aber Kontakt war eine feine Sache.

Monika hatte behauptet, sein Widerwille gegen Facebook rühre daher, dass er keine Fragen gestellt bekommen wolle, weil er sich dann für eine Antwort entscheiden müsse, und das sei nicht sein Ding, er lebe lieber fraglos in den Tag hinein, worauf Förster erwidert hatte, seine fünf Romane hätten sich auch nicht von selber geschrieben, da gebe es immer was zu entscheiden und zu fragen und zu antworten, aber da hatte Monika nur gelacht. Letztendlich hatte Förster zugeben müssen, dass sie nicht ganz unrecht hatte. Dieser ganze Austausch, diese ganze Fragerei ging ihm auf die Nerven, weil er seine Antworten fast immer unzureichend fand und sich dann dumm fühlte. Nichts hasste er mehr, als seine Bücher erklären zu müssen, gleichzeitig war er nicht mutig genug, mit einem frischen *Erklärt euch den Mist doch selber!* alle Interviews abzulehnen, weil: Das war ja alles Promo, und ohne Promo verkaufte man keine Bücher, so einfach war das.

Aber weil er öfter mal über das Früher schrieb, das so viele Leute vermissten, also die Achtziger und auch die Siebziger und was man da so getrieben hatte als Kind, als Junge, wurde er gerne als Kronzeuge verhaftet, um gegen Facebook und das Internet auszusagen, und gegen die Jugend von heute, die ja so faul und spießig sei und sich für nichts mehr interessiere und keine Revolution mehr wolle und nur noch auf Handys rumknipse, am Computer Ego-Shooter-Spiele spiele und entseelte Massen-Popmusik höre, worauf Förster immer das große Kotzen kam. Dann nutzte er gerne sein Handy, sein topaktuelles Smartphone mit LTE-Tarif, um Arztgattinnen und Architekten und ehrenamtlichen Kulturvereinsvorsitzenden die deutschen Charts von beispielsweise dem März 1965 vorzulesen: *Kleine Annabell, Das war mein schönster Tanz, Cinderella Baby, Küsse nie nach Mitternacht, So ein Seemann macht es richtig, Warten ist so schwer, Das Humbta-Tätärä, Die Frau mit dem einsamen Herzen, In Alabama steht ein Haus, Taxi nach Texas* – und das alles nur in den Top Twenty! Entseelter Massen-Schlager, wo man hinguckte! Und auf die Frage, wann die denn genau gewesen sei, die GAZ, die *Gute Alte Zeit,* als alles in Ordnung gewesen war und sich alle gut benommen und Respekt vor alten Leuten gehabt hatten, da wussten sie dann alle keine Antwort.

Es ist doch so, dachte Förster: Das Einzige, was früher wirklich besser war, das sind die eigenen Augen und Gelenke.

12 *Die Jugend von heute*

Und dann stand die Jugend von heute nicht nur vor ihm, sondern ihm auch noch in der Sonne, Förster saß im Schatten der Jugend, und die Jugend hieß Finn, war sechzehn, wohnte ein paar Straßen weiter und hatte schon mindestens ein Buch von Förster gelesen.

Förster nahm die Kopfhörer aus den Ohren und sagte: »Finn, was geht?«

»Nee, nee, Herr Förster, das mit der Jugendsprache sollten wir besser lassen!«

»Finn, Alter, chill mal!«

»Ich dachte, ein Schriftsteller, der sitzt um diese Zeit am Schreibtisch?«

»Da habe ich schon gesessen. Ich habe meinen Beitrag heute schon geleistet.«

»Sind Sie gut vorangekommen?«

»Du denkst zu konventionell, Finn.«

Finn setzte sich neben Förster, und zusammen sahen sie sich das Leben an, wie es vor ihnen ab- oder vorbeilief.

»Spielst du Minigolf?«

»Nur wenn ich gezwungen werde«, antwortete Finn. »Ich hasse es, wenn ich an jeder Bahn warten muss, weil vor mir so eine Riesenfamilie steht und die Eltern ihren Kindern nicht sagen wollen, dass nach dem sechsten Schlag Schluss ist und man einen Strafpunkt bekommt. Kennen Sie Bahn sieben? Die, die aussieht wie eine Brust mit einem Loch oben drin?«

»Für mich ist das mehr ein Vulkan.«

»Ich bin in der Pubertät, Herr Förster, schon vergessen? Für mich sieht alles aus wie eine Brust.«

»Okay, kein Problem.«

»Jedenfalls scheitern viele an dieser Bahn.«

»Wer ist nicht schon an einer Brust gescheitert.«

»Herr Förster, noch schlimmer, als wenn Erwachsene Jugendsprache benutzen, ist es, wenn sie Jugendlichen gegenüber zweideutige Bemerkungen machen.«

»Du hast recht, Finn, entschuldige.«

»Also, ich habe neulich an Bahn sieben gestanden, und ein Vater hat seine heulende Tochter vierundzwanzig Schläge machen lassen, aber der Ball ist immer auf der anderen Seite wieder runtergerollt oder gar nicht erst hochgekommen.«

»Auf die Brust.«

»Ich glaube, wir nennen das Ding doch lieber einen Vulkan, Herr Förster.«

»Vierundzwanzig Schläge jedenfalls.«

»Und der Typ sagt wirklich«, machte Finn weiter, »das sind erst vierundzwanzig Schläge, Herzchen. Der Papa braucht bestimmt noch viel mehr! Ich glaube, das war das letzte Mal, dass ich auf einem Minigolfplatz war.«

»Findest du es nicht auch komisch, wenn da diese Profi-Spieler kommen und für jedes Loch einen eigenen Ball nehmen? Ich habe den Eindruck, dass das dann alles viel einfacher ist.«

»Keine Ahnung, ist mir egal.«

»Letztlich weiß ich auch nicht genug darüber.«

»Was macht die Moni, Herr Förster?«

»Wie kommt es, dass du meine Freundin duzen kannst, mich aber nicht?«

»Keine Ahnung. Bei Ihnen kriege ich es irgendwie nicht hin.«

»Monika ist zum Knipsen gefahren. Auf die Äußeren Hebriden.«

»Oh, cool.«

»Was, dass sie weg ist oder die Äußeren Hebriden?«

»Nur die Hebriden. Dass sie weg ist, ist natürlich uncool. Vor allem für Sie, Herr Förster. Was für Musik haben Sie da gerade gehört?«

»Was von früher. Aztec Camera.«

Finn nickte nur, und Förster fragte sich, ob der Junge wusste, wer das war, ob er sein Unwissen überspielen oder Förster absichtlich im Unklaren lassen wollte.

»Und?«, fragte Förster. »Irgendwas Neues aus dem Reich der wohlstandsverwahrlosten Jugendlichen?«

»Immer dasselbe, Herr Förster. Oder nein, warten Sie, dass einem der eigene Vater die Freundin ausspannt, ist sicher ein kleines bisschen ungewöhnlicher.«

»Komm, hör auf!«

»Ist mein Ernst, Herr Förster. Die Nina ist öfter bei uns zu Hause gewesen und hat sich da immer super mit meinem Vater verstanden, aber ich dachte, das ist nur, weil er immer einen auf verständnisvoll macht, so von wegen, er versteht mich total, und die Schule ist ja nun auch wirklich das Letzte und so. Ich will das alles nicht hören. Das ist irgendwie gegen die natürliche Ordnung. Ein Vater, der sich mehr über die Schule seines Sohnes aufregt als sein Sohn selber! Krank, so was! Aber ich habe ihm nichts angemerkt, von wegen Nina. Ich meine, da kommt man ja auch nicht so ohne Weiteres drauf, der Vater mit der Freundin. In der letzten Zeit ist es nicht gut gelaufen zwischen der Nina und mir. Ich wusste, dass da ein anderer im Spiel ist. Ich hatte den Berkan im Verdacht, das wäre echt ein Schlag gewesen, der beste Kumpel und so. Oder diesen Leon aus der D, weil der Klavier spielt und Tennis und weil die Nina öfter gefragt hat, wieso ich denn so unmusikalisch wäre und keinen Sport treiben würde. Also, wenn sie auf den abfährt, dachte ich, dann habe ich mich I a in ihr getäuscht. Als dann rauskam, dass es mein Vater ist – Mann, da konnte ich eigentlich nur noch lachen. Aber Nina findet die Schule auch doof, da haben sie ja gleich was gemeinsam.«

»Hast du in letzter Zeit was von deiner Mutter gehört?«

Finn seufzte, und Förster dachte: Wie der so seufzt, komme ich mir vor, als wäre ich sechzehn und er neunundvierzig, als wäre ich der unreife Bengel, dem man alles tausendfach erklären muss.

»Sie denken zu konventionell.«

»Schlimm, oder?«

»Passiert denn nichts Originelles in Ihrem Leben, irgendwas Schräges?«

»Am Sonntagmorgen habe ich einen Hamster gefunden.«

»Das ist ein Anfang.«

»Finn?«

»Ja, Herr Förster?«

»Sind alle in deinem Alter so schlau?«

»Offenbar nicht, sonst würden sie nicht mit dem Vater ihres Freundes ins Bett gehen.«

»Wenn du die Jugend von heute bist, dann muss uns Alten nicht bange sein, oder?«

»Brauchen Sie jemanden, der Sie später pflegt?«

»Willst du den Job haben?«

»Frage, Gegenfrage, Gegengegenfrage – das wird mir zu kompliziert. Aber mal was anderes. Ich muss für die Schule was über einen Ort hier in der Stadt schreiben, das müssen alle machen, und das soll dann eine Art literarischen Stadtplan ergeben.«

»Da könnt ihr gleich eine App zu programmieren. Man fährt die Stellen ab und lässt sich auf Knopfdruck die Geschichte vorlesen.«

»Wer bin ich? Sheldon Cooper? Jedenfalls wollte ich Sie fragen, was der merkwürdigste Ort war, an dem Sie sich verliebt haben.«

»Eine Müllkippe.«

»Echt?«

»Es war ein Wertstoffhof. Ich war Mitte zwanzig und bin umgezogen. Im Keller der neuen Wohnung war noch lauter Müll vom Vormieter, und als ich den zum Wertstoffhof um die Ecke gebracht habe, hat da die Anja gearbeitet.«

»Krass.«

»Ich dachte, wir wollten das mit der Jugendsprache besser sein lassen.«

»Bezog sich nur auf Sie, Herr Förster. Ich darf das, ich bin ja jung.«

»Ich *war* mal jung. Und zwar länger als du bisher.«

»Also, ich denke, das mit dem Wertstoffhof ist eine gute Idee. Die anderen aus meiner Klasse werden lauter ganz normale Orte nehmen, was weiß ich, Stadtpark, Stadion, eine alte Kirche. Wertstoffhof, das hat was.«

»Ich helfe immer gerne.«

Dann sahen sie einem alten Mann zu, der den Weg heraufgeschlurft kam. Es dauerte ziemlich lange. Der Alte trug die Altenuniform, also hauptsächlich beige, auch die bei diesem Wetter eigentlich überflüssige Jacke, außerdem stützte er sich auf einen Stock, aber wie er da so daherkam, dachte Förster, hatte er was unglaublich Cooles, Souveränes, weil er ausstrahlte, dass ihm alles völlig egal war, das schöne Wetter, das ganze Leben rundherum und vor allem die Tatsache, dass seine Beine nicht mehr richtig wollten. Unbeirrbar zog er schnurgerade seine Linie, und als er bei Finn und Förster ankam, lüftete er kurz seine graue Schlägerkappe, was Finn und Förster so frappierte, dass sie nur nicken konnten.

»Wie ist das jetzt so mit deinem Vater und dir? Kommt ihr klar?«, wollte Förster wissen, als der Alte außer Sichtweite war.

»Mein Vater ist unterwegs. Kongress in Hamburg. Hat mich mit einem prall gefüllten Kühlschrank und einem Haufen Bargeld zurückgelassen. Man kann es schlechter treffen. Und die Moni? Wie lange ist die denn weg?«

»Insgesamt zwei Wochen.«

»Ist da so viel zu knipsen auf den Äußeren Hebriden?«

»Man wartet lange auf das richtige Licht.«

»Ist ja wie hier.«

»Und das Meer, das macht ja oft, was es will, und das ist nicht immer das, was die Moni für ihr Foto will, also hat sie sich ausreichend Zeit genommen. Sie kommt aber am Sonntag zurück.«

»Weil Sie am Sonntag Geburtstag haben.«

»Du bist gut informiert, Finn. Apropos gut informiert: Kennst du diese Peggy, die im Café Dahlbusch bedient?«

»Ja, ja, sicher, aber für mich ist die zu alt und für Sie viel zu jung, Herr Förster. Muss ich mir Sorgen machen?«
»Nicht um mich.«
»Ich kenne die eigentlich gar nicht. Ich habe gehört, dass sie schreibt.«
»Die schreibt?«
»Hab ich gehört.«
»Soso.«
»Ich muss jetzt los, Herr Förster.«

Finn stand auf. Sie verabschiedeten sich. Und dann ging sie ihrer Wege, die Jugend von heute.

13 Der Unrat unter der Stadt

Zu Hause überkam Förster ganz plötzlich ein tiefes Verlassenheitsgefühl, weil ihm seine Monika so fehlte und weil ihn Fränge und Brocki deprimierten und es mit Fränge demnächst sicher noch viel weiter bergab gehen würde, denn entweder machte er mit dem weiter, was er Förster Samstagnacht erzählt hatte, oder er setzte sich wirklich in den Bulli, machte sich vom Acker, aus dem Staub, ab durch die Mitte, womöglich nicht alleine, und das wäre dann das Allerschlimmste, denn es wäre nicht die Uli, die er mitnehmen würde, und auch nicht der Alex, aber bevor Förster diesen schlimmen Gedanken weiterführen konnte, klingelte es zum Glück, und Frau Strobel stand vor der Tür. Weil sie mitten in sein Verlassenheitsgefühl hineingeklingelt hatte, freute Förster sich regelrecht und fragte, was er denn für sie tun könne.

»Entschuldigen Sie, Herr Förster, vielleicht können Sie mir helfen, mir ist da ein kleines Malheur passiert.«

Ohne seine Antwort abzuwarten, drehte sie sich um und ging hinüber in ihre Wohnung. Förster folgte ihr. Er konnte nicht anders, er mochte diese merkwürdige, alte, nicht mehr ganz gesunde Frau, die nachts Fünfzigerjahre-Schlager auf dem Saxofon blies, auch wenn sie nicht immer freundlich war, ach was, gerade *weil* sie nicht immer freundlich war, denn nach einer derartigen Überlebensleistung, wie sie Frau Strobel bisher hinbekommen hatte, hatte man das Recht, mehr Freundlichkeit fordern zu dürfen, als gewähren zu müssen.

Drinnen empfing ihn dieser typische Alte-Leute-Geruch, leicht süßlich, mit einem Hauch von Blumenkohl, angereichert mit einer Prise Nikotin. Auch wenn Förster überzeugter Nichtraucher war, fand er die Vorstellung, wie Frau Strobel sich abends vor dem Fernseher ein Entspannungszigarettchen gönnte, durchaus erheiternd.

In der Diele blätterte die Tapete von den Wänden, nur war das hier nicht Design wie im Café Dahlbusch, sondern ganz klar Verwahrlosung, allerdings eine, die Frau Strobel gar nicht als solche wahrnahm. Unter der Garderobe standen zehn oder zwölf Mülltüten, und als sie Försters Blick bemerkte, sagte Frau Strobel, die bringe sie später raus, dazu habe sie vorhin keine Lust gehabt, »bei dem Regen heute Morgen«, und Förster verzichtete auf den Hinweis, dass dies der fünfte wolkenlose Tag in Folge war.

Im Wohnzimmer stapelten sich Zeitungen und Zeitschriften auf dem Couchtisch, im Teppich waren Brandlöcher, das Sofa war voller Mäntel, Röcke, Blusen und anderer Kleidungsstücke. An der Wand hingen kleine gerahmte Bilder, aber Förster konnte nicht erkennen, was drauf war. Im Vorbeigehen erkannte er, dass sich in der Küche das schmutzige Geschirr stapelte, und auf dem alten Herd war schon einiges übergelaufen und angebrannt.

Das eigentliche Problem aber war das Bad, genauer gesagt die verstopfte Toilette. Frau Strobel hatte wohl mehrere Male versucht, trotzdem zu spülen. Hatte nicht funktioniert.

»Das kommt von unten hoch«, sagte Frau Strobel.

»Allerdings«, antwortete Förster.

»Man fragt sich, was da unten ist, Herr Förster!«

»Der Unrat unter der Stadt, Frau Strobel. All das Böse, das die Menschen denken und tun, sickert in den Boden, und manchmal kommt es hoch, da kann man nichts machen.«

Frau Strobel nickte. »Ja, ja, das habe ich mir gedacht. Gestern Abend hatten Sie Besuch, Herr Förster, und ich glaube, die Herren haben genau darüber gesprochen.«

»Da haben Sie recht, Frau Strobel. Deshalb weiß ich auch genau, was jetzt zu tun ist. Zunächst mal brauche ich Ihren Pömpel«, sagte Förster, während er sich die Schuhe auszog und die Hosenbeine hochkrempelte.

»Der steht neben dem Klo.«

»Und dann brauche ich noch Eimer, Aufnehmer und Handschuhe«, sagte Förster und machte sich an die Arbeit. Frau Strobel sah ihm ein paar Minuten zu, dann wurde ihr das offenbar zu langweilig, und sie verzog sich in die Küche, wo Förster sie mit Töpfen, Pfannen und Geschirr hantieren hörte. Was er nicht hörte, war das Rauschen von Wasser. Frau Strobel sah also offenbar noch keinen Grund, abzuspülen.

Zuerst beseitigte Förster mit dem Pömpel die Verstopfung im Knick des Klosetts, danach machte er sich daran, das Wasser auf dem Boden mit dem Aufnehmer aufzunehmen und in den Eimer zu wringen, bevor er es in die Toilette schüttete. Das dauerte seine Zeit. Zwischendurch tauchte immer wieder Frau Strobel in der Tür auf und schüttelte den Kopf. Förster hoffte, sie war nicht unzufrieden mit seiner Arbeit.

Nach zwei Stunden war er erschöpft, aber zufrieden. Körperliche Anstrengung konnte etwas Feines sein, wenn man sie nicht übertrieb. Die wohlige Erschöpfung, von der andere Menschen so gern berichteten, machte sich in ihm breit, gepaart mit heftigem Bierdurst, aber es war noch Nachmittag, außerdem hing noch immer penetranter Kotgeruch in der Luft, obwohl Förster vorhin die Fenster aufgerissen hatte.

Nach dem Badezimmer nahm er sich die Küche vor und spülte das Geschirr weg. Er kratzte eingetrocknete und zum Teil pelzig schimmelige Speisereste von den Tellern, weichte Tassen ein und erneuerte das Wasser in der Spüle insgesamt vier Mal. Danach reinigte er alle Flächen und wischte auch einmal gründlich durch. Die ganze Zeit saß Frau Strobel am Küchentisch und sah ihm zu, nahm kichernd die Füße hoch, damit er unter ihrem Stuhl wischen konnte, sagte ansonsten aber kein Wort.

Die hat die Ruhe weg, dachte Förster, so eine Demenz hat auch ihre Vorteile.

»So, Herr Förster«, sagte sie irgendwann, »jetzt ist aber Feierabend. Wollen Sie einen Kaffee? Oder lieber ein Bier?«

»Ich finde, Feierabend klingt mehr nach Bier«, stellte Förster fest.

Sie ließ wieder ihr Mädchenkichern hören und sagte: »Ich hatte gehofft, Sie würden das sagen, ich habe nämlich Lust, mir einen zu schnaseln!«

Also saß Förster dann mit Frau Strobel am Küchentisch, stieß mit seiner Nachbarin an und dachte noch, dass er noch nie eine alte Frau gesehen hatte, die aus der Flasche trank.

»Alt werden ist nicht schön, Herr Förster.«
»Das will ich gern glauben, Frau Strobel.«
»Merken Sie es auch schon?«

»Ich muss beim Lesen die Bücher etwas weiter weghalten.«

»So fängt es an.«

Sie musste aufstoßen. Sie machte sich nicht die Mühe, den Rülpser zu unterdrücken oder zu kaschieren. Sie haute ihn raus wie ein Bauarbeiter, und der Ton klang tief und voll wie aus einer alten Tuba.

»Haben Sie mich gekannt, als ich jung war, Herr Förster?«

»Leider nein.«

Er verkniff sich den Hinweis, dass er noch nicht einmal geboren war, als Frau Strobel jung gewesen war.

Sie stand auf und ging nach nebenan. Als sie zurückkam, hatte sie einige der kleinen Bilderrahmen dabei, die er vorhin im Wohnzimmer hatte hängen sehen. Als sie die nun vor ihn hinlegte, erkannte er, dass es sich um gerahmte Zeitungsausschnitte handelte, die immer wieder die gleiche, ausschließlich aus Frauen bestehende Musikgruppe zeigten. *Tanzkapelle Schmidt* stand auf der Basstrommel zu lesen. Der Kleidung der Frauen nach zu urteilen, waren die Fotos in den Fünfzigerjahren aufgenommen worden.

»Die mit dem Saxofon«, sagte Frau Strobel, »das bin ich.«

Förster glich das Foto mit der Frau am Küchentisch ab. Eine Ähnlichkeit war noch zu erkennen. Sie trug ein schulterfreies, eng gegürtetes, schwarz-weißes Polka-Dot-Kleid, und ihre Taille hätte jede Wespe vor Schreck ihre Streifen verlieren lassen.

»Und jetzt gucken Sie mal hier!«, sagte Frau Strobel und reichte Förster einen Brief.

Er las den Brief aufmerksam durch und sagte dann: »Das ist doch eine tolle Sache!«

Sie nickte. »Man hat ja schon oft gehört, dass die Post langsam ist, aber das ist ein Brief aus der Vergangenheit. Von ganz weit weg in der Zeit.«

Abgestempelt war der Brief vor vier Wochen. Seit knapp einem Monat lag er also hier herum.

»Haben Sie denn geantwortet?«, fragte Förster.

»Das Leben ist voller Fragen«, sagte Frau Strobel. »Was will man da mit Antworten.«

»Ich kann das für Sie machen, wenn Sie wollen.«

»Tun Sie, was Sie nicht lassen können.«

»Und? Wollen Sie dahin? Soll ich schreiben, dass Sie kommen?«

Förster war sofort klar, was das für ihn und das kommende Wochenende bedeutete, aber das war jetzt egal, denn Frau Strobel musste eine Zeitreise machen, ins Blaue, ins Schöne, weg vom Unrat unter der Stadt. Frau Strobel ging nicht auf seine Frage ein, also hatte sie Ja gesagt, das war für Förster klar.

»Wissen Sie, Schmidt hieß eigentlich keine von uns«, sagte Frau Strobel. »Aber Ingrid meinte, das sei ein guter Name. Das ist die da, ohne Instrument. Ingrid war die Sängerin.«

Frau Strobel fuhr mit den Fingern über das Bild.

»Ich habe auch manchmal gesungen. Nicht, dass Sie glauben, ich könnte nicht singen. Viele glauben, dass die am Saxofon nicht singen kann, aber das ist ein Irrtum, mein Herr!«

Und dann sang Frau Strobel Förster was vor.

14 *Words don't come easy*

Noch wach?

                        Nur SMS, kein Anruf?

Maulfaul.

                Zu viel mit dem Meer geredet?

Es antwortet nicht.

                          Es gehorcht nicht?

Das sowieso.
Irgendwas erlebt heute?

                        Der Unrat unter der
                        Stadt kam im Klo meiner
                            Nachbarin hoch.
                        Ich habe ihn bekämpft
                              und gesiegt.

Mein Held!

                          Und dabei habe ich
                          nur an dich gedacht.

Beim Kloputzen
hast du an mich gedacht?
So was Schönes hat noch
kein Mann zu mir gesagt!

                            Außerdem hat Frau
                      Strobel einen Brief aus der

                        Vergangenheit bekommen.
                        Großes steht an: die Reunion
                        der Tanzkapelle Schmidt.
                        Frau Strobels alte Band.

Band?

                        La Strobel hat früher Saxofon
                        in einer Tanzkapelle gespielt.

Erstaunlich.

                        Außerdem habe ich die
                        Jugend von heute getroffen.

Wie geht es Finn?

                        Sein Vater hat ihm
                        die Freundin ausgespannt.

Ich weiß, deshalb frage ich ja.

                        Du und Finn? 😉

Nichts Ernstes, nur Sex.
Und lass das mit den
Emoticons, Förster. Du bist
ein Mann des Wortes.

                        Words don't come easy.

Vielen Dank, das werde ich morgen
den ganzen Tag im Kopf haben. Und
was wirst du morgen machen?

                        Einen Satz schreiben
                        und dann wieder löschen,
                        Arzttermin, später Fränge abholen,
                        dann Martinas Geburtstag
                        in Köln. Und du?
                        Außer Words summen?

Morgen geht es in die
Pampa. Zelt auf einer

Hochebene. Es wird kalt
und vielleicht auch nass.

> Viel Spaß. Wie
> verabschieden sich Leute
> in unserem Alter aus einer
> SMS-Unterhaltung?

Gute Nacht, schlaf gut.

> Du auch. ♥

Förster, das ist albern

>

Das auch.

>

GUTE NACHT!

15 Schaumschläger

»In Ihrem Alter muss man nicht unbedingt mit so etwas rechnen, Herr ...« Der Vollgott in Weiß, der gar kein Weiß trug, sondern ganz locker in Poloshirt und Jeans hinter seinem Schreibtisch saß, das Stethoskop um den Hals geworfen wie ein Darsteller in einer amerikanischen Krankenhausserie, musste erst auf seine Karteikarte gucken, denn da stand alles, was man wissen musste, alles, was man brauchte, um eine hoch dotierte Quizsendung zu gewinnen, ohne einen Joker einzusetzen, jedenfalls, wenn sich die Quizsendung ausschließlich um den gesundheitlichen Zustand eines gewissen F drehte, ja da stand sogar der Name des Patienten, ein so komplizierter Name, dass der Onkel Doktor zweimal hinsehen musste, aber dann hatte er es: »... Herr Förster. Aber es kommt vor. Es muss ja nichts Schlimmes sein. Wir machen einen Termin für die Gewebeentnahme, und danach wissen wir mehr. Haben Sie irgendwelche Fragen?«

Fragen gab es eine Menge. Die ganze Welt war voller Fragen, nein, die Welt bestand geradezu aus Fragen, von denen die, ob man einem Arzt trauen kann, der keinen weißen Kittel trägt, noch eine eher unwichtige darstellte.

Förster bekam einen Termin in drei Wochen, was ja wohl hieß, dass es nicht gerade drängte. War es nicht beruhigend, dass der Doktor nicht sofort zum Telefon griff, um seine Verbindungen spielen zu lassen, damit dieser Herr, wie hieß er noch gleich, damit dieser Herr Förster möglichst schnell zu seiner Gewebeentnahme kam? Es sei denn, man ging davon aus, dass diesen Leuten, die in ihrem Studium vor allem Multiple-Choice-Fragen beantwortet hatten, am Arsch vorbeiging, was mit einem Herrn, dessen Name einem nicht einfiel, passierte, ob jetzt oder in drei Wochen, drei Monaten, drei Jahren, aber Förster beschloss, sich zusammenzureißen und jetzt nicht in so ein albernes Ärzte-Bashing zu verfallen, was ja mindestens so peinlich war wie das rituelle Einteufeln auf Lehrer oder die Bahn oder das Wetter.

Sie standen beide auf, und Förster bedankte sich und reichte dem Arzt über den Schreibtisch hinweg die Hand. Der Arzt zögerte kurz, griff dann aber zu, begleitete Förster zur Tür, wo ein Desinfektionsspender mit einem langen Hebel hing, desinfizierte sich die Hände auffallend gründlich, und Förster fragte sich, ob das, weswegen es die Gewebeentnahme brauchte, ansteckend war oder ob er es nur mit einem sehr vorsichtigen Arzt zu tun hatte, was man ja verstehen konnte, schließlich kam der jeden Tag mit kranken Menschen zusammen, und das will man ja nicht alles mit nach Hause schleppen. Das Zögern vor dem Handschlag konnte auch bedeuten, dass der Arzt seinen Patienten prinzipiell lieber nicht die Hand reichte, aber bei einem, bei dem eine Gewebeentnahme nötig war, konnte man wohl mal über seinen Schatten springen, auch wenn einem der Name nicht einfiel. Etwas unschlüssig stand Förster dann vor dem Empfangstresen herum, während ein älterer Herr, der frappierende Ähnlichkeit mit dem aus dem Park von gestern Mittag hatte, an ihm vorbei ins Behandlungszimmer schlurfte, vom Arzt begrüßt mit einem Schulterklopfen der Marke Jovial. Der Mann hinterm Stethoskop war also durchaus berührungsaffin, nur mit dem Händeschütteln hatte er es nicht so.

Draußen auf der Straße war alles in Ordnung. Ordentliche Menschen gingen ordentlichen Beschäftigungen nach. Sie trugen Plastiktüten von hier nach da, und der eine oder die andere hatte vielleicht seinen oder ihren Termin für eine Gewebeentnahme schon in der Tasche. The Chosen Few. Er warf den Antwortbrief, den er heute Morgen für Frau Strobel geschrieben hatte, in einen Briefkasten. Pfadfinder Försters gute Tat für heute.

Nur ein paar Meter weiter war ein Zoogeschäft. Förster trat ein und wurde von einem etwa vierzigjährigen Mann in einem karierten Kurzarm-Hemd (allerdings kein Funktionsmaterial wie bei Brocki) empfangen, der ihn auf Försters Frage hin an Aquarien und Terrarien sowie Regalen voller unterschiedlicher Tiernahrung vorbei in den hinteren Teil des Ladens führte und eine beeindruckende Auswahl an Hamsterkäfigen präsentierte. Der ganz einfache Käfig, der außer einem Rad auf der einen und zwei Näpfen auf der anderen Seite nichts zu bieten hatte, existierte praktisch nicht mehr, stellte Förster fest. Stattdessen gab es Modelle mit Treppen zu verschiedenen Ebenen, unterschiedlich große Räder und vor allem: Röhren. Voller Stolz präsentierte der Zoo-Fachhändler einige futuristische Modelle, die Förster ans Centre Pompidou erinnerten. Röhren waren offenbar der letzte Schrei für Hamster. In jeder Farbe des Regenbogens, vor allem aber transparent. Es ging nicht nur darum, dem Hamster Bewegung zu verschaffen, sondern auch darum, ihn dabei zu beobachten, wie er durch die Plastikgänge wetzte. Förster stellte sich das durchaus amüsant vor, fragte sich aber, ob all die farbigen Röhren das Tier nicht nervös machten. Vielleicht aber konnten Hamster auch gar keine Farben unterscheiden. Als Hamster-Herrchen (oder -Frauchen) musste man allerdings darauf achten, dass das Tier nicht zu dick wurde und dann in einer der Röhren stecken blieb. Andererseits waren die Röhren der reinste Fitness-Parcours. Nahm der Hamster dieses Angebot an, war Übergewicht für ihn kein Thema.

Förster entschied sich für ein Modell mit weißem Rad und blassblauen Röhren, von deren vergleichsweise dezenter Farbgebung er sich geringeren optischen Stress für Edward Cullen versprach. Die Röhren mündeten oben in eine Art Aussichtskuppel, die Förster fatal an die Kuppel auf dem Raumschiff in John Carpenters Erstlingswerk *Dark Star* erinnerte und an die Szene, in welcher der amtierende Kommandant zu dem Astronauten, der dort schon seit Jahren sitzt, sagt: »Ich finde, du solltest mehr vom Schiff kennenlernen.« Förster hatte den Film mit achtzehn oder zwanzig zum ersten Mal gesehen, gut angetrunken und kontaktstoned von dem Zeug, das Fränge damals rauchte, und sich gar nicht mehr eingekriegt über diesen Satz. Natürlich auch über den deutlich als Wasserball zu erkennenden »Exoten« und die philosophische Diskussion mit Bombe 20, aber dieser Satz »Ich finde, du solltest mehr vom Schiff kennenlernen« hatte ihn geschmissen, und deshalb war das hier genau der richtige Hamsterkäfig.

Förster bezahlte mit Karte, und während er seine Geheimnummer eintippte, fragte er den Zoohändler, ob der einem Arzt vertrauen würde, der keinen weißen Kittel trage.

Der Mann im karierten Hemd dachte nach und sagte dann: »Wenn er keinen Kittel trägt, ist das kein Problem für mich. Mir würde es nur nicht gefallen, wenn er keinen Doktortitel hätte.«

»Ach, das muss heute nicht mehr unbedingt sein.«

»Ich weiß, aber irgendwie gefällt mir das nicht.«

»Promotionen in der Medizin sind nicht zu vergleichen mit Promotionen in den Geisteswissenschaften.«

»Eben.«

Jetzt hatte Förster wieder was, worüber er nachdenken konnte.

Er trug den Käfig nach Hause und nahm sich vor, Edward Cullen nach Einbruch der Dunkelheit umzuquartieren. Wenig später klingelte es, und Dreffke stand vor der Tür.

»Förster, du siehst scheiße aus!«

»Ich habe einen Hamsterkäfig gekauft.«

»Der wird dich nicht hübscher machen. Kriege ich einen von deinen Angeber-Kaffees?«

Förster ging in die Küche. Dreffke folgte ihm, setzte sich an den Küchentisch und kratzte sich durch seine Trainingshose im Schritt. Es schien ihm gut zu gehen.

»Oh Mann, das Ende naht, ich sage es dir.« Dreffke hustete. Als er damit fertig war, blickte er in seine Hand und sagte: »Also, eine Erkältung ist das nicht.« Dreffke hatte ein wenig Blut an der Hand. »Ich gehe mir mal die Hände waschen.« Er verschwand im Bad, und Förster hörte ihn wieder husten.

»Das solltest du untersuchen lassen«, sagte Förster, als Dreffke zurückkam.

»Habe ich.«

»Hat man bei dir eine Gewebeentnahme gemacht?«

»Lohnt nicht. Bei mir ist Schlussverkauf. Alles muss raus.«

»Und was sagt der Staat?«, fragte Förster. »Sorgt der nicht für seine ausgemusterten Cops?«

»Wieso sagst du immer Cop, du verhinderter Ami?«, fragte Dreffke zurück. »Ich finde, ich war immer ein Bulle.«

»Für mich siehst du aus wie ein alter Hollywood-Cop.«

Dreffke nickte. »Der Staat ist wie ein Verdächtiger, der nicht reden will.«

Förster fragte sich, was das genau heißen sollte. Sie tranken Cappuccino.

»Dreffke«, sagte Förster. »Sprechen wir es aus: Das ist verdammt guter Milchschaum!«

»Ich sage ja«, antwortete Dreffke, »Angeber-Kaffee. Deine Alte ist am Ende der Welt, und dir geht einer flöten, weil du geilen Schaum hinbekommst. Du bist ein Schaumschläger, Förster!«

Nachdem er den Kaffee ausgetrunken hatte, holte Förster sich einen Löffel, um den verbliebenen verdammt guten Milchschaum aus der Tasse zu löffeln. Dann fragte er Dreffke: »Ist es nicht komisch, dass man sich nicht daran erinnern kann, wo man vor seiner Geburt gewesen ist?«

»Dein Milchschaum ist besser als deine verdrehten Gedanken«, sagte Dreffke.

»Habe ich neulich in einem Buch über Kindheit gelesen. Da fragt sich ein Junge, wieso man sich nicht daran erinnern kann, wo man vor seiner Geburt gewesen ist.«

»Na ja, manche behaupten, sie könnten es. Ich frage mich, wo ich nach meinem Tod gewesen bin.«

Förster nickte. »Gute Frage«, sagte er. »Wann warst du das letzte Mal tot?«

»Ist 'ne Weile her.«

»Und jetzt weißt du nicht mehr, wo du danach gewesen bist?«

»Richtig.«

»Sehr merkwürdiges Gespräch«, stellte Förster fest.

»Solange man noch einen derartigen Blödsinn reden kann, ist nicht alles zu spät.«

»In drei Wochen, frühestens, bekomme ich einen Termin für eine Gewebeentnahme.«

»Schaumschläger«, murmelte Dreffke.

16 *Der ich bin oder: Die Geilfrage*

Die Uli stand am offenen Fenster und rauchte nach draußen. Sie hatte schon immer nur die Uli geheißen, nie Uli oder Ulrike und schon gar nicht Frau Dahlbusch, weil sie und Fränge, obwohl seit fast zwanzig Jahren zusammen, gar nicht verheiratet waren. Sie hatten, meinte Fränge, einfach den Punkt verpasst, wo es sich richtig angefühlt hätte, die Sache durch einen Wechsel der Steuerklasse zu legalisieren, und jetzt würde es, hatte wiederum die Uli mal gemeint, sich irgendwie spießig anfühlen, so eine wilde Ehe hatte was, vor allem in diesen Zeiten, wo die jungen Leute (laut Fränge) alle wieder auf die alten Werte steil gingen, sodass sie beide sich bei Elternversammlungen in Alex' Schule ziemlich verwegen vorkamen, wenn sie den anderen, ordentlich vermählten Erziehungsberechtigten ihren Familienstand unter die Nase rieben. Die Geschiedenen waren natürlich auch nicht besser, denn die hatten ja geheiratet, es dann aber nicht hinbekommen. Hach, hatte die Uli irgendwann gesagt, wie geil ist das denn, dass wir es allen, aber wirklich allen gezeigt haben! Dann hatte sie sich gleich geärgert, dass sie eine derart bescheuerte Formulierung wie die Geilfrage verwendet hatte, das sei sonst gar nicht ihre Art.

Wohl aber, das wusste Förster, war es ihre Art, auf ihren

Fränge hinunterzublicken, im konkreten, nicht im übertragenen Sinne, denn sie stand gern, so wie jetzt, am Wohnzimmerfenster und sah zu, wie ihr Nicht-Angetrauter im Hof zugange war, also wenn er irgendwas strich oder lackierte, den Volvo instand setzte, im Liegestuhl döste oder mit Alex Tischtennis spielte, was natürlich nur im Sommer ging und wenn sie beide den Nerv gehabt hatten, die Platte aus dem Schuppen nach draußen zu wuchten. Sie beobachtete ihn einfach gerne, ihren Fränge, wenn er sich unbeobachtet fühlte. Was seltener der Fall war, als die Uli dachte, denn der Fränge, wusste Förster, bekam sehr wohl mit, wenn sie da oben stand, aber er mochte das, nein, er liebte es sogar.

»Guck ihn dir an«, sagte die Uli, »erwachsen wird der nie.«

»Und das ist nur einer seiner Vorzüge«, sagte Förster.

Die Uli musste lachen, und Förster ging wieder mal durch den Kopf, dass Fränge unheimlich viel Glück hatte, was diese Frau anging, denn wenn die Uli lachte, dann ging die Sonne auf, und wie sie da am Fenster stand und zu ihrem Fränge hinunterlächelte, im festen Glauben, er bemerke das nicht, da war sie so schön, dass Förster sich auf die Zigarette zwischen ihren Fingern konzentrieren musste, denn das machte für ihn, zum Glück, wieder einiges kaputt, weil: Rauchende Colts waren okay, aber rauchende Frauen gingen nicht. Früher hatte er ständig Raucherinnen geküsst, weil er vom Küssen und Knutschen nicht hatte genug bekommen können und es mit Mitte zwanzig auch egal war, da galt es vor allem, die Blütezeit der eigenen sexuellen Leistungsfähigkeit nicht ungenutzt verstreichen zu lassen, sodass man im Zuge einer Güterabwägung auch Nikotinküsse hinzunehmen bereit war, aber damit war irgendwann auch Schluss gewesen, spätestens mit Martina, die mit vierzehn mal gezogen, es dann aber sofort wieder hatte sein lassen, das mit dem Rauchen.

Förster freute sich, dass seine Gedanken eine so wunderbare Schleife gelaufen waren und elegant zum Grund seines Hierseins, Martina und ihrem Geburtstag nämlich, geführt hatten. Er sah auf die Uhr.

»Ich denke«, sagte die Uli und atmete wieder blauen Dunst in den Luftraum über den Hof, »er glaubt, ich bin gegen die Sache mit dem Bulli. Er sagt immer, ich sei so vernünftig und sparsam, und manchmal habe ich das Gefühl, das belastet ihn. Dabei bin ich froh, dass er dieses Teil gekauft hat. Herrgott, am liebsten würde ich morgen mit ihm losfahren, hinten eine Matratze rein, und dann ab nach Frankreich, Atlantikküste. In zehn Jahren ist es zu spät.«

»Sag ihm das!«, schlug Förster vor.

Die Uli lachte kurz auf, drückte den Zigarettenstummel in dem kleinen, zuklappbaren Aschenbecher, der auf der Fensterbank stand, aus, wedelte noch ein bisschen mit den Händen in der Luft und sagte: »Er ist fertig, er kommt hoch.« Sie ließ das Fenster offen stehen, denn dieses ganze Nachdraußen-Rauchen und Händewedeln war natürlich wegen Alex, der nicht in einer nikotinverseuchten Wohnung leben sollte, was Förster gut und richtig fand, und außerdem war eh Sommer, da konnte man die Fenster dauerhaft offen lassen, auch wenn dann die ganze warme Luft hereinkam, aber Leute, die die Fenster schlossen, in der Hoffnung, dass es drinnen schön kühl blieb, denen war auch nicht zu helfen.

Die Uli griff in ihre Hosentasche, holte einen Zettel hervor und zeigte ihn Förster.

»Das hier«, sagte sie, »habe ich neulich in seiner Hosentasche gefunden. Ich muss da immer nachgucken, bevor ich seine Klamotten wasche, weil er gerne Tempotücher in seinen Taschen vergisst, die einem dann die ganze Wäsche versauen.«

Auf dem Zettel stand, in der krakeligen Schrift, die Förster von Fränge kannte: *Ich will nicht der sein, der ich bin.* Förster sah die Uli fragend an, aber die zuckte nur mit den Schultern und steckte den Zettel wieder ein.

Fränge kam zur Wohnungstür herein und rief, er müsse sich nur schnell die Hände waschen, aber nachdem er den Arm gehoben und an seiner Achsel gerochen hatte, fügte er hinzu, er springe noch ultrakurz unter die Dusche und – da er gerade beim Springen sei – auch in frische Klamotten, das gehe ratzfatz. Das war so typisch Fränge, dass Förster sich gar nicht darüber ärgern konnte, denn Fränge kam stets in der vollen Absicht nach oben, sich tatsächlich nur kurz die Hände zu waschen, und stellte dann immer wieder fest, dass er unter den Armen roch wie ein Iltis in der Brunft, was aber durch einen ultrakurzen Sprung unter die Dusche ratzfatz zu beheben sei. Förster redete derweil mit der Uli über dies und das. Und nachdem die Uli auch noch ein bisschen von Alex erzählt hatte und wie es ihm so in der Schule erging und dass mit Mädchen noch nichts laufe, da stand dann mit nassen Haaren und frischen Klamotten Fränge neben ihnen, und sie konnten sich endlich auf den Weg machen. Zum Abschied küsste Förster die Uli auf die Wange und war mal wieder hin- und hergerissen zwischen ihrer Schönheit und ihrem Nikotin.

Der Volvo stand vorm Haus, und als sie einstiegen, eröffnete Fränge Förster, dass sie nicht auf direktem Weg nach Köln fahren, sondern erst noch jemanden abholen würden. Innerlich hob Förster die Augenbrauen, nahm sich aber vor, nicht die Welle zu machen, obwohl sie seiner Ansicht nach schon spät dran waren, denn was brachte es, sich jetzt zu streiten, Fränge wirkte sehr entschlossen.

Sie mussten nur ein paar Querstraßen weiter. Da stand ein Mädchen, das Förster beim Näherkommen irgendwie bekannt vorkam, und Fränge sagte, dass die Peggy ewig und drei Tage gebettelt habe, sie wolle Martina, die sie sehr bewundere, unbedingt kennenlernen, vielleicht könne die Martina ja was für Peggy tun, denn die wollte ja Schauspielerin werden.

»Ich denke, sie schreibt«, sagte Förster.

»Woher weißt du das?«

»Hat mir die Jugend von heute erzählt.«

»Die Peggy ist eine Mehrfachbegabung.«

»Fränge, hast du dir das auch gut überlegt?«

Fränge hatte das Fenster auf der Fahrerseite heruntergelassen, winkte Peggy zu und sagte: »Förster, ich kann nicht anders.«

»Ich frage mich, was Martina dazu sagt, dass du ihr eine Elevin auf die Party schleppst, die ihr dann ein Ohr abkaut, um eine Rolle im nächsten *Tatort* zu bekommen.«

Fränge antwortete nicht, sondern hielt in zweiter Reihe, griff nach hinten und öffnete die Tür. Peggy, für Försters Geschmack in Jeans, T-Shirt und Lederjacke etwas underdressed für den fünfzigsten Geburtstag eines bundesweit bekannten Fernsehstars, ließ sich auf die Rückbank fallen und sagte: »Mensch Fränge, du lässt einen aber auch gerne warten, was?«

Und Fränge erzählte ihr, dass er ziemlich lange am Bulli hatte herumschrauben müssen, denn so eine alte Möhre, die mache Arbeit, und dann sei er ultrakurz unter die Dusche und in frische Klamotten gesprungen, außerdem sei der Verkehr um diese Zeit auch ziemlich heftig. Dann wechselte er das Thema und fragte Förster, wie es Edward Cullen gehe, und obwohl Peggy nicht gefragt hatte, sagte er nach hinten: »Das ist sein Hamster.«

»Das ist nicht mein Hamster«, erklärte Förster, »der ist mir zugelaufen, beziehungsweise: Ich habe ihn gefunden, und jetzt wohnt er vorläufig bei mir.«

»Förster hat ihn in eine Kiste gesetzt«, sagte Fränge, »und in der Kiste ist eine zweite, kleinere Kiste, da pennt der Kleine drin. Dem geht es gut bei Förster.«

»Kiste?«, sagte Peggy. »Das Tier braucht einen Käfig! Und ein Dings, ein Rad braucht er, der muss sich bewegen können, so ein Hamster!«

»Ja, ja, ich dachte, ich gucke erst mal, ob ich den rechtmäßigen Besitzer finde, da muss es ja irgendwo einen Käfig und ein Rad geben.« Was ging es die Peggy an, dass er den Käfig längst gekauft hatte, aber noch nicht dazu gekommen war, Edward Cullen umzusiedeln. Für heute hatte der genug zu futtern, und morgen früh würde er sein neues Heim beziehen.

»Und was machst du, um den Besitzer zu finden?«, wollte Peggy jetzt wissen.

»Na ja, ich habe den Hamster erst seit ein paar Tagen.«

»Das heißt, das arme Vieh sitzt jetzt schon tagelang in so einer Kiste?«

»Es ist eine große Kiste, und in der steht, wie Fränge schon sagte, eine kleine Kiste, in die er sich zurückziehen kann, tagsüber. Ich habe nicht den Eindruck, dass es ihm schlecht geht.«

»Ich finde, du solltest so schnell wie möglich einen Käfig besorgen. Der kostet nicht die Welt!«

»Ganz unrecht hat sie nicht«, meinte jetzt auch Fränge.

»Fang du nicht auch noch an!«, gab Förster zurück.

»Ernsthaft, Förster, häng ein paar Zettel an die Bäume, dann meldet sich vielleicht jemand.«

»Herrgott, ich habe den Käfig heute Nachmittag gekauft, aber ich bin noch nicht dazu gekommen, den für den Hamster herzurichten«, sagte Förster.

»Nee, also Förster, das glaube ich dir jetzt nicht«, sagte Peggy.

Förster seinerseits konnte nicht glauben, was hier abging, und hoffte nur, dass auf der A 1 kein Stau war.

17 Irgendwer hat immer eine Option laufen

Förster stand auf der Terrasse am Geländer, schaute auf den direkt unter ihm dahinströmenden Rhein und fand, wenn man schon auf einer Party mit lauter Leuten war, die man aus dem Fernsehen und dem Internet kannte, wäre ein stiller Moment wie dieser hier, in dem man diese Leute durch eine Panoramascheibe zwar sehen, aber nicht hören konnte, eine gute Gelegenheit, sich ein paar schlaue Gedanken über all das zu machen: eben das Fernsehen und das Internet, das Wesen von Berühmtheit heutzutage, die Oberflächlichkeit des Seins in Zeiten schwindender Solidarität, sich auflösender sozialer Bindungen und die Vereinzelung des Menschen vor dem Computer, von wo aus es nur noch ein gedanklicher Katzensprung war zum Thema elektronische Bücher, die Sicherheit privater Daten und der Tatsache, dass der Mensch nur noch unter dem Aspekt seiner ökonomischen Verwertbarkeit gesehen wurde, was dazu führte, dass Kinder schon im Vorschulalter Chinesisch lernen sollten, um fit gemacht zu werden für die Herausforderung der globalen Wirtschaft, so fit, dass sie einen Satz wie den von Fränge, *Ich will nicht der sein, der ich bin,* gar nicht mehr denken, geschweige denn aufschreiben könnten, was allerdings auch vieles einfacher machen würde, denn wer sein will, wer er ist, oder auch wer ist, der er sein will, der ist brav und artig und muss nicht ohne Abendessen ins Bett.

Bevor aber Förster sich all diese schlauen Gedanken machen konnte, stand Martina neben ihm und fragte: »Wer ist denn nun eigentlich diese Peggy?«

»Fränge will nicht der sein, der er ist«, antwortete Förster.
»Verstehe.«

Martina trug ein schlichtes schwarzes Kleid und fuhr mit einem Finger über den Rand des Weinglases, das sie in der Hand hielt.

»Du siehst gut aus«, sagte Förster.

»Muss ich auch. Gerade heute.«

»Fünfzig ist das neue dreißig.«

»Kannst du dich an Gerd erinnern?«

»Welchen Gerd?«

»Also nicht.«

»Klar, Gerd, der alte Stratege. Was macht der denn so?«

Martina sah Förster an. »Du hast nicht den Hauch einer Ahnung, oder?«

»Ich kannte einen Gerd auf der Grundschule.«

»Der Techniker, Förster! Herrgott, der, mit dem wir *Exit* gemacht haben, und dieses Weltkriegsstück und dieses andere Ding da, diese Märchenparodie.«

»Ach, der Gerd, der alte Stratege. Was macht der denn so?«

Gerd, das war der Typ gewesen, den viele auch den Wikinger genannt hatten, weil er dicke, blonde Haare bis zum Hintern gehabt hatte, einen blonden Bart bis fast auf die Brust, und der in dem Zimmertheater, in dem Martina ihre ersten Schritte auf dem Weg zum Fernsehstar gemacht hatte, für die Technik zuständig gewesen war, obwohl er am Anfang gar keine Ahnung von dem ganzen Zeug gehabt hatte, aber sie hatten sich keinen leisten können, der es draufgehabt hätte, fünfhundert oder siebenhundert Mark hatten sie damals für eine Inszenierung gehabt, Gerd hatte für Essen und Bier gearbeitet, und es hatte immer irgendwie hingehauen. Gerd hatte entweder gleich in seinem alten Passat übernachtet oder war sturztrunken nach Hause gefahren, und nach der Premiere von *Schneeweißchen und Rosenrot Oder: Der Untergang des Zwergengeschlechts* hatten die Grünen (die heute blau waren) ihn gestoppt, und er hatte den Führerschein abgeben müssen. Das musste man damals bei einer bestimmten Behörde machen – Förster hatte vergessen, bei welcher –, aber er erinnerte sich sehr gut daran, dass Gerd da mit dem Wagen hingefahren war und dummerweise einen Parkplatz direkt unter dem Fenster des zuständigen Sachbearbeiters gefunden hatte. Er war also hochgegangen, hatte seine Fahrerlaubnis, so einen verwitterten, aufgeweichten grauen Lappen, abgegeben und war dann in seinen Passat gestiegen. Das hatte der Sachbearbeiter vom Fenster aus gesehen. Als Gerd zu Hause angekommen war, hatte dort bereits die Staatsmacht gewartet. Gerd hatte gesagt, er habe gedacht, das Fahrverbot gelte erst ab Mitternacht.

»Dem geht es gut, der ist bei den Ruhrfestspielen zugange und auch bei der Triennale, und sein Zopf hängt ihm immer noch bis fast zum Hintern, nur den Bart hat er sauber gestutzt, aber darum geht es auch gar nicht, ich fand es nur irgendwie fast unheimlich, dass ich ein paar Tage vor meinem Fünfzigsten einem von früher über den Weg laufe, und dann musste ich an die Zeit damals denken und an dich und das alles.«

»Wie geht es eigentlich deinen Kindern?«

»Herrgott, Förster, ich will dich nicht anbaggern, ich bin nur ein bisschen sentimental, du Mongo!«

»Wieso nicht Aktivmongo?«

»Du hast zugenommen.«

»Ich bin einsam.«

»Wo ist deine Freundin?«

»Auf den Äußeren Hebriden.«

»Soll schön sein.«

»Wo das Meer ist, geht immer die Post ab.«

»Was ist los?«, rief jemand von hinten. »Wo geht die Post ab?«

Martina und Förster drehten sich um. Ein Mann in einem dunklen Anzug und einem weißen Hemd ohne Krawatte trat aus der Tür, in der Hand eine Flasche Bier.

»Hallo Michael«, sagte Martina. »Michael, das ist Förster, Förster, das ist Michael.«

»Wir kennen uns«, sagte dieser Michael, und Förster nickte, auch wenn er sich beim besten Willen nicht erinnern konnte.

»Wir haben uns vor zehn Jahren beim Münchner Filmfest getroffen, da lief die Verfilmung deines ersten Buches, wie hieß das noch gleich?«

»Keine Ahnung«, sagte Förster.

»Kann sein«, antwortete Michael. »Haben wir nicht noch eine Option laufen?«

»Irgendwer hat immer eine Option laufen.«

»Ja, ja, aber wir haben auf jeden Fall die Option auf dieses andere Buch von dir, diese Rockmusik-Geschichte!«

»Ihr sitzt seit vier Jahren dadrauf«, sagte Förster. »Ich rechne nicht damit, dass das noch was wird, aber danke für das Geld.«

Michael kam näher, bat Förster, kurz das Bier zu halten, und steckte sich eine Zigarette an.

»Der Typ dadrinnen«, sagte Michael, und Förster wusste gleich, dass er von Fränge redete, »ich glaube, der knutscht mit seiner Tochter.«

»Das ist nur seine Nichte«, sagte Förster.

»Geht mich nichts an.«

»Förster und ich, wir haben früher zusammen Theater gemacht«, sagte Martina.

Michael guckte, als warte er auf eine Fortsetzung, und als die nicht kam, nahm er einen Schluck Bier. »Theater ist gut«, sagte er dann. »Theater ist immer gut.«

»Hast du Interesse an einem Hamster?«, fragte Förster, an Michael gewandt.

»Wieso? Hast du einen abzugeben?«

»Ich habe einen gefunden.«

»Wie findet man denn Hamster?«

»Der saß einfach da.«

Michael schien nachzudenken und sagte dann: »Kein Interesse.« Er schnippte seine nur halb gerauchte Zigarette in den Rhein. »Ich versuche, es mir abzugewöhnen.«

Als er wieder im Partygetümmel verschwunden war, legte Martina den Kopf an Försters Schulter. »Am Sonntag bist du also dran«, sagte sie. »Machst du auch eine Party?«

»Auf keinen Fall. Vielleicht bin ich bis dahin Hamsterzüchter, da habe ich dann wahrscheinlich für so etwas keine Zeit mehr.«

Martina seufzte. »Du solltest mal wieder was für mich schreiben. Und dann spielen wir das in irgendeiner U-Bahn-Station oder einem Parkhaus oder einer Garage. Zwei, drei Personen, maximal fünf und fertig.«

Ich weiß nicht, dachte Förster, und leise sagte er: »Ja, wieso nicht.«

Martina runzelte die Stirn. »Diese Peggy will, dass ich ihr Rollen besorge.«

»Tu's nicht.«

»Aber dann würde sie vielleicht Fränge in Ruhe lassen.«

»Dann tu's.«

Martina legte ihm eine Hand an die Wange. »Und wie sehen deine Optionen aus?«

»Irgendwas ist immer. Ich habe eine verwirrte Nachbarin, der gestern die Kacke im Klo hochgekommen ist. Die war früher Saxofonistin in einer Tanzkapelle, die nur aus Frauen bestand.«

»Das klingt wie ein guter Stoff für ein Stück«, sagte Martina. »Schreib das auf! Und das spielen wir dann in irgendeinem Hinterhof. Es fehlt mir so. Dieses ganze bescheuerte Zeug, das wir damals gemacht haben.«

»In zwei Monaten klärst du wieder einen Mord auf.«

Martinas Seufzen klang jetzt mehr wie ein Stöhnen. »Es ist der Nachbar. Der Erste, den wir verhören und der scheinbar ein wasserdichtes Alibi hat. Wo warst du letzten Samstag gegen dreiundzwanzig Uhr?«

»Unterwegs mit Fränge.«

»Ich hoffe, er kann das bezeugen.«

»Glaube ich kaum. Der war voll wie tausend Mann.«

»Weil er nicht der sein will, der er ist.«

»Scheint so.«

»Du hast also kein Alibi«, stellte Frau Kommissarin fest. »Es sieht schlecht aus für dich.«

»Sag das nicht dem Hamster.«

»Das Wichtige sind immer die Optionen.«

»Irgendwer hat immer eine Option laufen. Manchmal sogar ich«, sagte Förster.

Martina küsste ihn auf den Mund und sagte: »Grüß die Moni von mir. Ich muss mich wieder um meine Gäste kümmern.«

Auf der Türschwelle drehte sie sich noch einmal um. »Und halte mich auf dem Laufenden mit deiner verwirrten Nachbarin und ihrer Tanzkapelle!«

Förster blickte ihr nach und fand, es wäre wirklich an der Zeit, sich endlich ein paar schlaue Gedanken zu machen.

18 Wenn man Licht sieht, kann man auch klingeln

Die Nachtluft fühlte sich schwer an, das musste an der Hitze liegen, denn auch nach Sonnenuntergang hatte es sich kaum abgekühlt, weswegen alle möglichen Leute jammerten, die Hitze sei nicht auszuhalten, aber das waren genau die, die immer sagten, dass es keinen richtigen Sommer mehr gebe, auch keinen richtigen Winter, eigentlich gar keine Jahreszeiten, im Gegensatz zu früher, wo im Sommer die ganze Zeit die Sonne schien und im Winter die ganze Zeit Schnee lag und man als Kind praktisch auf seinem Rodelschlitten *lebte*. Die alte Kassiererin in dem kleinen Lebensmittelladen zwei Straßen weiter meinte, früher sei es mehr eine trockene Hitze gewesen, heute werde es immer gleich so schwül, aber für Förster hing auch das nur damit zusammen, dass man früher einfach jünger war und sich vom Wetter nicht fertigmachen ließ beziehungsweise sich heute gar nicht mehr im Detail daran erinnerte. In der Rückschau war die Vergangenheit weitgehend eine Art Suppe, eine Sauce, eine schwer durchschaubare Gedankenmasse, und dann erinnerte man sich an einen tollen Tag auf einer grünen Wiese mit Sonnenschein und allem Drum und Dran, und schon hieß es, früher waren die Sommer alle besser und länger und die Hitze ganz trocken und heute immer gleich so schwül, weil man dick geworden war und sich der Schweiß im Sitzen unter Männertitten und Bauch sammelte und hässliche Flecken hinterließ.

Er ging in die Küche, um sich noch ein Glas Rosé zu holen, Rosé deshalb, weil der so erfrischend war im Sommer, und Wein ganz allgemein, weil er um diese Uhrzeit kein Bier mehr trinken wollte, denn das führte nur dazu, dass man nachts mindestens einmal rausmusste, vor allem, wenn es nicht bei einer Flasche blieb. Er hätte natürlich auch schon längst im Bett liegen sollen, aber er wusste, er würde nicht schlafen können, nach dem Gespräch mit Martina und nachdem er Fränge und Peggy zu Peggy hatte fahren lassen.

Als er gerade den Wein aus dem Kühlschrank genommen hatte, klopfte es ans Küchenfenster. Der Nachteil, wenn man im Parterre wohnt, dachte Förster. Er öffnete das Fenster.

Draußen stand Brocki. »Ich wollte nicht klingeln, aber ich habe noch Licht gesehen.«

»Was ist denn das für eine Logik, Brocki? Wenn man Licht sieht, kann man auch klingeln.«

»Ich dachte, vielleicht ist die Klingel so laut, dass sie das halbe Haus aufweckt.«

Brocki hatte getrunken, das merkte man gleich. »Das ist eine Klingel«, sagte Förster, »keine Luftschutzsirene.«

»Was hast du gerade gemacht?«

»Ich habe den Hamster umgesiedelt. Der hat jetzt einen Käfig, der sieht aus wie das Centre Pompidou.«

»Lässt du mich rein?«

»Natürlich.«

Förster schloss das Fenster und ging zur Wohnungstür.

Bevor er den Öffner für die Haustür drücken konnte, klingelte es.

»Jetzt hättest du nun auch nicht mehr klingeln müssen, ich wusste, dass du draußen bist!«, sagte Förster.

»Du musst dich mal entscheiden«, sagte Brocki, als er die drei Stufen hochkam. »Ist klingeln um diese Zeit okay oder ist klingeln nicht okay?«

»Ist okay, wenn man Licht sieht, das weiß jeder, Brocki, aber jetzt lass uns nicht im Hausflur rumlabern. Das könnte nämlich tatsächlich das ganze Haus aufwecken.«

Brocki ging gleich in die Küche, nahm sich ein Bier aus dem Kühlschrank und setzte sich an den Küchentisch.

»Ich hätte auch Wein«, sagte Förster.

»Nee, nee, ist okay. Wie war es in Köln?«

»Martina lässt dich grüßen.«

Brocki war nicht mitgefahren, weil ihn Partys mit Prominenten verunsicherten, auch wenn er nicht gerade ständig mit ihnen in Kontakt kam, eigentlich nur im Zusammenhang mit Martina, aber das reichte ihm dann schon. Martina verstand das. Ihr gehe es genauso, hatte sie mal gesagt.

»Was ist mit Fränge?«

»Was soll mit ihm sein, Brocki?«

»Wo ist der jetzt?«

»Wieso willst du das wissen?«

»Der fährt seine Ehe an die Wand«, sagte Brocki.

»Ich weiß«, antwortete Förster.

»Die Uli ist super. Was will der denn mit dieser jungen Schnalle?«

»Keine Ahnung.«

»Ist es nicht schlimm«, sagte Brocki nach ein oder zwei

Minuten des Nachdenkens, »dass wir am Ende alle zu Klischees werden?«

»Sind wir denn schon am Ende?«

»Der Lack beginnt jedenfalls zu blättern.«

»Das ist alles Quatsch«, sagte Förster, »das redet man nur herbei.«

»Ich rede gar nichts herbei. Es kommt, ohne dass ich auch nur ein Wort sage.«

»Dann bringt es auch nichts, sich darüber den Kopf zu zerbrechen. Wenn man das zu lange und zu intensiv macht, kann man das Sprichwort praktisch wörtlich nehmen, Kopf zerbrechen, dann geht dir nämlich der ganze Schädel kaputt, und der Rest auch. Je mehr Erklärung, desto weniger Klarheit.«

»Jetzt wirst du philosophisch.«

»Ich habe meine Momente.«

Brocki trank Bier. »Komm, wir gehen los und suchen ihn, und wenn wir ihn finden, hauen wir ihm aufs Maul!«

»O Freunde, nicht diese Töne!«

»Geh mir weg mit Beethoven!«

»Der Text ist Schiller, Herr Lehrer.«

»Und im Keller brennt noch Licht.«

»Wenn Licht brennt, kann man auch klingeln.«

Sie saßen noch eine Weile wortlos herum, dann sah Brocki auf die Uhr und sagte: »Es ist nach Mitternacht, ich gehe auf den Friedhof.«

Förster fiel ein, welches Datum heute war, Silkes Todestag, nickte und sagte: »Ich komme mit.«

Der Friedhof war nicht weit, sie nahmen eine Flasche Wein mit, weil Bier kein Friedhofsgetränk war. Man ging nicht mit zwei Pullen Bier zum Grab der toten Frau eines guten Freundes. Auf der Straße hatte die Hitze was Erdrückendes, aber auf dem Friedhof, unter den vielen Bäumen, war es angenehm kühl. Sie standen ein paar Minuten da und starrten auf Silkes Grabstein, dann gingen sie zu einer Bank in der Nähe und wollten sich gerade hinsetzen, als sie im Dunkeln die Umrisse eines Körpers sahen.

»Was macht der denn hier?«, fragte Brocki. »Ist der tot?«

»Dann würde er da drüben irgendwo liegen.«

Brocki fasste den Mann an der Schulter und schüttelte ihn. Es dauerte etwas, bis endlich Geräusche aus dem Bündel kamen und der Mann sich umdrehte.

»Den kenne ich«, sagte Förster, »der ist öfter hier.«

»Was hast du denn für Freunde?«

»Der ist Arzt.«

Der Mann richtete sich auf und machte den Eindruck, als bemerkte er Förster und Brocki gar nicht. Er war diesmal nicht ganz so tadellos gekleidet, aber immer noch sehr gepflegt. Sie setzten sich rechts und links von ihm hin. Was der Mann dann doch bemerkte, war die Weinflasche in Försters Hand. Die schnappte er sich wortlos und nahm einen tiefen Schluck.

»Heute keine OP?«, fragte Förster.

»Hab ich schon hinter mir.«

»Haben Sie hier ehemalige Patienten liegen oder was?«, fragte Brocki.

»Ich wollte zu Fuß nach Hause, aber dann wurde ich müde.«

»Zu viel am Äther geschnüffelt?«

»Mehr der teure Whiskey im Arztzimmer. Passiert mir öfter, dass ich über den Friedhof nicht hinauskomme. Komisch, was?«

»Man kann ja schon mal üben«, sagte Brocki.

Der Arzt gab ihm die Hand und sagte: »Cornelius.«

»Brock.«

Auch Förster bekam die Hand und nannte seinen Namen.

»Cornelius«, sagte Brocki, »ist das der Vor- oder der Nachname?«

»Nachname natürlich. Ich stelle mich Wildfremden nicht gleich mit dem Vornamen vor.«

»Doktor Cornelius also.«

»Den Doktor können Sie weglassen.«

»Macht mich immer misstrauisch«, sagte Brocki. »Wenn einer sagt: Den Doktor können Sie weglassen, dann ist das mehr von oben herab, als wenn er auf dem Titel besteht.«

»Machen Sie, wie Sie meinen«, sagte Doktor Cornelius, und Förster fragte sich, ob der sich darüber im Klaren war, dass er wie eine Figur aus *Planet der Affen* hieß.

»Schwül ist es«, sagte Doktor Cornelius nach einer Weile. »Früher war die Hitze irgendwie trockener. Heute ist es immer gleich so schwül, wenn es warm ist.«

Sie tranken Wein reihum, dann meinte Brocki, sie müssten jetzt gehen. Doktor Cornelius wünschte ihnen eine gute Nacht.

Die leere Flasche nahm Förster wieder mit nach Hause, die wollte er nicht um kurz nach zwei in den Flaschencontainer an der Ecke werfen, das machte immerhin einen Höllenlärm.

Als sie vor Försters Haustür standen, sagte Brocki noch: »Weißt du, der Fränge, der ist manchmal ein Vollidiot, aber wenn man ihn braucht, dann ist er da, war er immer. Als das mit Silke passierte, war er eine Woche nicht im Café, hat sich nur um mich gekümmert.«

»Was er macht, das macht er richtig«, bestätigte Förster.

»Schulde ich ihm dann nicht, dass ich ihn jetzt auf den rechten Weg zurückbringe?«

»Du schuldest ihm gar nichts, Brocki. Der Fränge ist jetzt auf Autopilot. Der muss selber drauf kommen, dass das nichts bringt.«

Sie umarmten sich zum Abschied, und Förster sah Brocki nach, bis der um die nächste Ecke verschwunden war. Drinnen stellte Förster die Flasche auf die Arbeitsplatte in der Küche, als er aus dem Wohnzimmer ein Geräusch hörte, und zwar ein stetiges, rollendes. Er schlich hinüber, und im diffusen Licht, das aus der Diele hereinfiel, sah er Edward Cullen in seinem Rad. Edward war unterwegs, und er gab richtig Gas. Förster verschob seinen Lesesessel so, dass er dem Hamster zusehen konnte. Nach ein paar Minuten machte das Tier ihm auch die Freude, in die Röhren zu krabbeln. Davon konnte es gar nicht genug kriegen. Es krabbelte und krabbelte, und wenn es abwärtsging, rutschte es sogar.

Happy Hamster, dachte Förster.

Er schaltete das Licht aus, damit nicht noch jemand klingelte.

Das hier konnte nicht das Ende sein.

ZWEITER TEIL
*Der Salvador Dalí des
unfreiwillig komischen Jiu-Jitsu*

19 Hilfsverben

Förster hatte keine Lust gehabt, vor seiner Fahrt nach Berlin zu Hause zu frühstücken, weil so ein Reisetag ja immer etwas Besonderes war, also war er ins Café Dahlbusch gegangen.

Sie saßen wieder am Tresen, und Förster hatte ein kleines Frühstück mit Croissant und Brötchen in Arbeit. Brocki bekämpfte seinen Kater mit einem Frühstück Vital mit vielen frischen Früchten. Das schien Förster nicht der richtige Weg zu sein, also die ganze Fruchtsäure, aber das musste Brocki selber wissen. Immer wieder erstaunlich, dachte Förster, wie viel Zeit Brocki hier verbrachte, obwohl er sich immer so über Fränge aufregte. Jetzt, in den Sommerferien, galt es nicht, eine Freistunde oder Mittagspause rumzukriegen, da konnte er nicht so tun, als wäre er quasi zwangsläufig hier. Sich mit Fränge rumzustreiten war wahrscheinlich immer noch besser, als in der leeren Wohnung herumzuhocken. Draußen saß Finn, las in einem Buch und trank Cola.

Fränge hatte eine Geschichte zu erzählen. »Ich komme also in den Zeitschriftenladen von dem Bredemeier, und am Tresen steht eine Mutter mit ihrer kleinen Tochter. Der Bredemeier lehnt so halb auf dem Tresen, auf dem auch noch ein Schulheft liegt. Er beugt sich zu dem kleinen

Mädchen und sagt: Also, das hat jetzt fünfundsechzig Cent gekostet. Du hast mir einen Euro gegeben. Wie viel möchtest du jetzt zurückhaben? Das Mädchen überlegt und sagt eiskalt: Zwei Euro!«

»Freches Gör«, warf Brocki ein.

»Die Mutter wird ganz blass«, machte Fränge weiter, »aber der Bredemeier muss lachen. Und dann? Gibt er dem Kind fünfunddreißig Cent raus!«

»Ist doch korrekt«, sagte Brocki.

»Das sah das Mädchen aber anders. Die sagte ganz cool: Du hast mich gefragt, was ich zurückhaben möchte, und ich habe zwei Euro gesagt. Fehlen also noch ein Euro fünfundsechzig Cent. Der Bredemeier so: Ja, ja, und die Mutter will schon gehen, aber die hatte nicht mit Fränge, dem Retter aller Kinder, gerechnet. Ich so: Tja, Herr Bredemeier, wenn man die verkehrten Fragen stellt, muss man auch mit der Antwort zurechtkommen. Das fand das Mädchen natürlich super, nur die Mutter hat nicht mitgespielt und ihre heulende Tochter praktisch an den Haaren aus dem Geschäft geschleift. Und der Bredemeier war sauer auf mich.«

»Wie alt war die Kleine denn?«

»Was weiß ich, Brocki. Sechs, sieben Jahre vielleicht.«

»So alt wie mein Neffe«, meinte Brocki, »wobei mir einfällt, dass der sich von mir zum Geburtstag ein Kaninchen wünscht. Kannst du mich da beraten, Förster?«

»Wieso ich?«

»Du hast doch jetzt Nager-Erfahrung.«

»Von Kaninchen habe ich keine Ahnung. Selbst bei Hamstern bin ich ja erst Anfänger.«

»Ein Kaninchen für einen Jungen?«, staunte Fränge. »Kaninchen sind Mädchentiere!«

»Du hattest ein Kaninchen!«, sagte Brocki.

»Das gehörte meiner Schwester!«, wehrte Fränge ab.

Brocki wandte sich Förster zu und zeigte mit dem Daumen auf Fränge: »Ich habe ihn mal gesehen, wie er das Kaninchen auf dem Arm gehabt hat! Gestreichelt hat er das, und geredet hat er mit dem! Ich sage dir, das war die große Liebe!«

»Wann soll das gewesen sein?«, wollte Fränge wissen. »Bei welcher Gelegenheit? Los, sag schon!«

»Sagen wir mal so: Ich kam gerade aus dem Zimmer deiner Schwester, und deine Tür stand einen Spalt auf. Da hast du auf dem Bett gelegen und hattest das Kaninchen auf dem Bauch liegen!«

»Du kamst aus dem Zimmer meiner Schwester? Ausgerechnet du?«

»Der Gentleman genießt und schweigt.«

»Meine Schwester«, beharrte Fränge, »hätte dich nie im Leben rangelassen, Brocki! Ehrlich, ich meine, die war kein Kind von Traurigkeit, aber ...«

»Du hast durch ihr Schlüsselloch geguckt und dir einen gehobelt, Fränge«, erinnerte Brocki.

»Einmal, verdammte Tat, ein einziges Mal! Das waren die Hormone! Herrgott, ich war fünfzehn und Heike achtzehn. Ich habe sie gehasst, wie sich das gehört für Bruder und Schwester in dem Alter! Ich meine, ständig hieß es Heike hier, Heike da, ihre guten Noten und wie sie aussah und wie sie sich bei unseren Eltern einschleimte und die viertausend AGs, die sie neben der Schule noch machte, zusätzlich zum Handball, Herrgott, ich war immer nur das kleine Arschloch, und zwar lange bevor es den Comic gab. Aber was man Heike lassen muss, ist, dass sie immer verdammt gut ausgesehen hat, und dann ist es einmal über mich gekommen, als Andrea Schuller mich auf dieser Party bei Hartmut Erler vor allen anderen abgeschossen hat, um gleich mit Thomas Brettschneider, diesem Pillemann, rumzumachen ...«

»Sag nicht Pillemann!«, stöhnte Brocki. »Sag nicht solche Kinderwörter! Schlimm ist das!«

»Jedenfalls«, machte Fränge weiter, »war ich da tatsächlich mal notgeil bis zum Umfallen und außerdem besoffen, und da habe ich dann das mit dem Schlüsselloch gemacht, und fünfzig Jahre später kriegt man das immer noch aufs Butterbrot geschmiert! Das doch bescheuert, ehrlich!«

»Erstens sind das nur vierunddreißig Jahre gewesen, mach uns nicht älter, als wir sind, und zweitens bitte ich dich, auch die Hilfsverben zu benutzen. Das doch bescheuert ist bescheuert, Fränge, das *ist* bescheuert, heißt es, mach hier nicht auf Ghetto!«

»Ich glaube, bescheuert ist im Ghetto als Wort nicht so sehr gängig«, gab Förster zu bedenken.

»Jedenfalls hätte Heike dich nie im Leben rangelassen, nicht mal heute, wo sie aussieht wie eine ewig nicht gestutzte Ligusterhecke«, sagte Fränge zu Brocki.

Förster hatte Heike seit Jahren nicht gesehen und wusste nicht, wie sie heute aussah, er wusste nur, dass der Einzige der drei Männer hier am Tisch, der mit Fränges Schwester mal was gehabt hatte, er selber war. Aber das wusste hier, zum Glück, niemand. Förster warf einen Blick nach draußen, wo Finn immer noch in sein Buch vertieft war. Hier drin redeten sie über die Zeit, als sie so alt waren wie Finn jetzt. Das fühlte sich irgendwie komisch an.

»Okay«, gab Brocki nach, »natürlich ist da nichts gewesen, obwohl ich mich bestimmt nicht gewehrt hätte. Oder hast du dich gewehrt, Förster?«

»Hä?«, machte Förster.

»Tu nicht so«, sagte Brocki, »wir wissen alle, dass der Einzige hier am Tisch, der je mit der Heike in der Falle war, du bist.«

All right, Fränge musste lachen. »Das doch Blödsinn! Woher willst du das wissen?«

»Weil sie es mir erzählt hat. Und denk an die Hilfsverben!«

»Da wollte sie nur angeben«, sagte Förster.

»Nichts für ungut, aber mit dir kann man nicht angeben«, gab Brocki zurück. »Das war keine Prahlerei, mehr ein peinliches Geständnis.«

Fränges Gesicht machte ein paar Metamorphosen durch. Dann sagte er: »Ich fasse es nicht! Du und Heike?«

»Glaub bitte nicht alles, was der Pauker sagt, Fränge, der will dich nur auf die Palme bringen.«

»Wann war das? Und wo? Hoffentlich nicht in ihrem Zimmer!«

Es war in der Schrebergartenlaube ihrer, also auch Fränges Eltern gewesen, aber das band Förster ihm jetzt mal nicht auf die Nase.

»Jetzt krieg dich wieder ein«, sagte Brocki, »deine Schwester hat manchmal ziemlich merkwürdige Typen angeschleppt, da ist Förster noch lange nicht unterste Kajüte.«

»Du hast meine Schwester nackt gesehen!«

»Na ja, genau genommen war es ziemlich dunkel in der Laube.«

»In der Laube? In der Schrebergartenlaube unserer Eltern? Mann, du kranker Sack, wie hast du denn da überhaupt einen hochgekriegt?«

»Ich war siebzehn.«

»Siebzehn. Also neunzehndreiundachtzig. Wo bin ich denn da gewesen?«

»Das hat mich in dem Moment nicht so richtig interessiert.«

»Meine Welt liegt in Scherben«, sagte Fränge leise.

»Mach mal 'nen Punkt«, sagte Brocki.

»Meine Ehe ist vielleicht am Ende, ich kann meinem Sohn kaum noch in die Augen sehen, und da kommt mein bester Freund und sagt, dass er was mit meiner Schwester hat!«

»Hatte, Fränge, das ist dreißig Jahre her!«, gab Förster zu bedenken.

»Meinst du, das ist verjährt oder wie?«

»Dafür müsste es erst mal ein Verbrechen gewesen sein.«

Fränge rührte in seinem Milchkaffee.

»Weißt du, was das Schlimme ist?«, sagte er dann. »Wir sagen das so locker: dreißig Jahre her. Das heißt aber, wir haben Erinnerungen an eine Zeit, die drei Jahrzehnte zurückliegt! Und da waren wir schon geschlechtsreif!«

»Förster und ich vielleicht«, sagte Brocki. »Du auf keinen Fall.«

»Wenn es früher hieß: Das ist dreißig Jahre her«, fuhr Fränge fort, »dann ging es um irgendwas vor unserer Geburt! Um Elvis oder Hitler oder Napoleon! Und jetzt geht es um uns selbst! Das doch schlimm!«

»Hilfsverben, Fränge! Vergiss die Hilfsverben nicht, mir zuliebe!«

»Manchmal will ich sterben«, sagte Fränge, »aber ich will nicht tot sein.«

»Nie im Leben!«, sagte Brocki und sah auf die Uhr. »Ich muss dann mal wieder los.«

»Ich weiß gar nicht mehr, wie das Kaninchen hieß«, sagte Fränge und schien angestrengt nachzudenken. »Kaninchen sind jedenfalls Mädchentiere, völlig uncool«, murmelte er vor sich hin, wandte sich dann Förster zu und sagte etwas lauter: »Hamster sind aber nicht viel besser, das sage ich dir, Förster.«

Finn kam herein, um die Cola zu bezahlen.

»Toll, dass du den Bulli tatsächlich gekauft hast«, sagte er zu Fränge, als der ihm das Wechselgeld herausgab, und Förster dachte: Den kann er also auch ohne Probleme duzen.

»Musste sein«, antwortete Fränge.

»Schade, dass ich noch keinen Führerschein habe.«

»Auch mit Führerschein dürftest du den nicht fahren«, gab Fränge zurück. »Das bleibt Chefsache.«

Finn lachte und verabschiedete sich.

»Guter Junge«, sagte Fränge.

»Schreibt prima Sachen in der Schülerzeitung«, stimmte Brocki ausnahmsweise zu. »Ich habe mich letztes Jahr beim Wandertag fast eine Stunde mit ihm unterhalten. Nur der Vater ist schwierig.«

»Er macht manchmal seine Hausaufgaben hier«, sagte Fränge. »Und hat Alex auch schon Nachhilfe gegeben. Der kann Naturwissenschaften *und* Sprachen. Der hat hier sogar schon am Tresen geholfen. Wenn man mit ihm redet, kann man gar nicht glauben, dass er erst sechzehn sein soll.«

Darüber dachten sie alle eine Weile nach. Dann schnappte sich Förster seine Reisetasche und machte sich auf den Weg.

20 Im Hintergrund der Märchenwald

Als er kurz vor Spandau das Kundenmagazin der Deutschen Bahn durchblätterte und an einem Bild der Frankfurter Skyline hängen blieb, stellte Förster mal wieder fest, dass er so gar nichts gegen Hochhäuser hatte, sie im Gegenteil sogar ziemlich gut fand, zum Teil natürlich deshalb, weil viele Leute Hochhäuser prinzipiell ablehnten und einem dann mit einer Bauernhaus- oder Jugendstilromantik auf die Nerven gingen, die im Extremfall dazu führte, dass man das Berliner Stadtschloss wieder aufbauen wollte. Um das Schloss war es natürlich schade, und wenn es nie gesprengt worden wäre, hätte auch Förster sich an seinem Anblick gerne erfreut, aber wo es nun weg war, gehörte dieses Wegsein auch irgendwie zur Geschichte des Schlosses, und selbst wenn moderne Architektur nicht immer das Gelbe vom Ei war, war Bauen wie zu Kaisers Zeiten dennoch eine vermeidbare, aufdringliche Peinlichkeit, vergleichbar mit weißen Kragen an blassrosa Business-Hemden oder Tennissocken in offenen Sandalen. Als Kind hatte er sich immer gewünscht, in einem Hochhaus ganz oben zu wohnen, aber Hochhäuser gab es kaum welche in seiner Heimatstadt, die meisten Gebäude duckten sich in die Straßen, als schämten sie sich, überhaupt da zu sein.

Der ICE rollte durch die Stadt, der Himmel über Berlin war verhangen, es sah aus, als würde es endlich regnen, und Förster wurde wieder von diesem süßen Verlorenheitsgefühl gepackt, das ihn in Berlin immer überkam, verloren, weil er sich hier nie zu Hause gefühlt hatte, aber immer wieder hergekommen war. Er dachte daran, dass er Mitte der Neunziger eine Zeit lang überlegt hatte, hier eine Zweitwohnung zu mieten, das dann aber nicht durchgezogen hatte, weil es zu Hause so viel zu tun gab: Theater machen, um Martina werben, mit Martina nach der Probe auf der Bühne des kleinen Zimmertheaters vögeln, im Hintergrund eine Fototapete, die den Märchenwald zeigte, in dem die Frauen wie Schneeweißchen, Rosenrot, Schneewittchen oder Dornröschen die Schnauze davon voll hatten, wie sie in den Märchen dargestellt wurden, sodass sie gegen die Vorherrschaft des Zwergentums rebellierten, angeführt von den beiden Mädchen, welche den Rosenbäumchen im Garten vor dem Hüttchen ihrer verwitweten Mutter glichen, das eine rot, das andere weiß, und so hieß das Stück auch *Schneeweißchen und Rosenrot Oder: Der Untergang des Zwergengeschlechts,* der Titel eine Idee von Martina. Da war immer was zu tun gewesen, und es war Förster dann wie James Stewart in *Ist das Leben nicht schön?* gegangen, er war einfach nicht weggekommen, nur dass Förster sich deswegen nie hatte umbringen wollen, also auch nicht von einem Engel, der aussah wie ein älterer Herr, davon abgehalten werden musste, sich im Schneegestöber von einer Brücke zu stürzen. Wenn er an Berlin in den Neunzigern dachte, erinnerte er sich an große, zum Teil tragisch endende Liebesgeschichten, weil die eigenen Zwanziger genau die richtige Zeit sind, um emotional das ganz große Fass aufzumachen, allerdings war sich Förster bei den großen Geschichten nur wie ein beobachtender Passant vorgekommen, seine eigene Story war ihm immer ziemlich klein erschienen.

Langsam wurde er nervös. Immerhin musste er gleich jemandem das Blaue vom Himmel versprechen, dabei war der Himmel grau wie ein Elefantenarsch.

Im Nachhinein denkt man ja dann immer, dachte Förster, dass man, wenn man nur zur gleichen Zeit dort gewesen wäre, selbstverständlich Bono von U2 getroffen und mit ihm über Berlin und Irland und den Weltfrieden und was es sonst noch so an faszinierendem Zeug gab, geredet hätte. Noch früher, in den Siebzigern, wäre es David Bowie gewesen, der einem in einer Kneipe in der Nähe seiner Schöneberger Wohnung erklärt hätte, warum diese Stadt genau jetzt der Ort war, an dem man unbedingt sein musste, und wie sie Helden nur für einen Tag werden könnten, Kitsch natürlich, aber cooler Kitsch und damit unkitschiger Kitsch, und Förster war zwar kein Hardcore-Bowie-Fan gewesen, hätte jedoch eine Begegnung und die Gespräche mit ihm billigend in Kauf genommen, nicht zuletzt, weil einem da bestimmt die unglaublichsten Frauen, die sich stets im Dunstkreis solcher Leute aufzuhalten pflegten, über den Weg gelaufen wären, und zwar in einer Anzahl, dass das Zentrum dieses Dunstkreises, in diesem Fall Bowie, gar nicht in der Lage gewesen wäre, sich allen zu widmen, und so wären dann irgendwann erotische Brosamen vom Tisch des Gottes gefallen, und in diesem Moment rollte der ICE durch Charlottenburg, und Förster fragte sich, wieso er im wachen, nüchternen Zustand so einen Pudding zusammendachte.

Der, mit dem er sich gleich treffen würde, erwartete von

Förster, dass der eine Vorstellung hatte, einen Plan, ein Konzept und ganz viele Ideen für das nächste Buch und alle, die danach kamen, dabei hatte Förster früher immer gedacht, dass Plan und Konzept der Tod waren, der Tod von allem. Wo waren sie hin, diese süßen Tage?

Wenn er sich tatsächlich noch eine Wohnung in Berlin nähme, dann auf jeden Fall in Charlottenburg, im alten Günter-Pfitzmann-Harald-Juhnke-Edith-Hancke-Drei-Damen-vom-Grill-Berlin, oder im Museum Kreuzberg, also 36, aber wahrscheinlich waren das alles ganz schlechte Ideen, denn das, was man da zu finden hoffte, war schon vor Jahren verloren gegangen, nicht in Berlin, sondern in einem selbst, im inneren Förster, weit weg vom alten Silberwald, und wenn man jetzt noch mal anfing, das zu suchen, fand man kein Ende, weil man sich mit jedem Tag, den man älter wurde, weiter davon entfernte.

Nach Berlin gekommen war er damals, weil Fränge hier lebte, der hergezogen war, um der Bundeswehr zu entgehen, wie er sagte, tatsächlich aber war er untauglich gewesen, T5, hatte das aber nicht zugeben wollen, was natürlich eine schräge Sache war, da sie ganz klar alle Pazifisten gewesen waren und keiner sich hatte vorstellen können, das Vaterland mit der Waffe in der Hand zu verteidigen. Damals war Deutschland ein Unwort und das Wettrüsten ein Wahnsinn und die Logik der Abschreckung pervers. Fränge wollte nicht als Weichei dastehen, sich lieber den Hauch des Rebellen geben, und verkroch sich hinter der Mauer, und eine Zeit lang sah es so aus, als würde er nie wieder dahinter hervorkommen. Dafür war Fränge dann der Einzige gewesen, der den Mauerfall live und in Farbe vor Ort miterlebt hatte.

Zu seinem Treffen fuhr Förster heute mit leeren Händen und leerem Schädel, und die Leere war nie ein gutes Thema, leer war schlecht, leer war das Ende, nicht der Anfang, wie manche behaupteten, leer war böse, Förster war böse leer. Früher war das gut gewesen. Da war immer wieder etwas um die Ecke der eigenen Gehirnwindungen gekommen, das die Leere hatte füllen können, aber das war vorbei, aus, aus, aus, das Spiel ist aus, dachte Förster.

Um es mit dem Sentiment auf die Spitze zu treiben, wäre er am liebsten am Bahnhof Zoo ausgestiegen: leer und bereit, aber dafür hätte er die Notbremse ziehen müssen, und dazu war er zu feige. Deshalb musste er bis zum Hauptbahnhof fahren, diesem großkotzigen Ungetüm, dem Gewinner beim großen Bahnhof-Schwanzvergleich. Der war ein Elend mit seinen siebenundvierzig Ebenen und den immer gleichen Geschäften, die es genauso in allen neuen Bahnhöfen gab, also machte Förster, dass er, praktisch ohne nach rechts und links zu schauen, zur S-Bahn kam, die ihn zum Alex brachte. Er hatte noch etwas Zeit, deshalb ging er zur Weltuhr und versuchte sich daran zu erinnern, wie es 1985 hier ausgesehen hatte, wo der Buchladen gewesen war, in dem er einen Teil seines Zwangsumtauschs verjubelt hatte, für Bücher mit Seiten wie schlechtes Klopapier. Aber damals war das cool gewesen, weil DDR-Bücher zu lesen sich ein bisschen wie Weltfrieden angefühlt hatte, während Kaufhof, Saturn und Park Inn eher wie das Gegenteil wirkten. Die Luft war elektrisch, der Himmel drängte sich auf, kam immer näher mit seinen schweren, dunklen Wolken, die man ewig nicht gesehen hatte in diesem tadellosen Sommer, und Förster dachte: Gib nicht so an, lass es einfach regnen, und gut ist.

Er stieg hinunter zur U-Bahn und bekam dort wegen der grünen Kacheln und der Stahlträger dann doch so ein bisschen das alte Berlin-Feeling. Aber die U-Bahn, in die er stieg, war sauber, und man konnte vom ersten bis zum letzten Wagen durchgehen, weshalb Bono und Bowie jetzt auch schon lange nicht mehr hier wohnten. Erschüttert stellte Förster fest, dass er auf seinem Handy nur eine Greatest-Hits-Zusammenstellung von Bowie hatte, obwohl er so etwas ablehnte, er war ganz klar ein LP-Mann, dachte nicht in einzelnen Songs, sondern in Langspielplatten. Er hörte *Heroes,* natürlich, stieg am Senefelder Platz aus, hörte dann *Beauty and the Beast,* und da griff es nach ihm, in Brusthöhe, und plötzlich hatte er wieder dieses Verlorenheitsgefühl, die Gewissheit, nicht nur nicht ewig zu leben, sondern ganz sicher zu sterben, und damit kam Förster nicht zurecht. Martina hatte das mal den Todeshammer genannt. Der Todeshammer kam sonst gerne nachts, und nur Alkohol oder anderes Zeug konnten ihn davon abhalten, zuzuschlagen. Irgendwann bist du tot, hatte Martina damals gesagt, und dann hast du Millionen Jahre Tod vor dir, das macht dich fertig, aber ewig leben geht auch nicht, also wäre es vielleicht besser, gar nicht erst geboren zu werden, weil man dann von sich selbst nichts gewusst hätte, und das war ein Moment gewesen, in dem er sie unglaublich geliebt hatte, weil sie dieses ganze Zeug auf den Punkt gebracht hatte, was ja dann doch wieder ein Grund war, geboren zu werden, dieses große Gefühl. Voller Gedanken an das ewige Nichts, vergangene Liebe und verblichene Jugend stand Förster schließlich vor dem Restaurant, in welchem er sich mit dem Mann traf, der hoffentlich sein nächstes Buch verlegen würde, und Bowie war bis *Ashes to*

Ashes gekommen, Asche zu Asche, ich bin glücklich, hoffe, du bist auch glücklich, aber als Förster das Restaurant betrat, wäre er beinahe rückwärts wieder rausgegangen, denn die linke Wand war bedeckt mit einer Fototapete, die einen deutschen Mischwald zeigte, der reinste Märchenwald, nicht unähnlich dem, der die Kulisse für *Schneeweißchen und Rosenrot Oder: Der Untergang des Zwergengeschlechts* abgegeben hatte. Also Berlin, Bowie, der Todeshammer und der Märchenwald – das war jetzt alles ein bisschen zu viel, und Förster brach der Schweiß aus.

Ein Kellner stellte sich ihm in den Weg und fragte etwas, Förster nickte, und der Kellner ging zu einem der freien Tische, aber Förster blieb stehen, während draußen eine schöne Frau vorbeiging, die auch wieder irgendetwas an sich hatte, das er nicht richtig zu fassen bekam, das aber eindeutig den Todeshammer schwang. Es sah immer noch nach Regen aus, und Förster wäre am liebsten nach draußen gestürzt und der Frau gefolgt, bis sie beide in den Regen kamen, denn Fremde, die sich im Regen küssten, das war der Gipfel der Romantik, das war allgemein bekannt, da konnte jeder Sonnenuntergang einpacken. Vielleicht war es auch nur der Gipfel des Klischees, der Mount Everest aller Klischees, aber die mussten ja auch irgendwo herkommen. Unter dem Klischee lauert die Wahrheit, das stand für Förster fest, und ohne echten gedanklichen Übergang fragte er sich dann, was er denn gleich bestellen würde, wenn er mit dem Mann vom Verlag, dessen Namen er vergessen hatte, hier zu Mittag essen würde. Da musste man vorsichtig sein, ein Teller Pasta für zehn, zwölf Euro, das ging noch, Bescheidenheit war eine Zier, aber wenn ich, dachte Förster, gleich das Chateaubriand bestelle, geht der rückwärts wieder raus und denkt sich: Oh Mann, der Förster, der hat es echt nötig, der Schnorrer.

Der Kellner stand am Tisch, im Hintergrund der Märchenwald, und da wusste Förster, dass er hier rausmusste, und zwar sofort, weg vom Märchenwald, aus der Reichweite des Todeshammers, und in der Tür stieß er fast mit einem Mann zusammen, der nur der Typ vom Verlag sein konnte: schmales Hemd, Nickelbrille, aber das war Förster jetzt egal, er rannte los, und der Himmel über Berlin hatte endlich ein Einsehen und ließ ein ganzes Meer herabfallen, und wo das Meer ist, da geht die Post ab, dachte Förster, aber verdammt noch mal, wen kann ich jetzt küssen?

21 Was ist los, Förster?

Lena sah aus wie ihre Mutter, nur jünger, natürlich. Er blieb an der Ecke stehen und schaute zu ihr hinüber, wie sie in diesem Café in Friedrichshain saß und auf ihn wartete, kaum zu erkennen durch den Vorhang aus Regen. Am liebsten wäre er einfach hier stehen geblieben, für immer, aber er konnte Lena schlecht versetzen, immerhin hatte er sich bei ihr gemeldet, nicht umgekehrt. Die zehn Minuten, die er zu spät war, weil er an der Ecke in Selbstmitleid zergangen war, ließ sie ihm sicher noch durchgehen.

»Tut mir leid«, sagte er als Erstes, und erst dann »Hallo«, aber da sie jung und klug und ganz entspannt war, hatte sie keine Probleme mit dieser Reihenfolge, sagte also zuerst »Hallo Förster« und dann »Kein Problem!«, und Förster fragte sich, wieso ihm das auffiel, er musste unbedingt durchatmen, runterkommen, sich beruhigen.

»Du bist ganz nass«, sagte sie.

»Könnte am Wetter liegen.«

»Du wirst dir den Tod holen.«

»Nein, nein, das ist schon in Ordnung, so leicht ...«

»Förster, du bist durchnässt bis auf die Haut! Wieso hast du dich nicht irgendwo untergestellt? Das kann man ja nicht mit ansehen!«

Und da Lena genauso wenig Widerspruch duldete wie

ihre Mutter, legte sie Geld auf den Tisch und sagte zu Förster, er komme jetzt mit zu ihr nach Hause, da gebe sie ihm ein paar trockene Sachen von Philipp und mache ihm einen heißen Tee oder Kaffee, aber so bleibe er ihr hier nicht sitzen, ganz abgesehen davon, sagte sie, dass er auch verboten aussehe. Also schleifte sie ihn zwei Häuser weiter in eine großzügige Altbauwohnung mit blanken Dielen und vielen Büchern, vor allem Fotobüchern, nicht wenige davon von ihrer Mutter, grüßte durch die offen stehende Tür des Arbeitszimmers ihren Mann, der gleich aufstand und zu Förster kam, um ihm ebenfalls mitzuteilen, dass er mitleiderregend aussehe und am besten gleich unter die Dusche gehe (ultrakurz springen, dachte Förster), er, Philipp, suche schnell ein paar trockene Sachen heraus. Lena küsste ihren Mann und schob Förster ins Bad, reichte ihm noch ein frisches Badetuch und sagte, er solle seine nassen Sachen rausreichen, die werfe sie eine halbe Stunde in den Trockner, da laufe schon nichts ein, er solle sich da keine Sorgen machen. Förster pellte sich die durchnässten Klamotten vom Leib, aber die krallten sich an ihn, als wollten sie ihn nie wieder loslassen, und als er dann unter der heißen Dusche stand, war er Lena und Philipp so dankbar, dass er fast geheult hätte, aber unter der Dusche heulen, das war eindeutig das Ende der Fahnenstange, wir sind hier doch nicht, dachte Förster, in einem Vorabendkrimi.

Kurz darauf saß er in einer Jogginghose und einem Sweatshirt von Philipp an diesem langen, groben Holztisch in der Küche der beiden, der scheinbar nur darauf wartete, mit erlesenen Speisen und Rotweinflaschen nebst Gläsern gedeckt zu werden, damit alles aussah wie in einem französischen Konversationsfilm, also einem guten, nicht einem, in dem einer der Darsteller vorher unter der Dusche geheult hatte.

»Was ist los, Förster?«

Sie hatte die direkte Art ihrer Mutter, und ihr Mann sekundierte wortlos, aber effektiv, wie die Assistentin eines Quizmasters in den Siebzigern.

»Ich bin in den Regen gekommen.«

»Ja, aber wieso?«

Förster trank von dem Tee, den sie ihm gemacht hatte, obwohl sie vorher angedeutet hatte, es stehe auch Kaffee zur Auswahl, und sie eigentlich wissen müsste, dass er der Kaffeetyp war, nicht der Teetyp, aber dazu sagte Förster jetzt nichts, und irgendwie leuchtete das ja auch ein: durchnässt hieß Tee, klare Sache.

»Ich bin überrascht worden, ganz einfach. Ich kam von meinem Termin, und da ging es los. Ruckzuck war ich nass bis auf die Knochen.«

»Du siehst nicht gut aus«, sagte Philipp.

Förster nickte nur. Sie ließen es dabei bewenden.

»Wir freuen uns auf die Lesung«, sagte Lena, und Förster antwortete, er hoffe, er bekomme es noch hin, schließlich habe er das schon eine ganze Weile nicht mehr gemacht, worauf Philipp vermutete, dass das bestimmt wie Fahrradfahren sei, das verlerne man nicht.

»Wie war dein Termin?«, hakte Lena dann noch nach, und eigentlich hätte Förster ganz gerührt sein müssen von dem tiefen, ehrlichen Interesse, das ihm hier entgegenschlug.

»Ist gut gelaufen«, sagte er, »ich habe denen ein bisschen was erzählt, und die schienen ganz interessiert zu sein.«

»Das hört sich gut an«, sagte Lena, und Philipp nickte dazu.

Dann erzählte Förster von Edward Cullen und dass es schon eine skurrile Sache sei, sonntagmorgens einen Hamster auf der Straße zu finden. Philipp und Lena pflichteten ihm bei und erkundigten sich nach Brocki und Fränge, die sie von Besuchen bei Monika kannten, weil Monika sie immer ins Café Dahlbusch schleppte, ja, sie erkundigten sich sogar nach Alex, Fränges Sohn, und Förster staunte darüber, was sie sich alles gemerkt hatten, wie aufmerksam sie waren, mit ihren kaum fünfundzwanzig Jahren, in den bürgerlichen Salons des neunzehnten Jahrhunderts hätten sie eine gute Figur gemacht. Wie immer in solchen Momenten regte sich bei Förster das schlechte Gewissen, weil er ein so oberflächlicher Mensch war, der sich schon am nächsten Tag nicht mehr daran erinnern konnte, mit wem er worüber auf einer Party gesprochen hatte. Natürlich erkundigten sie sich auch danach, was er gerade schreibe, und vom Titel *Der letzte Idiot* waren sie absolut begeistert, sodass Förster dachte, wenn es so weitergeht, muss ich dieses Buch tatsächlich irgendwann schreiben.

Nach einer halben Stunde holte Lena seine Sachen aus dem Trockner und hängte sie (»Sind noch ein bisschen klamm!«) auf einen Wäscheständer, den sie vom Balkon hereinholte, da die Luft draußen nach dem Regen noch zu feucht war.

»Wir haben da übrigens noch eine Neuigkeit«, sagte sie dann und wirkte plötzlich ganz aufgeregt. »Die Mama weiß es schon, ich habe vorhin mit ihr telefoniert.«

Lena atmete durch wie ein kleines Mädchen, das ganz

stolz ist, weil sie den Ballettwettbewerb gewonnen hat, und verkündete dann: »Wir sind schwanger!«

Hm ja, dachte Förster, das ist wohl die übliche Nachricht, die auf so ein kleines Theater folgt. Richtig überraschen konnte ihn das nicht, immerhin waren die beiden seit vier Jahren zusammen und im besten Alter fürs erste Kind. Er sagte nacheinander Ja echt?, Super und Toll und Das ist ja der Hammer! und stand auf, um beide zu umarmen.

»Du wirst Opa«, sagte sie. »Sozusagen.«

Förster musste sich wieder hinsetzen, denn unter diesem Aspekt hatte er das Ganze noch gar nicht betrachtet. Wie auch, er wusste es ja erst seit ein paar Sekunden. Aber dann trat ihm diese Doppelnachricht ganz deutlich in die Kniekehlen. Er war nicht mal Vater gewesen, aber in zwei, drei Jahren (wie lange dauerte es, bis sie sprechen konnten?) würde ihn, wenn er mit Monika zusammenblieb, ein Kind Opa nennen.

»Opa«, sagte er. »Opa Förster.«

»Haut einen um, was?«, meinte Philipp.

Opas, das waren nörgelnde Männer, für die früher alles besser gewesen war, obwohl sie den Krieg mitgemacht hatten. Opas waren in Russland gewesen, hatten dem Brandt misstraut und lange Haare abgelehnt, und jetzt würde er bald einer von ihnen sein. Förster fühlte sich gleich noch ein paar Jahre älter.

Und als hätte Lena seine ansonsten eher wirren, genau jetzt aber sehr schlichten Gedanken gelesen, fragte sie, wie es denn mit seinem bevorstehenden Geburtstag aussehe, ob er etwas geplant habe, fünfzig, das sei schließlich was Besonderes, worauf Förster, eine Spur zu patzig, antwortete, achtundvierzig sei auch was Besonderes gewesen, oder auch zweiunddreißig, ja wenn er so nachdenke, falle ihm auf, dass jeder Geburtstag einzigartig sei.

Lena sah ihn ein paar Sekunden nachdenklich an, dann fragte sie ihn noch einmal, was los sei, aber er hatte noch immer keine Antwort, sah stattdessen auf die Uhr und sagte, er müsse los, er wolle rechtzeitig in der Buchhandlung sein, selbstverständlich werde er ihnen Plätze reservieren. Lena wies darauf hin, dass sie lieber weiter hinten sitze, vor allem, wenn sie den Lesenden kenne, und auch dafür war Förster ihr dankbar, denn Bekannte in der ersten Reihe – in diesem Fall sogar praktisch Verwandtschaft –, das war immer blöd, weil man nicht wusste, ob man die jetzt besonders oft angucken sollte oder gerade nicht. Auf dem Weg rief er natürlich gleich seine Monika an, die Oma, zu der er der Opa sein würde, aber sie war gerade draußen unterwegs, weit weg von allem, ihr Netz war als solches kaum zu bezeichnen, also schrieb er ihr eine Nachricht, dass er jetzt Bescheid wisse. Sie antwortete, sie melde sich am späten Abend, wenn sie wieder im Hotel sei, und Förster wusste, dass dies hier einer jener besonderen Momente war, von denen in schlechten, aber auch in guten Büchern immer wieder die Rede war. Und egal wie das Buch war, eine Lesung, also ernste Menschen, die stocksteif dasaßen und sich anhörten, wie sich einer mehr schlecht als recht durch seinen eigenen Text arbeitete, das war für ihn praktisch immer absurdes Theater, aber da musste er jetzt mitspielen.

22 Berlin ist immer schwer

Die Szene ist eine Straße in Berlin. Förster, eine Reisetasche über der Schulter, steht vor einem Buchladen, der offenbar geschlossen ist. Davor sehen wir eine Klapptafel, wie man sie sonst vor Restaurants findet. Mit Kreide steht da geschrieben: Heute Lesung mit Roland Förster. *Ein Mann in einem Anzug kommt hinzu. Er sieht aus wie ein Banker, der gerade Feierabend hat, das Hemd steht offen, er hat die Hände in die Hosentaschen geschoben.*

MANN
Ich kenne den gar nicht, diesen Förster, Sie?

FÖRSTER
In gewisser Weise.

MANN
Schon mal was von dem gelesen?

FÖRSTER
Ein, zwei Sachen.

MANN
Und was schreibt der so?

FÖRSTER
Kann man schwer erklären.

MANN
Sind die Bücher dick?

FÖRSTER
Meistens so um die dreihundert Seiten.

MANN
Ich lese nicht gerne dicke Bücher. Man kommt ja nicht dazu. Am Wochenende vielleicht, ansonsten nur ein paar Minuten kurz vorm Einschlafen. Aber dreihundert Seiten, das geht ja noch.

Der Mann schaut sich noch ein paar Sekunden das Schild an, dann geht er weiter. Förster sieht sich um und fragt sich, was er machen soll. Da kommt der Buchhändler um die Ecke, eine Banane essend.

BUCHHÄNDLER *(Mit vollem Mund)*
Die Lesung fängt erst in einer Stunde an.

FÖRSTER
Ich bin Förster.

BUCHHÄNDLER
Oh, Herr Förster, Sie sind früh dran.

FÖRSTER
Kann sein.

Der Buchhändler gibt Förster die Hand. Förster wischt sich seine Hand an der Hose ab. Der Buchhändler schließt den Laden auf und weiß dabei nicht, was er mit der Bananenschale machen soll.

BUCHHÄNDLER *(Zu Förster)*
Halten Sie kurz?

FÖRSTER *(Nimmt die Bananenschale)*
Gerne.

BUCHHÄNDLER
Wissen Sie was? Es ist so ein tolles Wetter, so eine angenehme Luft, nachdem es endlich mal geregnet hat, ich hole uns zwei Stühle, und wir setzen uns einfach nach draußen.

Der Buchhändler geht nach drinnen und kommt mit zwei Stühlen zurück. Sie setzen sich. Förster hält noch immer die Bananenschale in der Hand.

BUCHHÄNDLER
Es freut mich sehr, dass es geklappt hat. *Die Große Liebe des Bernward Bauer* hat mir sehr gefallen.

FÖRSTER
Wie sind wir denn verkauft?

BUCHHÄNDLER
Tja, also, um ehrlich zu sein, das hätte etwas besser laufen können. Eine Lesung ohne konkreten Titel ist schwer zu verkaufen. Ihr letztes Buch ist ja schon ein bisschen was

her. Ihr Agent hatte gesagt, da würde noch was in einem Citymagazin kommen, aber das hat dann wohl nicht geklappt.

FÖRSTER
Die haben geglaubt, Elvis sei tot.

BUCHHÄNDLER
(Weiß nicht, was er von der Antwort halten soll)
Aha. Ja, also. Wir gucken mal. Bei manchen Lesungen kommen die Leute erst kurz vorher.

Sie sitzen eine Weile und warten. Irgendwann lässt Förster die Bananenschale unter seinen Stuhl fallen. Ein Mann der Marke Faktotum kommt um die Ecke geschlurft. Er sieht abgerissen aus und kennt die Abgründe des Alkohols.

FAKTOTUM
Manuel, Junge, haste 'ne Fluppe für mich?

BUCHHÄNDLER
Hannes, du weißt, ich rauche nicht.

FAKTOTUM
Ich dachte nur.

BUCHHÄNDLER
Aber Hannes, da kommt mir eine Idee. Wenn du mir einen Gefallen tust, dann kriegst du von mir sogar eine ganze Packung Marlboro.

FAKTOTUM
Klar, Manuel, immer.

Der Buchhändler geht nach drinnen. Das Faktotum wechselt unruhig mehrmals Stand- und Spielbein. Der Buchhändler kommt mit einem Block und einem Stift wieder heraus.

BUCHHÄNDLER *(Schreibt)*
Pass auf, Hannes, du gehst hier in der Straße jetzt mal in die Cafés und Kneipen und sagst den Leuten, dass heute Abend in der Buchhandlung Grömeke der Roland Förster liest. Ich hab dir das aufgeschrieben. Alles klar?

FAKTOTUM
Klar, Manuel, gerne!
(Mit dem Zettel in der Hand ab)

Pause

BUCHHÄNDLER
Da sitzen jetzt ganz viele Leute und essen was und so. Da kriegen wir bestimmt noch ein paar zusammen.

FÖRSTER
Bestimmt.

Pause

BUCHHÄNDLER
Ist schwer in Berlin. Es wird so viel geboten.

FÖRSTER
Klar.

BUCHHÄNDLER
Ich habe Ihrem Agenten gesagt, dass es schwer wird.

FÖRSTER
Berlin ist immer schwer.

BUCHHÄNDLER
Wenn das mit dem Citymagazin geklappt hätte ... Das ist zwar nur online, aber das bringt eigentlich immer was.

Sie sitzen da und warten.

BUCHHÄNDLER
Ich denke, die Sache mit dem Hannes, das bringt noch was, da kommen schon welche.

Pause.

BUCHHÄNDLER
Anderseits ist das natürlich ein Hammer-Sommer, und bei dem guten Wetter, da wollen alle grillen, und dann ist das schwer mit einer Lesung.

FÖRSTER
Berlin ist immer schwer.

BUCHHÄNDLER
Weil so viel geboten wird.

FÖRSTER
Und dann das Wetter.

Das Faktotum kommt zurück.

FAKTOTUM
Ich hab die Runde gemacht, Manuel. Ich weiß aber nicht, ob das was bringt.

BUCHHÄNDLER
Ach, bestimmt, Hannes. Warte, ich hole dir deine Kippen.

Er geht nach drinnen. Das Faktotum wechselt wieder unruhig Stand- und Spielbein.

FAKTOTUM
Berlin ist schwer.

Der Buchhändler kommt zurück und gibt dem Faktotum eine Packung Marlboro.

FAKTOTUM
Ich dachte, du hast aufgehört, Manuel.

BUCHHÄNDLER
Hab immer eine Packung für Notfälle.

FAKTOTUM
Ist gut, man sieht sich. *(Schlurfend ab)*

BUCHHÄNDLER
(Setzt sich. Blickt dem Faktotum hinterher)
Hätte auch mal Danke sagen können.

Pause.

FÖRSTER
Ich glaube, das wird nichts mehr.

Der Buchhändler schweigt und vermeidet es, Förster anzusehen. Förster nimmt sein Handy aus der Hosentasche und ruft jemanden an.

FÖRSTER
Lena? Förster hier. Seid ihr schon los? Ich glaube, das könnt ihr knicken. Das wird nichts mehr. Nein, nein, schon gut, ich glaube, ich nehme dann den Zug zwanzigfünfunddreißig ab Ostbahnhof. Ja. Bis bald. Und pass auf dich auf. Mach ich.

Förster steckt sein Handy wieder ein. Pause.

FÖRSTER
Ich denke, das wird nichts mehr. Ich glaube, ich mache mich auf den Weg.

BUCHHÄNDLER
Ich hatte eigentlich einen Tisch beim Italiener reserviert für hinterher.

FÖRSTER
So können Sie vielleicht wenigstens noch das Hotel absagen.

BUCHHÄNDLER
Übernachtung wäre bei privat gewesen. Also bei mir.

FÖRSTER
Ach so.

BUCHHÄNDLER
Ja, ja, ist okay. Tut mir leid.

FÖRSTER
(Nimmt seine Tasche)
Ja, also dann. Auf Wiedersehen.

BUCHHÄNDLER
Schreiben Sie mal wieder so etwas wie *Die Große Liebe des Bernward Bauer*. Das hat mir sehr gefallen. Dann kommen auch Leute.

FÖRSTER
Ich gebe mir Mühe. *(Ab)*

Der Buchhändler steht auf und blickt ihm nach. Der Mann vom Anfang der Szene kommt um die Ecke. Er blickt in die Buchhandlung.

MANN
Ich wollte zu der Lesung.

BUCHHÄNDLER
Fällt aus. Der Autor ist abgereist.

MANN
Einfach so?

BUCHHÄNDLER
So sind die manchmal.

MANN
Den Namen werde ich mir merken. Von dem lese ich garantiert nichts. *(Kopfschüttelnd ab)*

Der Buchhändler nimmt die beiden Stühle und bringt sie nach drinnen. Dann schließt er den Laden von außen ab und geht. Die Bühne wird dunkel. Spot auf die Bananenschale.

23 Bereit sein ist alles

Förster drehte am Rad. Edward Cullen flitzte durch seine Röhren. Das schien ihm wirklich Spaß zu machen. Draußen prahlte die Nacht mit einer sternlosen Dunkelheit der eigentlich pechschwarzen Art, aber die Laternen und die Autos und die Reklametafeln machten ihr einen Strich durch die Rechnung. Försters Handy meldete sich, endlich konnte er mit Monika sprechen.

»Hallo Grandpa.«

»Brauchen wir jetzt einen Schaukelstuhl?«

Sie lachte. »Ist es nicht toll?«

»Darf man überhaupt Großvater sein, bevor man Vater war? Muss man nicht eine Art Ausbildung machen?«

»Fünfzig Jahre leben ist auch schon was.«

»Erinnere mich nicht daran!«

»Hast du entschieden, was du am Wochenende machst?«

»Ich kann Frau Strobel nicht hängen lassen. Ich werde noch einige Geburtstage haben, aber sie nicht mehr so viele Konzerte.«

»So sehe ich das auch«, sagte Monika.

»Weißt du, ich glaube, hier brauchen einige mal eine Auszeit. Fränge läuft aus dem Ruder, Brocki ist deprimiert, Dreffke hustet Blut, und was bei Finn abläuft, weißt du sogar besser als ich.«

»Was ist mit der Uli?«

»Ja, ja, die Uli. Ich weiß nicht, was sie weiß oder was sie ahnt, aber die Uli ist die Uli, die lässt sich nicht gerne in die Karten gucken.«

»Das Meer, der blaue Himmel, die frische Luft – das wird euch guttun.«

»Das Konzert ist Sonntagmittag, eine Matinee. Danach fahre ich gleich zurück.«

»Ich habe eine bessere Idee. Ich bekomme am Sonntagmorgen noch einen Flug nach Kopenhagen. Ich nehme mir einen Mietwagen, wir treffen uns an der Ostsee und hängen da noch ein paar Tage dran, nur wir zwo.«

Förster nickte, aber das konnte sie natürlich nicht sehen, diese bemerkenswerte Frau. Deshalb sagte er nur: »Das hört sich gut an.«

»Und wie war die Lesung?«

»Absurdes Theater.«

»Komische Leute?«

»Gar keine Leute.«

»Das tut mir leid.«

»So kann ich wenigstens im eigenen Bett schlafen.«

»Du bist schon wieder zu Hause?«

»Mein Hamster dreht am Rad, und ich sehe ihm dabei zu.«

Durch die Wand hörte er ein Saxofon spielen.

»Und meine Nachbarin übt.«

»Muss sie ja wohl auch.«

Förster lauschte. »Ich glaube, sie spielt *Es liegt was in der Luft*.«

»Ich würde sagen, Frau Strobel ist bereit.«

»Bereit sein ist alles«, sagte Förster.

»Und du, Förster? Bist du auch bereit? Bereit für ein Leben als Großvater? Mit mir als Oma an deiner Seite?«
Und Förster lauschte weiter dem Saxofon.

24 Der aufreizende Hochmut schöner Frauen

Dreffke betrachtete seine knotigen, gebräunten Zehen, die mit den längeren Grashalmen spielten, hatte offenbar nichts auszusetzen und wandte seinen Blick wieder diesem geradezu brutal blauen Himmel zu, von dem man nicht glauben konnte, nicht glauben wollte, dass er in ein paar Wochen verschwunden sein würde, vielleicht schon in ein paar Tagen, vielleicht morgen, auch wenn der Wetterbericht was anderes sagte, aber dem konnte man nie trauen, das hatten einem in der Kindheit schon die Opas und Omas klargemacht: Wetterberichte und Wochenschauen in Kriegszeiten – alles gelogen. Förster hatte sich auf seine Ellenbogen gestützt und sah einer leicht bekleideten jungen Frau nach, die durch den Park ging, als gehörte er ihr. Der aufreizende Hochmut schöner Frauen, dachte Förster.

»Okay, spuck's aus«, begann der alte Cop das Verhör, »wie war es in Berlin?«

»Es hat geregnet«, sagte Förster. »Außerdem keine Leute, keine Lesung.«

»Berlin!«, schnaubte Dreffke. »Braucht kein Mensch.« Nach einer Pause ergänzte er: »Find ich gut, dass du nicht rumjammerst.«

»Man darf sich nicht hängen lassen. Obwohl: Ich habe demnächst eine Gewebeentnahme.«

»Ach Gott, wer hatte die nicht schon!«

»Ich bin so gut wie pleite, und ich kann nicht mehr schreiben.«

»Komm du mal in eine Wohnung, wo eine halb verweste Kinderleiche in einem Bettchen liegt, hör dir den Scheiß an, den die besoffenen, zugedröhnten Eltern labern, und bring es dann fertig, ihnen mit der Dienstwaffe nicht in den Kopf zu schießen, dann reden wir weiter.«

»Ich kann jammern, wenn ich will, wollte ich nur sagen.«

Dann lagen sie einfach da und betrachteten den Himmel und die eine, lang gezogene, sich schon wieder auflösende Schleierwolke, die das unerbittliche Blau störte, und Förster dachte, wenn dahinten jetzt ein Feld voller goldener Ähren wäre oder Dünen und dahinter das Meer, dann wäre das hier ein Fall für einen Landschaftsmaler, der reinste Nolde-Himmel war das hier, nur ohne die See.

»Hast du am Wochenende etwas vor?«, fragte Förster irgendwann.

»Ich wollte mal wieder ausgedehnt rumlungern.«

»So wie den Rest der Woche auch?«

»Das Rumlungern am Wochenende ist was ganz anderes.«

»Lust auf eine Spritztour an die Ostsee?« Förster erklärte, worum es ging.

Dreffke dachte nach. »Ist nicht meine Musik. Aber einer muss ja auf euch aufpassen.«

Wie es sich für einen Star gehört, hatte Frau Strobel jetzt also auch einen Bodyguard.

»Wie logieren wir denn da?«, wollte Dreffke noch wissen.

»Standesgemäß. Frau Strobels Bandleaderin hat da ein Hotel.«

Schließlich standen sie auf, Dreffke streckte sich, Förster faltete die Decke zusammen, und sie verließen den Park. Als sie zu Hause ankamen, stand Frau Strobel vor der offenen Haustür, als bewachte sie den Eingang oder sorgte sich darum, jemand könne einen Teil des Gehwegs stehlen.

»Herr Förster!«, rief sie. »Und Herr ...«

»Kulenkampff«, sagte Dreffke.

»Nein, nein«, sagte Frau Strobel, »Sie sind der aus dem zweiten Stock, wo früher der Polizist gewohnt hat!«

»Touché!«, sagte Dreffke.

»Ach was, der hieß anders. Aber egal, verwirren Sie mich nicht! Herr Förster ...«

»Eine Frage hätte ich noch, Frau Strobel«, unterbrach Dreffke sie. »Wieso müssen Sie bei ihm nie nachdenken, wie er heißt? Seinen Namen vergessen Sie nie! Wieso?«

»Können Sie sich das nicht denken, Herr ...«

»Nein, kann ich nicht!«

»Dann kann ich Ihnen auch nicht helfen«, beendete Frau Strobel das Thema mit einem Ton, der klang, wie scharfe Politur riechen mochte, aber das wusste Förster nicht so genau, er hatte keine Möbel zum Polieren. »Herr Förster, Sie müssen jetzt endlich mal diesen Brief lesen, den ich bekommen habe.«

»Natürlich, Frau Strobel, sehr gern.«

»Ich habe gestern bei Ihnen geklingelt, aber Sie haben nicht aufgemacht!«

»Gestern war ich in Berlin.«

Die Strobel zuckte verärgert mit den Mundwinkeln. »Erzählen Sie mir nichts! Bei Ihnen in der Wohnung war ganz schön was los! Es waren auch Frauen da! Richtig gequiekt haben die!«

»Das wird sein Hamster gewesen sein«, bemerkte Dreffke.

Die Strobel machte eine Handbewegung, für die wegwerfend noch zu schwach war. »Ach Sie ...« Manchmal erinnerte sie Förster an eine russische Gräfin, wie diese weißhäutige Frau aus Sidney Lumets Verfilmung von *Mord im Orient Express*, mit Albert Finney als Hercule Poirot, mit Ingrid Bergman, die immer von kleinen braunen Babys faselte, und mit Richard Widmark, an den Förster nun seit bestimmt zehn Jahren nicht mehr gedacht hatte, aber das gehörte jetzt alles nicht hierher, nicht auf den Gehsteig vor dem Haus, bei dieser Hitze, also sagte er, man gehe wohl besser nach drinnen, und Frau Strobel antwortete nichts, sondern drehte sich einfach um und ging hinein.

Dreffke ließ Förster mit einer galanten Geste vor und murmelte: »Du kannst sie alle haben!«

»Und du?«

»Ich *hatte* sie alle.«

»Glaube ich sofort.«

»Hast du nicht gesagt, du hättest den Brief schon gelesen?«

»Habe ich auch. Ich habe ihn sogar beantwortet. Aber jetzt lese ich ihn noch mal.«

Dreffke ging nach oben in seine Wohnung, Förster hörte ihn auf dem Treppenabsatz husten. Frau Strobel war schon in ihrem Wohnzimmer, das sich seit seinem letzten Besuch kaum verändert hatte. An der Wand hingen die Zeitungsausschnitte über die Tanzkapelle Schmidt, und auf Sessel und Sofa lagen Kleidungsstücke herum, nur waren es diesmal andere, buntere, ältere, Förster meinte den Schnitt der Fünfziger zu erkennen, sogar eine orangefarbene

Caprihose, die in einem Secondhandladen sicher einen guten Preis gebracht hätte. Aus einem Haufen von Papieren, der sich auf dem Couchtisch türmte, fischte Frau Strobel, ohne groß nachzusehen, ein einzelnes Blatt und bedeutete Förster, ihr in die Küche zu folgen, wo sie beide sich wieder an den Tisch setzten.

Bevor sie zur Sache kam, sagte sie: »Sie waren mit diesem Herrn ...«

»Dreffke«, sagte Förster, »er heißt Dreffke, und er ist der Polizist aus dem zweiten Stock, Frau Strobel. Er wohnt schon ziemlich lange da.«

Sie kicherte wie ein Mädchen. »Das weiß ich, Herr Förster, aber er regt sich immer so schön auf, wenn ich tue, als wüsste ich nicht, wer er ist. Ich bin nicht völlig verblödet, Herr Förster.«

»Natürlich nicht, Frau Strobel.«

»Ein bisschen verblödet schon. Eine Zeit lang habe ich mir darüber Sorgen gemacht, aber jetzt ist es mir egal. Vielleicht bin ich auch gerade so verblödet, dass es mich nicht stört.«

Sie griff nach Försters Hand und hielt sie fest. Erstaunlich kräftig, dachte er, was ja schon wieder beinahe ein Klischee war, das hatte man schon tausendmal gelesen, dass alte Leute kräftiger waren, als man dachte, dieses Arbeiten mit Gegensätzen war der älteste Erzählhut, den man aus der staubigen Trickkiste ziehen konnte, aber egal, Förster hatte nicht damit gerechnet, dass Frau Strobel so zugreifen konnte, außerdem fühlten sich ihre Hände an wie trockenes Efeu. Er mochte diese Frau. Trotz ihrer Verwirrtheit blieb sie immer Grande Dame. Coolness im Verfall. Förster hoffte, dass er das auch hinbekam, wenn es so weit war.

»Sie müssen mir eines versprechen, Herr Förster«, sagte sie sehr ernst und blickte ihm dabei in die Augen. »Wenn es richtig peinlich wird, also wenn ich nackt auf die Straße renne oder meine Exkremente an der Wand verschmiere, dann legen Sie mich ins Bett, nehmen ein Kopfkissen und bereiten dem ein Ende!«

»Das kann ich nicht versprechen, Frau Strobel. Das kann ich nicht.«

Sie dachte nach. »Sie sind zu jung. Und zu gesund. Ich werde den Polizisten fragen.«

Damit war das Thema für sie erledigt, und sie schob Förster das Blatt herüber.

»Das ist er«, sagte sie, »der Brief aus der Vergangenheit.« Plötzlich runzelte sie die Stirn. »Mir ist«, sagte sie, »als hätte ich Ihnen diesen Brief schon gezeigt. Aber das kann ja gar nicht sein, der ist erst heute angekommen.«

Förster tat so, als lese er den Brief noch mal aufmerksam durch, und Frau Strobel beobachtete ihn dabei.

»Das ist eine tolle Sache, Frau Strobel! Da müssen Sie hin!«

Frau Strobel nickte. »Und ich weiß auch schon, wer mich fährt.«

Da war er wieder, dachte Förster: der aufreizende Hochmut schöner Frauen.

25 Chillen und Recycling

Putenbrust mit Reis, da kann man nichts falsch machen, dachte Förster.

»Also, ich bin da immer absolut konsequent«, sagte Fränge gerade, aber Förster konzentrierte sich auf seine Putenbrust. Und natürlich den Reis, der mit Paprika durchsetzt war. Sehr lecker.

»Wenn ich da also Verpackungen habe, an denen auch noch Plastik ist, dann reiße ich das natürlich ab und werfe es in den gelben Sack, und die Pappe kommt ins Altpapier.«

»Ja, klar«, sagte Brocki, »dann bist du richtig stolz, weil du was für die Umwelt getan hast.«

»Ich muss zugeben, dass mir das tatsächlich ein gutes Gefühl gibt, Herr Lehrer.«

»Das ist sowieso völliger Blödsinn! In China wird alles Mögliche in die Luft geblasen, und wir trennen den Müll!«

»So kommt man nicht weiter, Brocki! Man kann nicht sagen: Das hat keinen Sinn, weil China!«

»Weil China was? Bring bitte deine Sätze zu Ende, Fränge!«

»Der Satz war zu Ende, und er war ganz klar.«

Brocki schüttelte den Kopf. »Weißt du, wo du Mülltrennung brauchst? In deinem Schädel!«

»Hör mal, ich muss dir dein Mittagessen nicht auf Personalrabatt geben!«

»Wie?«, schaltete Förster sich ein. »Er muss was bezahlen für sein Essen?«

Brocki hob die Brauen. »Förster nicht?«

»Du bist Beamter«, sagte Fränge. »Förster ist Kultur, und Kultur gehört gefördert.«

Förster meinte, das sei ihm jetzt ein bisschen unangenehm.

»Auch geschenkte Gäule kotzen irgendwann vor Apotheken«, behauptete Brocki.

Fränge zog die Stirn in Falten. »Verstehe ich nicht.«

»Förster hat mal gesagt, es geht nicht darum, alles zu verstehen«, sagte Brocki.

»Weil ich nichts erklären will«, erklärte Förster.

»Anyway«, wechselte Fränge das Thema, »ich habe heute jedenfalls Karten für das Springsteen-Konzert bestellt.«

Brocki stöhnte. »Hör auf mit den Anglizismen, Fränge! Das ist albern!«

»Sprache verändert sich«, konterte Fränge. »Wird alles immer internationaler. Gewöhn dich lieber dran.«

»Was sagst du dazu?«, wandte Brocki sich an Förster. »Du bist ein Mann des Wortes. Des deutschen Wortes.«

Wirklich gut, die Putenbrust, dachte Förster, schön zart. Er sagte: »Fränge hat schon recht, Sprache entwickelt sich weiter, und es gibt nichts Schlimmeres als diese fanatischen Sprachreinerhalter. Die sagen dann Klapprechner statt Laptop oder Prallkissen statt Airbag. Ich habe da immer den Eindruck, ich muss die Hacken zusammenschlagen. Aber klar, man kann auch Aussetzer statt Blackout sagen, und Schalter hört sich besser an als Counter, und wenn einer es übertreibt und meint, er muss vor dem Meeting noch schnell den Content updaten und am Nachmittag im Midseason-Sale einen Fitsch machen, dann wird es haarig, aber will ich wirklich Denkrunde statt Brainstorming sagen oder Essen nach Ermessen statt All you can eat oder Bildwerfer statt Beamer, Wiederverwertung statt Recycling, netzplaudern statt chatten?«

»Janine«, wandte sich Fränge an das Mädchen, das heute hinter dem Tresen stand.

»Ja?«

»Sagst du lieber chillen oder lieber abschalten?«

»Ist das 'ne Fangfrage?«

»Du könntest doch auch abschalten sagen, das ist praktisch das Gleiche wie chillen, oder nicht?«, beharrte Fränge.

»Nee, würde ich nicht sagen. Abschalten, das ist irgendwie so eine einmalige, kurze Aktion, wie wenn man auf einen Knopf drückt. Aber chillen, das beschreibt mehr so einen sich länger hinziehenden Vorgang, auch irgendwie eine Kurve, also man kommt langsam runter, ist aber gleichzeitig voll da, also gerade nicht abgeschaltet.«

»Danke, Janine.«

»Immer gerne.«

»Ich kann mich nicht daran gewöhnen, dass ich hier von einer Schülerin bedient werde«, sagte Brocki.

»Nur in den Ferien«, beruhigte Fränge ihn.

Brocki schüttelte den Kopf. »Übers Chillen quasseln, aber zu Bruce Springsteen gehen, das passt definitiv nicht zusammen!«

»Ich gehe mit Alex hin, um dem Jungen zu zeigen, was Rockmusik ist.«

»Weiß er schon von seinem Glück?«

»Soll eine Überraschung sein, zu seinem Geburtstag.«
»Der wird Augen machen.«

Und wie abgesprochen kam Alex genau in diesem Moment durch die Tür, was Förster in einem Film einen völlig unpassenden Zufall gefunden hätte, aber das Leben machte einfach, was es wollte, da gab es kein Gegengift.

»Hallo Alex«, sagte Brocki.

Alex' Begeisterung, angesprochen zu werden, hielt sich in engen pubertären Grenzen. Trotzdem brachte er ein Hallo hervor.

»Was hörst du eigentlich so für Musik?«, wollte Brocki wissen.

Förster fiel auf, dass der Junge seit einiger Zeit eine andere Frisur hatte als früher. Vorne ließ er sich das Haar jetzt etwas länger wachsen, um es bei Bedarf, also jetzt, als Vorhang zu benutzen, hinter dem er sich verstecken konnte.

»Wieso?«

»Was hältst du von Bruce Springsteen?«

»Ist das nicht so ein amerikanischer Oppa?«

»Das trifft es ziemlich genau«, sagte Brocki.

»Gehört aber zu den Basics, Alex«, sagte Fränge.

»Er meint Grundlagen«, sagte Brocki.

»Ich habe Hunger.«

»Oben steht eine Portion Putenbrust in der Mikrowelle«, sagte Fränge. »Die Mama ist noch im Atelier.«

»Die ist gut, die Putenbrust«, sagte Förster.

Alex nickte nur und nahm den Durchgang zwischen Café und Wohnhaus.

»So, Brocki«, sagte Fränge, »und dich möchte ich dann noch mal ganz speziell für heute Abend einladen. Zur Open Stage.«

»Offene Bühne? Mal sehen«, sagte Brocki, »ich muss heute Nachmittag auf jeden Fall noch ein bisschen abschalten.«

»Der war gut«, gab Fränge zu, und beide lachten sich eins.

26 Natur bei der Arbeit: Walter Matthau

Nach dem Essen ging Förster zum Chillen oder Abschalten nach Hause, jedenfalls saß er später am Fenster und sah eine Drossel, die etwas Rötliches im Schnabel hatte und es mit einer ruckartigen Bewegung so lange auf die oberste Stufe des Kellerabgangs schlug, bis es zersprang und ein für die Drossel genießbares Innenleben freigab, was, wie Förster erst jetzt bemerkte, offenbar aus einer Schnecke bestand. Natur bei der Arbeit, dachte er, immer wieder eindrucksvoll. Die Drossel machte sich mit ihrer Beute aus dem Staub, in diesem Fall im wahrsten Sinne des Wortes, denn die Treppe zum Keller musste dringend gefegt werden. Aber vor allem blieb bei Förster nicht zum ersten Mal der Eindruck hängen, dass Natur eine brutale Geschichte war. So eine Drossel sah ja im Prinzip ganz harmlos aus, aber mit welcher rücksichtslosen Hartnäckigkeit sie alles darangesetzt hatte, diese arme Schnecke aus ihrem Haus zu prügeln, das hatte etwas Fieses. Aber auch eindrucksvoll, klar.

Förster ließ die Sonne draußen weiter lachen, und er ließ auch das große Killen, das Fressen und Gefressenwerden, weitergehen, bedauerte Schnecken für ihren Platz in der Nahrungskette, fand es ein bisschen unfair, dass Drosseln in der Stadt keine natürlichen Feinde hatten (Füchse?), dachte aber auch, dass es ihm lieber war, die Schnecke werde draußen von einer Drossel vertilgt, als dass sie in seiner Wohnung herumschleimte, weil er keine Ahnung hätte, wie man ein solches Vieh wieder loswurde, anfassen konnte er so etwas nicht, da müsste er vielleicht sogar Frau Strobel fragen, oder Dreffke, der sicher keine Probleme mit den glibberigen Aspekten des Natürlichen hatte.

Förster hatte kalte Füße und fragte sich, wieso. Kreislauf, Blutdruck, irgendwas. Auch das war Natur bei der Arbeit.

Er fuhr seinen Computer hoch und betrachtete den Bildschirmhintergrund, nämlich ein selbst geknipstes Foto des Boardwalks von Coney Island (oder lieber: der Strandpromenade der Kanincheninsel?), wo man auch mal wieder hinmüsste, dachte Förster, auch wenn das nicht so richtig outbacklike daherkommt, dieses New York, und irgendwie war ihm derzeit nach Leere und Weite und nicht nach Völle und Enge. Gab es Völle als Wort? Hörte sich einigermaßen bescheuert an.

Ein paar Mails waren angekommen.

....

Von: klausner@verlag.de
An: info@foerstermeinfoerster.de
Betreff: Unser Treffen in Berlin

Lieber Herr Förster,

leider ist es zu unserem Treffen in Berlin nicht gekommen. Ich muss Ihnen sagen, dass ich sehr enttäuscht bin. Vor allem darüber, dass ich nichts von Ihnen gehört habe. Ich gehe deshalb davon aus,

dass Sie nicht mehr daran interessiert sind, in unserem
Haus zu veröffentlichen.

Mit freundlichen Grüßen,
Thomas Klausner
— Lektorat Belletristik —

Von: lutz.lutz@lutz.info
An: info@foerstermeinfoerster.de
Betreff: Kein Betreff

Förster, ich weiß nicht, was du da in Berlin abgezogen
hast, aber jetzt ist nicht nur der Verlag sauer, sondern
auch der Buchhändler, und weißt du was? Dein Agent
auch. Dein Ex-Agent, wenn du so weitermachst.

Von: einzelkind@familie-burkhardt.de
An: info@foerstermeinfoerster.de
Betreff: Indianische Bildmaschine

Hallo Herr Förster,

Ihre Mailadresse habe ich von Ihrer Website. Müsste
übrigens dringend überarbeitet werden, das Ding. Völlig
veraltet. Flash-Ani funktioniert nicht auf dem iPad.
Habe mir Aztec Camera (Witz im Betreff verstanden?)
bei YouTube reingezogen. Nicht schlecht, Herr Förster,
nicht schlecht! Bisschen Eighties, aber cool. Habe eine
Kreditkarte meines Vaters gefunden. Lust auf 'nen Trip

nach Rio? Unser Haus hat 350 Quadratmeter Wohnfläche. Habe das heute mal schnell durchgemessen. Mit Keller natürlich. Könnte die Hütte bei Immoscout oder so zum Verkauf reinstellen und dann behaupten, das wären Hacker gewesen. Glaubt mein Vater sofort. Wenn ich alle Zimmer leer räume, könnte ich ein Squash-Turnier veranstalten. Oder Hallenfußball. Müsste man nur ein paar Wände einreißen. Eine Taube hat auf die Terrasse gekackt. Natur wird überbewertet. Ich bin heute Nachmittag trotzdem im Park.

Man sieht sich, Herr Förster.
Finn

....

Von: notice@foerstermeinfoerster.de
An: info@foerstermeinfoerster.de
Betreff: Neuer Gästebucheintrag

Hallo Herr Förster, ich habe gerade »Die Große Liebe des Gerd Bauer« zu Ende gelesen, und ich muss sagen, ich habe mich köstlich amüsiert. Ich wollte mir jetzt Ihre anderen Bücher zulegen, musste aber feststellen, dass einige nicht mehr lieferbar sind. Wann kommt von Ihnen endlich wieder was Neues? Viele Grüße, Katharina aus Pirmasens

Förster legte sich ins Bett und sah sich einen Film mit Walter Matthau und Glenda Jackson an. Verwegen war das: am helllichten Tag im Bett liegen und einen Film ansehen! Unter der Woche! Im Sommer! Jung und schamlos war es, das gute Wetter so zu verlachen und der Diktatur des Sich-draußen-aufhalten-Müssens Widerstand zu leisten. Walter Matthau spielte einen alternden, verwitweten Chirurgen, der lauter Affären mit jungen Frauen hatte, bevor er dann an die toughe, politisch bewusste, nicht mehr ganz junge Glenda Jackson geriet. Mitten in seiner Lieblingssequenz, nämlich als Walter und Glenda lauter lustige und romantische Sachen im Zeitraffer machten und dazu *Something* von den Beatles lief, rief Martina an.

»Mir ist so langweilig«, sagte sie.

»Ich habe kalte Füße«, antwortete Förster.

»Willst du heiraten?«

»Ich verstehe den Zusammenhang nicht.«

»So heißt es zum Beispiel in Filmen, wenn einer heiraten will, aber ihn oder sie kurz vorher der Mut verlässt.«

»Ich habe wirklich kalte Füße.«

»Draußen sind fünfunddreißig Grad, wie kann man da kalte Füße haben?«

»Keine Ahnung. Blutdruck, Kreislauf, irgend so was. Hatte ich früher auch immer.«

»Kann ich mich nicht dran erinnern. Sagt dir der Name Emmy Hennings etwas?«

»Schriftstellerin und Kabarettistin«, sagte Förster. »Verheiratet mit Hugo Ball, hat das Cabaret Voltaire mitgegründet. Erich Mühsam nannte sie ein erotisches Genie.«

»Tolle Zeit«, seufzte Martina. »Da hatten die Männer im Sommer jedenfalls keine kalten Füße.«

»Wen spielst du in dem Film?«

»Die Hennings natürlich.«

»Ah ja«, machte Förster.

»Ich weiß, was du meinst. Ich bin zu alt dafür.«

»Na ja, die Hennings wurde über sechzig.«

»Du hast recht, ich spiele die alte Version. Die, die wahrscheinlich kein erotisches Genie mehr war, sondern besessen vom mythischen Katholizismus. Und das in der Schweiz! Traust du mir das zu, Förster? Dass ich ein ehemaliges erotisches Genie spiele?«

»Typgerecht besetzt, würde ich sagen. Aber sicher nicht ehemalig.«

»Du bist reizend, vielen Dank.« Martina seufzte wieder. »Ist es wirklich schon anderthalb Jahrzehnte her, dass wir das letzte Mal miteinander geschlafen haben?«

»Ich rechne da nicht nach, Martina.«

»Wieso habe ich mich eigentlich von dir getrennt, Förster?«

Er dachte an das kaputte Schneckenhaus, das auf der Kellertreppe lag. Er sagte: »Ich war dir zu wenig zielstrebig, und wenn ich betrunken war, habe ich zu viel geredet, und dann wolltest du unbedingt Kinder haben.«

»Das hat ja hingehauen.«

»Du hast tolle Kinder, Martina.«

»Das ist wahr. Aber manchmal denke ich, ich hätte sie lieber mit dir.«

»Das ging ja nun nicht. Hast du getrunken?«

»Nee, es ist helllichter Tag.«

»Das muss einen nicht abhalten. Ich liege gerade am helllichten Tage im Bett und sehe mir einen Film mit Walter Matthau an.«

»Mit dir im Bett liegen und Filme gucken, das gehört zu den besseren Erinnerungen.«

Weil man das nicht bestreiten konnte, schwiegen sie einen Moment.

»Wie ist das Wetter auf den Äußeren Hebriden?«, wollte Martina dann wissen.

»Auch da ist es warm, aber es geht immer eine Brise.«

»Eine Brise, das ist gut.«

»Du sprichst so leise, ich kann dich kaum noch verstehen.«

Martina räusperte sich und sagte dann mit Hitler-Stimme: »Eine Brrise, Herrr Hauptmann, das ist immerr gutt!« Um dann in normaler Tonlage hinzuzufügen: »Ich habe so ein schwüles Südstaaten-Feeling heute. Ich bin in der Stimmung, einen zwanzigjährigen Stallburschen zu vernaschen.«

»Wo ist dein Mann? Wo sind deine tollen Kinder?«

»Ausgeflogen. Minigolf. Der Mama geht es nicht so gut.«

»Nichts Schlimmes, hoffe ich.«

»Keine Ahnung. Blutdruck, Kreislauf, irgend so was.«

»Dann zieh dir Socken an.«

»Ich liege aber nicht im Bett.«

»Sondern?«

»Im Wohnzimmer auf dem Boden. Ich starre an die Decke.«

»Was siehst du?«

»Stuck. Weißt du das nicht mehr? Du warst doch schon oft genug hier.«

»Wer weiß, ob du nur das siehst, was wirklich da ist.«

»Ach, Förster«, seufzte Martina, »was hast du getan? Warum hast du mich dazu gebracht, dich zu verlassen?«

»Martina, das war eine der besten Entscheidungen deines Lebens. Lass dich nicht runterziehen von dem super Wetter, deinem beruflichen Erfolg, deinen großartigen Kindern und deinem Mann, der sich, wenn es Muttern mal nicht gut geht, die Kinder schnappt und mit ihnen Minigolf spielen geht.«

»Und du liegst im Bett mit Walter Matthau.«

»Und Glenda Jackson.«

»Immerhin.«

An den Geräuschen, die aus dem Hörer kamen, erkannte Förster, dass Martina aufgestanden war. Unter ihren Füßen knarzte das alte, teure Parkett.

»Wir hätten ein Kind adoptieren können. Du wärst ein toller Vater gewesen.«

»Das ist jetzt ziemlich unsensibel, Martina.«

»Ich war immer ein selbstsüchtiges Luder.«

»Ja, aber du hast auch schlechte Eigenschaften.«

»Gut gegeben! Ich vertiefe mich dann wieder in mein Buch über die Zwanzigerjahre und das Kabarett und Dadaismus und Hugo Ball und all die anderen schrägen Kunden.«

Sie legten auf. Förster hatte das Gefühl, da draußen sitze irgendwo eine Killerdrossel und starre ihn an.

27 Bauer oder Trigger

Förster ging in die Küche und öffnete das Fenster, weil die Sonne jetzt um das Haus herumgewandert war und man ja immer von der Schattenseite her lüften sollte, aber trotzdem kam nur dumpfe, betäubende Warmluft herein. Er öffnete den Kühlschrank und musste sofort an Marilyn Monroe in *Das verflixte 7. Jahr* denken, wo sie erzählt, dass sie sich in der infernalischen New Yorker Augusthitze manchmal nackt vor den Kühlschrank setze. In den Fünfzigern wurde das als erotische Stelle wahrgenommen, heute würde man sagen: was für eine Energieverschwendung! Aber gut tat sie schon, die kühle Luft, doch Förster war nicht die Monroe, also schloss er den Kühlschrank wieder, nachdem er festgestellt hatte, dass der nicht nur kalt, sondern vor allem ziemlich leer war. Er machte sich auf den Weg zum Supermarkt und lief draußen Finn in die Arme.

»Hallo Herr Förster!«

»Finn, wohin des Wegs?«

»Jagen und Sammeln.«

»Muss ich auch.«

Also gingen sie zusammen zum Supermarkt.

»Haben Sie meine Mail gelesen, Herr Förster?«

»Mit großem Vergnügen!«

»War ein bisschen wirr.«

»Ich fand sie sehr klar«, sagte Förster. »Natur wird wirklich überbewertet.«

»Deshalb kaufen wir ja auch im Supermarkt, oder?«

»Dein Vater ist immer noch auf seinem Kongress?«

»Yep, in Hamburg.«

»Allein oder mit der Nina?«

»Hatte ich vergessen zu erwähnen, neulich: Die Sache zwischen denen hat sich wieder erledigt. So was hat ja auch keine Zukunft.«

»Und du?«

»Ich bin drüber weg. Der Name, den Sie sich jetzt merken müssen, ist Sarah.«

»Gut zu wissen.«

»Nur: Die Eltern von der Sarah können mich nicht leiden. Die halten mich für verkorkst, wohl auch wegen meinem Vater, weil das mit ihm und Nina die Runde an der Schule gemacht hat. Ich bin da jetzt so eine Art Exot. Nur die Sarah sieht das anders.«

»Oder sie steht auf Exoten.«

»Ich bin eigentlich langweilig«, sagte Finn.

»Finde ich nicht.«

»Werden Sie das in Ihrem nächsten Buch verwenden?«

»Keine Ahnung, mal sehen.«

»Mein Vater hat *Die Große Liebe des Bernward Bauer* gelesen und war ganz begeistert. Ich fand ja *Trigger* viel besser.«

»Du hast beide gelesen?«

»Ja, mehr aber auch nicht. Tut mir leid.«

»Den *Bauer* finden die meisten am besten. Die wollen, dass ich ständig so etwas schreibe.«

»Ja, ja, weil es lustig ist und auch gut ausgeht, aber der Typ in *Trigger*, der eines Morgens aufwacht und nichts mehr hören und nicht mehr reden kann und das ganz toll findet – das Gefühl kenne ich. Also nicht das Gefühl, taub und stumm zu sein, aber die Sehnsucht danach, nichts mehr zu hören und nichts mehr sagen zu können, also ich meine, es geht ihm ja darum, dass er nichts mehr sagen *muss*, das ist ja der Punkt. Dieser ganze Lärm jeden Tag, und das dumme Zeug, das er selbst redet und über das er sich ärgert.«

»Er arbeitet beim Fernsehen.«

»Tolles Ding, Herr Förster. Gar nicht lustig. Es passiert auch kaum was. Das finde ich gut.«

»Wirklich?«

»Es muss nicht immer so viel passieren, oder?«

»Handlung wird überschätzt, das finde ich auch«, meinte Förster.

Sie waren beim Supermarkt angekommen.

»Mist, jetzt habe ich kein Kleingeld für den Wagen«, sagte Förster.

»Haben Sie nicht so einen Chip im Portemonnaie?«, fragte Finn und kramte in seinen Hosentaschen nach Geld.

»Nein, habe ich nicht. Ist albern, so ein Chip.«

»Aber auch enorm praktisch.« Finn hatte einen Euro gefunden und löste damit einen Einkaufswagen aus.

»Man kann nicht immer auf alles vorbereitet sein«, sagte Förster. »Das ist eine Illusion.«

»Aber dann läuft man durch die Gegend und haut die Leute an, dass sie einem Geld wechseln, das ist auch wieder blöd. Und die Kassiererinnen sind immer besonders sauer, weil sie angeblich die Kasse nicht einfach so öffnen können. Ich meine, ohne den Wagen gehe ich da vielleicht gar nicht einkaufen, und dann ist ihr Job wieder ein bisschen unsicherer, da sollten die auch mal dran denken. Also, auf den ganzen Stress habe ich keine Lust, da habe ich lieber einen Chip im Portemonnaie.«

»Hattest du jetzt aber gar nicht, Finn.«

»Habe ich sehr wohl, aber zuerst sehe ich in meinen Hosentaschen nach, ob ich nicht doch einen Euro finde. Der Chip ist nur zur Absicherung. Wie war das denn eigentlich früher?«

»Da hat man sich einfach einen Einkaufswagen genommen«, sagte Förster, »und hinterher hat man ihn wieder zurückgestellt.«

Während sie redeten, legten sie Waren in den Wagen. Hauptsächlich Förster. Finn nahm nur eine Tüte Chips und eine Flasche Cola.

»Du willst es heute richtig krachen lassen, was?«, sagte Förster.

»Ist für den Filmabend.«

»Mit Sarah?«

»Nee, die ist mit ihren Eltern im Urlaub in Norddeutschland.«

»Dann bist du heute Abend ganz alleine?«

»Klar, da ziehe ich mir dann die ganzen Gewaltfilme rein, die ich nicht gucken kann, wenn mein Vater da ist.«

»Im Café Dahlbusch ist Open Stage. Vielleicht hast du ja Lust.«

»Ja, vielleicht.«

An der Kasse übernahm Förster die Chips und die Cola, und auch wenn es total naheliegend und deshalb völlig unangebracht war, kam er sich vor wie ein Vater, der mit seinem sechzehnjährigen Sohn einkaufen geht.

»Geben Sie her«, sagte Finn draußen, und dann trug

er Förster tatsächlich die Einkaufstasche. Förster war sich nicht ganz sicher, ob er das gut finden sollte.

»Stimmt das eigentlich, Herr Förster, dass Sie mal was mit dieser *Tatort*-Kommissarin hatten?«

»Kann man so sagen.«

»War das was Ernstes oder mehr so für zwischendurch?«

»Ziemlich ernst.«

»Aber ging dann doch nicht, oder?«

»Ich musste mich für die Monika aufsparen.«

»Verstehe.«

Sie gingen eine Weile schweigend.

Dann sagte Finn: »Mein Vater fand *Trigger* übrigens blöd. Aber ich finde, das macht das Buch noch besser. Und was ich schon immer wissen wollte: Wieso heißt der Chef vom Dahlbusch eigentlich Fränge?«

»Ist so eine Art Kosename für Frank. Ist was von früher. Heute heißt ja kaum noch einer Frank. Also, in deiner Generation meine ich.«

»Ich würde viel lieber Frank heißen anstatt Finn. Finn, das ist okay, bis man sechs ist, aber können Sie sich einen achtzigjährigen Finn vorstellen?«

»Gibt es in Irland bestimmt zuhauf.«

»Aber deswegen dahin auswandern?«

»Wenn du alt genug bist, kannst du deinen Namen ja ändern lassen.«

»Ach nee. Wenn man so viel mit dem Namen durchgemacht hat, will man dann auch nicht mehr anders heißen.«

Vor seiner Haustür angekommen, fragte Förster, ob Finn nicht vielleicht mal rauskommen wollte, also übers Wochenende. Er erklärte ihm, was da geplant war, mit Frau Strobel und der Ostsee.

»Ostsee ist immer etwas langweilig. Ich bin ja mehr für die Nordsee.«

»Nordsee ist an diesem Wochenende nicht im Angebot, Finn.«

»Die alte Frau, der Bulle und Sie?«

»Dazu Fränge und Brocki. Auch wenn die noch nichts davon wissen.«

»Hört sich interessanter an, als zu Hause im leeren Haus zu hocken.«

»Willst du noch mit reinkommen und den Hamster füttern?«

Finn grinste. »Den Hamster füttern, so nennt man das also heute? Aber im Ernst: Hamster füttern steht bei mir nicht mehr ganz oben auf der Liste der Dinge, die mich begeistern. Ungefähr seitdem ich acht war nicht mehr. Aber wenn Sie mal wieder einkaufen gehen wollen, sagen Sie Bescheid, ich helfe älteren Leuten gerne.«

Er reichte Förster die Tüte, ging die Straße hinunter und hob noch einmal die Hand zum Gruß, ohne sich umzudrehen.

28 Open Stage

Brocki hatte Schaum auf der Oberlippe, aber das sagte Förster ihm nicht, weil er fand, dass das was Archaisches hatte, so etwas von früher, als Männer mit Hüten an Tresen mit Fußreling standen und Pils aus Tulpen tranken, die Roth-Händle, HB oder Ernte 23 in einen Ascher mit Brauereischriftzug geklemmt. Diese Männer hatten nämlich immer, wirklich immer, nach dem ersten Schluck des frisch Gezapften einen Schnäuzer aus weißem Schaum, weil früher Wirte noch zapfen konnten und die Gläser nicht mit Spülmittel gespült wurden, sondern nur mit klarem Wasser, weil: Spülmittel setzt die Oberflächenspannung herab, das killt den Schaum, und das wusste der Fränge, weshalb hier im Café Dahlbusch auch nur mit klarem Wasser gespült wurde, mit senkrecht stehenden Bürsten, auf die man das Glas steckte und runterdrückte, sodass feine Düsen das Glas innen und außen mit Wasser benetzten. Wer kein Spülmittel benutzte und noch dazu die Gläser einfach an der Luft trocknen ließ, der riskierte natürlich Wasserflecken, womit einige Leute heutzutage nicht zurechtkamen. Fränge hatte schon vor Jahren aufgehört, darüber zu diskutieren, schließlich gab es ja auch noch mexikanisches Flaschenbier, das viele nur orderten, weil sie es aus amerikanischen Filmen kannten.

In einer Gruppe von Jungs, die mit Flaschen in der Hand auf dem Bürgersteig standen und über irgendetwas lachten, hob Finn gerade die Hand, um Förster zu grüßen, wandte sich dann aber wieder den anderen zu.

»Ich kann nichts Schlimmes an elektronischen Büchern finden«, sagte Fränge.

»Jetzt hör aber mal auf!«, empörte sich Brocki.

»Was denn? Im E-Book hast du den reinen Text, die Konzentration aufs Wesentliche. Aufwendig gestaltete Umschläge lenken nur ab. Früher, also ganz früher, hatten Bücher so etwas auch nicht!«

»Na ja«, warf Förster ein, »E-Books haben auch Cover, und man macht sich durchaus Gedanken über die Typogestaltung.«

»Trotzdem sind das keine Bücher!«, ereiferte sich Brocki. »Bücher muss man anfassen! Man muss mit dem Finger über die Seite fahren und umblättern können! Und was machst du, wenn du am Strand liegst, und plötzlich ist der Akku alle? Da bist du nämlich verratzt mit deinem elektronischen Buch, deiner Mikrowelle zum Lesen! Da gehen die ganzen Nährstoffe aus dem Buch, das ist allgemein bekannt! Was sagt der Schriftsteller dazu?«

»Mir ist die ganze Diskussion zu hysterisch«, sagte Förster. »Ich lese Bücher, für mich kommen E-Books nicht infrage, aber ich finde auch nicht, dass gleich das ganze Abendland vor dem Exitus steht, wenn andere Leute sie benutzen. Irgendwo hat Fränge recht: Am Ende geht es immer um den Text. Und das, was er mit dir macht.«

»Und das, was er mit dir macht!«, äffte Brocki Förster nach. »Meine Güte, die Welt ist aus den Fugen, ehrlich. Bei dir, Fränge, kommt das sicher von deiner neuen Freundin, für die ist Gedrucktes tot, die lebt nur noch mit Smartphone und iPad.«

Hektisch sah Fränge sich um. »Jetzt posaun das hier mal nicht so raus!«, sagte er. »Das müssen ja nicht alle wissen. Außerdem täuschst du dich in der Peggy. Die ist mehr so der analoge Typ. Und ein iPad oder einen E-Book-Reader hat die gar nicht, weil sie sich das nicht leisten kann. Die hat einen uralten Laptop, das ist alles.«

»Gut, hätten wir das auch geklärt«, sagte Brocki. »Nun zu etwas völlig anderem: Was ist mit deiner Verschollenen?«

»Die ist nicht verschollen«, antwortete Förster, »macht euch mal keine Sorgen.«

»Verschollen auf den Äußeren Hybriden«, beharrte Fränge.

»*He*briden, Fränge«, sagte Förster, und obwohl er wusste, dass Fränge das absichtlich so gesagt hatte, machte er weiter: »Hybride sind in der Biologie Kreuzungen aus verschiedenen Gattungen, Arten oder Rassen.«

»Geil, so ein abgebrochenes Lehramtsstudium!«, ätzte Fränge.

Förster hob die Hand. »Ich verwahre mich gegen die böswillige Unterstellung, ich hätte jemals auf Lehramt studiert! Üble Nachrede ist das!«

»Nee, mal ernsthaft«, sagte Brocki, »was ist da los mit der Moni?«

»Die ist da unterwegs, um Fotos zu machen«, antwortete Förster. »Macht euch mal keine Sorgen, alles prima.«

»Ich meine ja nur«, fuhr Brocki fort, »du hast am Sonntag Geburtstag. Wird sie da immer noch am Ende der Welt sein?«

»Wer weiß, wo wir, also Fränge, du und ich, am Sonntag sein werden.«

»Was soll das nun wieder heißen?«

»Meine Nachbarin hat einen Brief aus der Vergangenheit bekommen, weswegen sie am Sonntag an die Ostsee muss. Und ich finde, wir alle könnten eine Auszeit gebrauchen.«

»Was schlägst du vor?«

»Dass wir alle mal zwei Tage hier rauskommen.«

Förster erklärte ihnen, worum es ging. Zwar sprangen sie vor Begeisterung, der Reunion einer gar nicht legendären Tanzkapelle, bestehend aus ziemlich alten Frauen, beizuwohnen, nicht gerade im Dreieck, aber sie hielten die Idee auch nicht für völlig abwegig.

»Du nimmst für diese alte Dame ja ganz schön was auf dich«, sagte Brocki zu Förster. »Tanzmusik von einer Band aus dem Pleistozän ist eigentlich nicht das, was man sich an seinem Fünfzigsten so vorstellt.«

»Eigentlich«, antwortete Förster, »habe ich mir meinen Fünfzigsten sowieso nie vorgestellt. Für Frau Strobel ist diese Sache sehr viel wichtiger als für mich mein Geburtstag. Guck mal einer Frau, die mittlerweile schon ziemlich lange in ihren persönlichen Sonnenuntergang reitet, in die Augen und schlag ihr dann aus reiner Bequemlichkeit einen Gefallen ab. Das bringe ich nicht.«

»Das heißt, sie hat dich gefragt?«, wollte Fränge wissen. »Ganz frech gefragt?«

»Nicht mit Worten.«

»Unser Förster war immer ein Frauenversteher«, sagte Brocki und fügte hinzu, er müsse noch zur Toilette, bevor es losgehe. Fränge verschwand hinterm Tresen und half dem Typen mit dem Bart und dem Hut, der heute bediente, denn gleich ging es los. Der Typ mit dem Bart und dem Hut hieß eigentlich Basti, aber das kam Förster nicht über die Lippen, weil Bastis hatten eigentlich keinen Bart und keinen Hut, da war Förster altmodisch. Aber Bastian wollte er auch nicht sagen, weil er dann immer an die alte Serie mit Horst Janson denken musste, *Der Bastian,* wo es um so einen Abziehbild-Studenten ging, der lange Haare hatte und Ente fuhr, also nannte Förster den Typen mit Bart und Hut einfach den Typen mit Bart und Hut und verdrängte die Tatsache, dass der sein, also Försters, Sohn hätte sein können, fragte sich aber, wie er es fände, wenn sein zweiundzwanzigjähriger Sohn tatsächlich einen Bart hätte. Und einen Hut trüge. So einen Strohhut. In einem geschlossenen Raum. Alles wiederholte sich. Fehlte nur noch, dass sie wieder auf Bonanza-Rädern durch die Gegend fuhren.

Es war kurz vor zehn, das Café Dahlbusch mittlerweile knallvoll, in der hinteren Ecke stand ein Mikro, daneben hatte ein DJ ein Pult mit semitransparenten Abdeckungen aufgebaut, hinter denen es irgendwie türkis leuchtete, Förster konnte die Farbe nicht richtig einordnen, jedenfalls waren in dem Pult zwei Plattenspieler eingebaut. Brocki kam zurück und sagte, es gehe gleich los, und genau in dem Moment blickte Förster nach draußen und sah, wie eine junge Frau auf einem gelben Bonanza-Rad angefahren kam, das Ding mit zwei schweren Schlössern abschloss und den Fuchsschwanz, der tatsächlich am Überrollbügel hing (oder wie immer man das Ding nennen wollte), abnahm. Förster konnte es nicht fassen.

»Ich glaub, ich fall vom Glauben ab«, murmelte er, und Brocki musste lachen, weil er den Spruch schon seit Ewigkeiten nicht mehr gehört hatte. Förster erklärte ihm, was ihn so umhaute: gerade erst an Bonanza-Räder gedacht, und schon kam eines angefahren. Wie so oft wirkte das Leben mal wieder wie schlecht ausgedacht. Und als die Bonanza-Rad-Fahrerin sich auch noch als Peggy herausstellte, war der Abend für Förster praktisch gelaufen. Nichts war mehr sicher, alles war im Fluss, Gut war Böse und Böse Gut, die Welt mal wieder ein paar Meter neben ihrer eigentlichen Umlaufbahn.

Peggy ging hinter den Tresen, wo jetzt weit und breit kein Fränge zu sehen war, aber sie fing nicht an zu zapfen oder sonst wie zu arbeiten, nein, sie zog nur ihre Lederjacke aus, verstaute sie unter der Theke und wechselte ein paar Worte mit dem Typen mit Bart und Hut, während ein anderer Typ mit Bart (aber ohne Hut) hinter das DJ-Pult ging und die Musik, die bisher im Hintergrund gelaufen war, etwas lauter drehte, um dann, mit einem zwischen Ohr und Schulter eingeklemmten Kopfhörer, irgendwas an den Plattenspielern zu machen, das dazu führte, dass die Musik sich veränderte, von einem schleppenden, elektronischen Beat zu einem anderen, etwas weniger schleppenden, mehr treibenden elektronischen Beat. Förster musste zugeben, dass das durchaus eine Wirkung auf ihn hatte, die Atmosphäre im Raum veränderte sich, was auch daran lag, dass Fränge, der plötzlich wieder hinterm Tresen aufgetaucht war und so tat, als kenne er Peggy praktisch nicht, die Lichtregler bediente, sodass es im ganzen Café dunkler wurde und die Teelichter in den Gläsern klasse zur Geltung kamen, während ein einzelner Scheinwerfer einen Lichtkegel auf das Mikrofon warf, das dahinten beim DJ-Pult in der Ecke stand. Ein Typ ohne Bart und ohne Hut, aber ebenfalls

Generation Basti oder DJ, trat ans Mikro und begrüßte die Leute zur soundsovielten Ausgabe der Open Stage im Café Dahlbusch. Fünf Leute hätten sich heute bereit erklärt, »etwas zum Besten zu geben«, und Förster dachte noch darüber nach, dass das eine merkwürdig angestaubte Bemerkung war, als sich ein kleiner, etwas gedrungener Mann um die zwanzig an dem Galgenstativ zu schaffen machte, um es auf die richtige Höhe herunterzufahren. Der Mann sagte, er heiße Achmed, und verzog das Gesicht, als würde ihm irgendetwas Schmerzen bereiten. »Oh Mann, mein Sprengstoffgürtel bringt mich um«, sagte er und fügte hinzu, er wisse gar nicht, ob er das mit der U-Bahn heute Abend durchziehen solle, er habe vorhin zu Hause ganz vergessen, seine voll verschleierte Frau zu verprügeln, und die Anzahl der Leute, für die das eine gelungene Satire auf westliche Paranoia war, hielt sich die Waage mit denen, die das geschmacklos fanden.

Der Applaus war am Ende etwas mau, aber der Abend noch jung. Als Nächstes kam ein Mädchen, höchstens siebzehn, mit einer Gitarre und sagte, sie sei zu feige, ihre eigenen Stücke zu spielen, deshalb spiele sie jetzt ein Lieblingsstück ihres Opas, *A Horse with no Name* von America. Förster und Brocki sahen sich an und wechselten dann einen Blick mit Fränge, der nur mit den Schultern zuckte. *A Horse with no Name*, das ist jetzt Opa-Musik, dachte Förster, es ist weit gekommen mit der Welt, und wenn er drüber nachdachte, war das eigentlich eine tolle Sache, denn die Musik *seines* Opas war noch so etwas wie *Die Fahne hoch* gewesen, und von Parteitagsstampfern zu Westcoast-Softrock, das war eindeutig ein Fortschritt. Das Mädchen konnte gut singen und noch besser Gitarre spielen, weshalb das

Publikum natürlich doch auf einem selbst geschriebenen Lied als Dreingabe bestand, und da konnte das Mädchen nicht anders und sang ein einfaches, schlichtes Liebeslied, das Förster so anrührte, dass er noch ein Bier bestellte. Ja, gut, es war schon ein bisschen kitschig, aber Förster fand, man durfte den Respekt vor Leuten, die sich trauten, mit was Eigenem auf die Bühne zu gehen, nicht verlieren.

Mit hochroten Wangen drängelte das Mädchen sich nach seinem Auftritt durch die applaudierende Menge und fiel einem Jungen mit Nasenpiercing um den Hals.

Auf dem Weg zur Toilette quetschte sich Finn an ihm vorbei, und Förster fragte ihn, ob er wisse, wie man diesen Überrollbügel am Bonanza-Rad nenne, aber da musste Finn passen. Er fand nur, dass das kein Überrollbügel, sondern mehr eine Rückenlehne war.

Als Nächstes brüllten zwei Mittzwanziger einen etwas merkwürdigen Text über Obst in den Raum. Am Ende ging es irgendwie um Sex und was man mit dem Obst dabei machen konnte, auch um Hass auf den Vater und die Mutter, und Förster dachte, manche Dinge ändern sich nie. Ende der Achtziger hatte er in einem Schreibseminar an der Uni gesessen (damals noch eine Seltenheit) und hatte sich auch da einen Haufen Bewältigungsprosa anhören müssen.

Und dann kam Peggy. Sie zog ein paar Din-A4-Seiten aus der hinteren Tasche ihrer Jeans und sagte, sie lese jetzt einen Text, der nicht im engeren Sinne autobiografisch sei, aber natürlich wisse sie, worüber sie schreibe. Es solle nur niemand denken, das sei alles 1:1 aus ihrem Leben, auch wenn das viele enttäusche, denn eigentlich wollten alle nur, dass man sich als Schriftstellerin oder Schriftsteller völlig nackt mache, dabei sei es die viel größere Leistung, sich etwas so gut auszudenken, dass alle es für wahr hielten. Das sprach Förster aber mal so richtig aus der Seele, denn diesen Effekt kannte er von Hunderten von Lesungen: die Enttäuschung, wenn man den Zuhörern sagte, dass etwas ausgedacht und nicht genau so passiert war. Als wäre der ganze Abend dadurch weniger wert. Das konnte man natürlich jetzt überhöhen, von wegen Sucht nach Authentizität im Zeitalter des Virtuellen, Unechten, Gefälschten. Aber Förster ging es eigentlich nur auf die Nerven.

Gleich im ersten Absatz zitierte Peggy Försters Lieblingssatz aus *American Hustle* und hatte damit eigentlich schon gewonnen.

29 Christian und Gareth Bale

Sie saßen draußen, denn obwohl es nach Mitternacht war, war es noch immer sehr warm, er ließ einfach kein bisschen nach, dieser Sommer. Förster und Brocki tranken Bier, Fränge war erstaunlicherweise auf Wasser umgestiegen. Peggy trank Weizen. Förster blickte an ihr vorbei auf ihr gelbes Bonanza-Rad. Der Fuchsschwanz baumelte an diesem Metallbogen, der, da hatte Finn recht, tatsächlich eher eine Rückenlehne als ein Überrollbügel war. Förster musste unbedingt die korrekte Bezeichnung für das Ding rauskriegen.

»*Sie war der Picasso des passiv-aggressiven Karate!*« Förster war begeistert. »Eines meiner Lieblings-Filmzitate!«

»Hammersatz!«, bestätigte Peggy.

»Wegen Christian Bale hätte ich mir fast ein Haarteil angeschafft«, sagte Förster.

»Der war super als Batman«, meinte Fränge.

»Ich liebe die Siebziger«, sagte Peggy.

»Da warst du noch gar nicht auf der Welt«, gab Brocki zu bedenken.

»Ja und?«, mischte sich Fränge ein. »Manche Leute sagen auch: Ich liebe die Zwanziger, und die waren auch nicht dabei.«

»Meine Nachbarin schon«, sagte Förster.

»Diese Klamotten, ehrlich«, machte Peggy weiter, »ich meine, nicht nur, weil es so lustig aussieht, sondern weil es cool war. Jedenfalls, wenn man cool als den Zustand definiert, in dem einem egal ist, was die Leute sagen.«

»Aber so war es nicht«, wandte Brocki ein. »Die Hosen mit dem Schlag, die großen Hemdkragen! Da hat man nicht gesagt: Ich trage das jetzt, obwohl die anderen es hassen, sondern man wollte einfach rumlaufen wie alle anderen auch. Modediktat, immer wieder!«

Peggy nickte. »Ja, ja, ich weiß, aber es hatte alles so etwas Großzügiges, die Schlaghosen, die riesigen Hemdkragen, die Farben. Und willst du bestreiten, dass Amy Adams in diesen offenen Fummeln super aussieht?«

Sie fingen fast ein bisschen an zu streiten, und Förster fand, dass Brocki da auf einem völlig falschen Dampfer war. Dazu kam, dass Peggys Geschichte Förster gefallen hatte und ihn die Ahnung beschlich, dass er sie unterschätzt hatte, jedenfalls verstand er jetzt besser, was Fränge an ihr fand, auch wenn das die ganze Sache nicht besser machte.

Um mal ein bisschen den Dampf vom Kessel zu nehmen, fragte Förster, ob Peggy wisse, wie man diesen Bügel an ihrem Bonanza-Rad nenne.

»Das ist ein Sissybar«, antwortete Peggy prompt. »Heißt wörtlich übersetzt Weichei- oder Heulsusenstange. Kommt eigentlich vom Motorrad her, von der Rückenlehne des Soziussitzes.«

Fränge warf Förster einen Siehst-du-wie-clever-sie-ist-Blick zu.

Brocki ging darauf gar nicht ein, sondern gleich wieder in den Angriffsmodus über. »Mich würde interessieren: Was sagst du zum Thema E-Books?«

»Wieso?«, fragte Peggy zurück.
»Und sagst du chillen oder abschalten?«
»Hör auf, Brocki!«, stöhnte Fränge.
»Wie stehst du zu Bionade?«, machte Brocki weiter.
»Ich glaube, ich muss mal«, sagte Peggy.
»Wieso eigentlich Peggy? Wie ist dein richtiger Name?«
»Ich heiße Peggy«, sagte Peggy.
»Ach komm, erzähl mir nichts! Das ist ein Spitzname!«
»Ich bin nach Peggy Parnass benannt.«
Das bremste Brocki sichtbar aus. »Tatsächlich?«
»Vielleicht auch nach Peggy March, ich bin mir nicht sicher. Ich bin zu jung, um die beiden auseinanderzuhalten.«
Brocki sah Förster an. »Jetzt wird sie auch noch frech!«
»Christian Bale ist ein toller Schauspieler«, sagte Förster.
»Und wenn hier einer frech wird, dann du, Brocki.«
»Wo ist denn da jetzt der Zusammenhang?«, wollte Brocki wissen.
»Ich mache gleich unter mich«, sagte Peggy.
»Ja, dann geh doch!«, bölkte Brocki etwas zu laut.
»Okay, ich dachte nur, man soll alte Leute nicht unterbrechen.«
Sie stand auf und ging nach drinnen. Brocki, Fränge und Förster sahen ihr nach.
»Könnte es sein, dass du ein blöder Sack bist, Brocki?«, fragte Fränge sehr freundlich.
»Ich wollte sie nur ein bisschen näher kennenlernen.«
»Red keinen Stuss!«
»Kein Grund, ausfallend zu werden.« Und zu Förster: »Du mit deinem Christian Bale und seinem Haarteil! Jetzt fängst du auch noch an, sie anzubaggern!«
»Komm mal runter, Brocki.«

»Du dürftest ja auch, du hast zu Hause nicht Frau und Kind sitzen.«

»Aber eine Freundin auf den Äußeren Hybriden«, gab Fränge zu bedenken.

»Hebriden«, korrigierte Förster. So viel Zeit musste sein.

»Ist Christian Bale eigentlich mit Gareth Bale verwandt?«, wechselte Fränge das Thema.

Brocki runzelte die Stirn. »Mit dem Fußballer? Wieso?«

»Wegen des Nachnamens, du Horst!«, gab Fränge zurück.

»Sag nicht Horst, damit biederst du dich nur wieder bei der Jugend von heute an!«

Fränge schüttelte den Kopf. »Immer noch besser, als sich ihr komplett zu verweigern!«

»Ich bin Lehrer«, gab Brocki zu bedenken, »ich *kann* mich der Jugend gar nicht verweigern, selbst wenn ich wollte. Also geh mir nicht auf den Keks, du Hirni!«

»Nenn mich nicht Hirni«, sagte Fränge. »Das ist doch total Achtziger! Und überhaupt: Unser Freund Förster sagt mal wieder gar nichts!«

Förster hob kurz die Schultern. »Wozu denn auch?«

»Zu den Gebrüdern Bale zum Beispiel.«

»Das sind wirklich Brüder?«

»Die sind ein und dieselbe Person. Batman spielt bei Real Madrid!«

Förster googelte das schnell mal.

»Siehst du«, sagte Fränge zu Brocki, »der Förster ist ein Mensch von heute. Gleich wissen wir, was los ist.«

Brocki seufzte. »Man muss nicht alles wissen.«

»Und das sagt ein Lehrer?«

»Also«, unterbrach Förster, mit dem iPhone in der Hand, »manche behaupten, die beiden seien entfernte Cousins.

Beide aus Wales, aber Christian ist mit fünfzehn schon rüber nach Los Angeles.«

»Hätten wir das auch nicht geklärt«, sagte Brocki, »so smart scheint dein Phone nicht zu sein.«

Bevor Förster etwas entgegnen konnte, kam Peggy zurück.

»Christian und Gareth Bale sind vielleicht verwandt«, sagte Fränge.

»Wer ist Gareth Bale?«, fragte Peggy.

»Er war super als Batman«, meinte Brocki.

»Batman spielt bei Real Madrid?«, grinste Peggy.

Brocki stutzte. »Hast du mich jetzt verarscht?«

»Ja, Brocki, sie hat dich verarscht!«, bestätigte Fränge. »So geht das mit Ärschen, sie werden ständig verarscht. Du bist der Salvador Dalí des unfreiwillig komischen Jiu-Jitsu!«

»Die Nacht geht dahin, die Witze werden flacher«, sagte Förster. »Ich bin bettreif.«

Auch Brocki stand auf.

Peggy blieb sitzen.

»Ich muss später noch abschließen«, sagte Fränge.

Brocki ging nach links und Förster nach rechts. Bei Frau Strobel war noch Licht, aber Förster klingelte nicht. Kaum war er in seiner Wohnung, klingelte dafür sein Telefon, und Förster war nicht überrascht, dass am anderen Ende Brocki war, der schwer atmete, weil er noch zu Fuß unterwegs war und seinen Zorn und seine Erregung kaum bremsen konnte.

»Weißt du«, sagte Brocki ansatzlos, »dieses Arschloch sollte sich lieber Gedanken darüber machen, was für eine Frau er da zu Hause sitzen hat! Mann, der soll sich glücklich schätzen, *überhaupt* eine Frau da sitzen zu haben! Es ist ein Wunder, dass sie diesen Traumtänzer nicht schon vor

Jahren abgeschossen hat! Das muss Liebe sein, denn Kohle hat er keine, der Versager! Und dann dieses Kind! Also ehrlich, Förster, das ist Missbrauch, oder was ist das? Und dann führt er sie mir auch noch so vor, so voller, ich weiß nicht, Besitzerstolz, das ist peinlich, so pennälermäßig. Macht der sich gar keine Gedanken, wie das auf andere wirkt?«

»Ich glaube nicht, dass er bei der Sache an dich denkt, Brocki.«

»Darum geht es auch gar nicht.« Pause. Keuchen. »Na gut, ein bisschen vielleicht, ich bin ja nicht blöd. Ich gebe zu, ich ertrage das nicht, das wächst mir über den Kopf! Christian Bale, ehrlich, Förster, du bist da auch keine Hilfe, und E-Books sind der letzte Dreck, meine Güte, worüber soll man sich denn noch alles aufregen? Die wissen alle nicht, wie gut es ihnen geht. Ich weiß, dass ich mich jetzt anhöre wie mein Vater, aber das ist mir jetzt so was von egal, dafür gibt es keine Worte, glaub mir, Förster, mit dem bin ich fertig.«

»Müsstest du nicht langsam zu Hause sein?«

»Zu Hause? Was soll ich denn da? Ich muss jetzt mit jemandem reden, der nicht nur Gülle im Hirn hat!«

Und damit legte Brocki auf.

Förster ging rüber zu Edward Cullen, der schon wieder fleißig in seinen Röhren unterwegs war. Komische Situation, dachte er. Drei Freunde kannten sich ein Leben lang, und jetzt lag der eine im Bett mit einer, die seine Tochter sein könnte, der andere sah einem Hamster beim Krabbeln zu, und der dritte redete auf dem Friedhof mit seiner toten Frau.

Es wird Zeit, dachte Förster, dass es wieder etwas kühler wird. Ist ja die reinste Dürreperiode in diesem Jahr.

Das mit der Ostsee am Wochenende war wirklich eine gute Idee.

30 Angst vor dem Tod, aber nicht vor dem Sterben

Förster putzte sich gerade die Zähne, als mal wieder jemand ans Küchenfenster klopfte. Mit der Bürste im Mund ging er hinüber und öffnete das Fenster.
»Hallo Uli!«
»Ich habe noch Licht gesehen«, sagte die Uli.
»Wenn noch Licht ist, kann man auch klingeln, kein Problem.«
»Ich habe erst gezögert, weil ich dachte, vielleicht schläfst du schon und hast vergessen, das Licht auszumachen.«
»Nee, nee. Ich mache dir auf. Dafür musst du übrigens nicht klingeln.«
Die Uli runzelte die Stirn. »Auf die Idee wäre ich gar nicht gekommen.«
Förster drückte den Türöffner und ließ die Wohnungstür offen, während er sich schnell den Mund ausspülte, und als er damit fertig war, saß die Uli schon bei ihm in der Küche am Tisch, vor sich ein Bier, das Förster erst am Nachmittag gekauft hatte, als er mit Finn unterwegs gewesen war, zum Glück, denn wenn nachts eine Frau zu Besuch kommt und man kann nichts anbieten außer Leitungswasser, dann ist das nicht gut.
»Ich habe ihn jetzt also rausgeschmissen«, sagte die Uli

und trank Bier. »Ist nicht so einfach, jemanden aus seinem eigenen Haus rauszuschmeißen.«

»Kann ich mir vorstellen.«

»Fränge kann nur froh sein, dass seine Eltern nicht mehr da wohnen. Sein Vater würde ihm was erzählen.«

»Ich weiß.«

»Die haben es richtig gemacht, die alten Dahlbuschs«, fuhr die Uli fort. »Der Vater wollte nicht mehr in dem Haus wohnen, in dem er sich vierzig Jahre den Buckel krumm gearbeitet hat. Finde ich gut, die Einstellung, muss ich sagen. Die stehen auch nicht ständig auf der Matte und sehen nach dem Rechten. Die gehen wandern, Förster! Die Dahlbuschs machen den Rothaarsteig unsicher und hinterlassen ihre Spuren in den Tälern und Hügeln des Hochsauerlandkreises. Und Fränge ist jetzt wahrscheinlich bei diesem Mädchen. Oder er pennt im Café, was weiß ich!«

»Uli, ich weiß gar nicht, was ich sagen soll.«

»Du musst gar nichts sagen, du kannst ja nichts dazu. Und dass du es schon lange gewusst hast, ist für mich auch kein Problem. Du bist sein Freund und musst den Mund halten. Ich könnte keinen Respekt mehr vor dir haben, wenn du ihn verpetzt hättest. Ist auch nicht so, dass du der Einzige bist, mit dem ich reden kann, aber ich wollte die Geli jetzt nicht aus dem Bett klingeln, und bei dir habe ich noch Licht gesehen.«

»Ist gut so.«

»Das Witzige ist«, sagte die Uli, ohne zu lachen, »dass ich erst neulich noch dachte: Mensch, die Peggy, die ist echt in Ordnung. Die sieht gut aus und hat was in der Birne. Wie war das eigentlich, was sie heute bei der Open Stage gelesen hat?«

»Ich muss sagen, das war nicht schlecht.«

»Hatte ich befürchtet. Das macht es nur schlimmer. Als ich sie zum ersten Mal gesehen habe, dachte ich: Die gefällt dem Fränge bestimmt, die erinnert ihn an früher.«

Förster schwieg. Dann sagte er: »Kann sein.«

»Kann nicht nur sein, ist auch so. Sie erinnert ihn an früher, weil sie ihn an mich erinnert. An mich, wie ich früher gewesen bin. Jünger, schlanker, glatter.«

»Uli, da solltest du dir keine Gedanken drüber machen.«

»Du verstehst mich falsch, Förster«, sagte die Uli, nahm noch einen Schluck Bier und musste ein bisschen aufstoßen. »Ich steh nicht nackt vor dem Spiegel und sage: Oh Gott, wo ist meine Jugend geblieben! Frauen, die über die Haut an ihren Oberschenkeln jammern, habe ich immer verachtet. Für kein Geld der Welt möchte ich wieder jung sein. Ich habe keine Minderwertigkeitskomplexe wegen dieses Mädchens. Klar tue ich mir ein bisschen leid. Das wird ja wohl auch noch erlaubt sein nach all den Jahren. Aber ganz ehrlich? Ich empfinde vor allem ehrliches Mitleid für Frank. Er ist so unglücklich, er hat so schlimme Angst vor dem Tod, und dieses Mädchen wird nichts daran ändern, das wird er irgendwann erkennen, aber dann kann er es nicht mehr ungeschehen machen, und er wird sich fürchterlich fühlen, mir gegenüber, aber vor allem wegen Alex.«

Sie seufzte.

»Na ja, ich kann es nicht ändern. Damit wird er jetzt leben müssen.«

Sie hat recht, dachte Förster in die entstandene kunstlose Pause hinein, mit allem. Fränge wird irgendwann aus diesem Gefühls-Suff aufwachen, und der Kater wird schlimmer sein als jeder, den er bisher erlebt hat. Ein Teil von

Fränge weiß das schon. So wie man sich immer auch ein bisschen bewusst bis zur Bewusstlosigkeit besäuft. Er kann halt nicht anders, aber das ist kein Dilemma, kein Schicksal, sondern Dummheit, denn der Kalenderblattspruch des Tages lautet: Es führt kein Weg zurück.

Die Uli trank das Bier aus und sagte: »Ich muss jetzt ins Bett.«

Förster brachte die Uli zur Tür, und nachdem sie weg war, konnte er natürlich nicht schlafen, weil ihm das alles im Kopf herumging, also zog er sich noch einmal an und nahm sich vor, ein paar Runden um den Block zu gehen, aber da hatte er sich selbst was vorgemacht, denn Minuten später stand er vor dem verschlossenen Café Dahlbusch und versuchte drinnen, Fränge zu sehen, doch es war alles dunkel. Ist er also zur Peggy gegangen, dachte Förster, aber als er sich umdrehte, stand besagte Peggy direkt vor ihm.

»Ist er dadrin?«, fragte sie.

»Ich habe ihn nicht gesehen. Ist alles dunkel.«

»Er hat gesagt, seine Frau hat ihn rausgeschmissen.«

»Er ist jedenfalls nicht dadrin«, sagte Förster. »Zumindest kann ich ihn nicht sehen.«

»Meinst du, der tut sich was an?«

»Nein, das glaube ich nicht. Der hat viel zu viel Angst vor dem Tod.«

»Ich weiß, aber nicht vorm Sterben.«

Darüber dachte Förster einen Moment nach. »Trotzdem«, sagte er dann, »der tut sich nichts an. Der hält sich vielleicht die Knarre an den Kopf, aber dann denkt er an seinen Sohn und drückt nicht ab.«

»Der denkt schon vorher an seinen Sohn und tut erst gar keine Patronen in die Knarre.«

Förster musste lachen. »Stimmt, so ist er.«

»Du hältst mich bestimmt für das Allerletzte.«

»Tue ich nicht, wirklich nicht.«

»Ich bin da irgendwie reingerutscht. Mir geht es derzeit auch nicht besonders, und dann war da der Fränge mit seiner ganzen Begeisterung. Der hat eine Leidenschaft für alles Mögliche und ist so offen, das reißt einen mit. Da ist es eben passiert.«

Die alte Geschichte, dachte Förster.

»Ich muss gehen«, sagte Peggy.

»Und was machst du, wenn er gleich bei dir vor der Tür steht?«

»Keine Ahnung, wirklich nicht.«

»Gute Nacht, Peggy.«

»Gute Nacht, Förster.«

Nach ein paar Metern drehte Förster sich noch einmal um.

»Peggy?«

»Ja?«

»Starke Geschichte, die du da vorhin vorgelesen hast.«

Sie lächelte, aber nur ein bisschen.

31 Stracciatella und Pistazie

Dreffke hatte sich entschieden. »Zwei Kugeln im Hörnchen«, sagte er. »Stracciatella und Pistazie.«

Hinterm Tresen stand ein Italiener mit Schnäuzer, nur unwesentlich jünger als Dreffke, allerdings färbte sich der Italiener die Haare und den Bart, was normalerweise lächerlich aussah, aber Förster fand, dieser Mann hier konnte es tragen. Auch die Wampe unter seinem stumpf-weißen T-Shirt, auf dem *Rialto* zu lesen war, natürlich mit einem Bild der gleichnamigen Brücke in verwaschenen Farben darunter, konnte sich sehen lassen, also wirkte wie für den Mann gemacht, die Wampe, nicht nachträglich unpassend angefressen, nein, dieser Bauch hatte etwas Organisches, Notwendiges, dieser Mann wäre ohne seinen Bauch tatsächlich ein Krüppel. Rialto war dann ja auch noch der Hammer, so hießen Eiscafés heute gar nicht mehr, Rialto, das klang nach Pepita und Rimini und Caterina Valente, deshalb hatte Förster auf diesem Eiscafé bestanden, als Frau Strobel ihn im Hausflur abgepasst und gesagt hatte, sie habe schon lange kein Eis mehr gegessen, so ein richtiges italienisches Speiseeis, und ob Förster ihr da helfen könne. Sie waren gerade aufgebrochen, die Strobel eingehakt bei Förster, da hatte sich Dreffke von hinten genähert, in Trainingsanzug und Unterhemd, und war dann einfach mitgekommen, weil er meinte, so ein richtiges italienisches Speiseeis, das sei ihm auch schon ewig nicht mehr untergekommen. Frau Strobel hatte darauf bestanden, zu Fuß zu gehen, obwohl es ein zwanzigminütiger Marsch bis in die Innenstadt war, aber sie sagte, rumsitzen könne sie auch noch, wenn sie tot sei, jetzt brauche sie ein bisschen Bewegung, was Förster komisch vorkam, denn er hatte den Eindruck, sie verlasse ihre Wohnung nur noch, wenn es gar nicht anders gehe. Das war heute offenbar so ein Fall.

»Stracciatella ist aus«, sagte der italienische Eisverkäufer, und natürlich sprach er es italienisch aus, wie es sich für einen Italiener gehörte, was hieß, er trennte das S vom t wie ein Hanseat und machte aus dem cc ein Tsch, ließ das i aus und verweilte einen Wimpernschlag lang auf den beiden l, während Dreffke es *Stratziatella* ausgesprochen hatte – was aber für Förster auch kein Problem war, da diese fanatischen Richtig-Aussprecher alle nicht zu ertragen waren, also die Hampelmänner und -frauen, die in der Pizzeria ihr Urlaubs-Italienisch an den Mann brachten, wenn sie das Essen bestellten, aber später trotzdem zwei Espressos orderten.

»Wieso, da ist es doch!«, gab Dreffke zurück und zeigte auf das Eis, das wie Stracciatella aussah und auch noch durch ein mit geschwungenen Lettern bedrucktes Schild als solches ausgewiesen wurde.

»Dann ist Pistazie aus«, sagte der Italiener.

Dreffke wurde langsam sauer. »Was soll der Mist? Pistazie ist drei Eimer daneben!«

»Das sind keine Eimer.«

»Du weißt, was ich meine.«

»Duzen Sie mich nicht!«

»Sie wissen, was ich meine.«

»Ich weiß gar nichts. Pistazie ist aus.«

»Erzähl keinen Blödsinn, Luigi, und mach mir mein Eis!«

»Ich heiße Giovanni.«

»Luigi, Giovanni – ist kein Unterschied«, meinte Dreffke.

»Gehen Sie bitte woandershin«, sagte Giovanni und blieb ganz ruhig, »Ihnen verkaufe ich kein Eis.«

»Gibt es ein Problem?«, mischte sich ein jüngerer Mann ein, hochgewachsen, schlank, gut aussehend, flacher Bauch, T-Shirt in strahlendem Weiß, das Wort *Rialto* und die Brücke in kräftigen Farben.

»Giovanni will mir kein Eis verkaufen«, sagte Dreffke.

»Wieso nicht, Papa?«

»Er hat mich Luigi genannt.«

»Aber erst, als du mir kein Eis verkaufen wolltest!«

»Und er duzt mich die ganze Zeit!«

»Stellen Sie sich nicht so an«, stöhnte Dreffke.

»Bitte, Papa«, beschwichtigte der Jüngere, »gib ihm sein Eis und lass es gut sein.« Und etwas leiser: »Man kann sich die Kunden nicht aussuchen.«

»Das habe ich gehört!«, gab Dreffke zu bedenken.

»Er will Stracciatella und Pistazie.«

»Ja und?«

»Das passt nicht zusammen.«

»Papa, jetzt fang nicht wieder so an!«

»Stracciatella und Pistazie, so was isst man nicht gleichzeitig«, sagte Giovanni.

»Zu Stracciatella passt alles.«

»Pistazie nicht.«

»Was geht dich an, was die Leute essen?«

»Man muss nicht jeden Mist mitmachen.«

»Wissen Sie was?«, sagte Dreffke. »Sie haben recht. Geben Sie mir einfach zwei Kugeln Waldmeister.«

Giovanni nickte zufrieden und machte das Eis fertig, sein Sohn verschwand kopfschüttelnd im Inneren der Eisdiele.

»Ich akzeptiere es, wenn ein Mann Prinzipien hat«, sagte Dreffke, als er sich Förster und Frau Strobel zuwandte. Letztere arbeitete sich mit einem kleinen Löffel durch vier Kugeln Vanille-Eis. Förster kannte sich mit dem Stoffwechsel alter Leute nicht aus, aber er war skeptisch, ob das wirklich so eine gute Idee war. Sie setzten sich auf eine Bank im Park.

»Ich habe Ihre Frau schon lange nicht mehr gesehen«, sagte Frau Strobel.

»Streng genommen ist sie nicht meine Frau«, antwortete Förster.

»Ach, Herr Förster«, seufzte Frau Strobel. »Zumindest sollten Sie sich jetzt endlich eine gemeinsame Wohnung nehmen.«

»Sie ist auf den Äußeren Hebriden unterwegs, einer Inselgruppe im Atlantik vor der Westküste von Schottland.«

»Ich weiß, was die Hebriden sind«, konterte Frau Strobel. »Ich bin alt, aber nicht doof.«

»Natürlich, Frau Strobel.«

»Ich glaube, das mit dem Eis wird mir jetzt zu viel.«

»Vier Kugeln«, sagte Dreffke, »ich hatte mich schon gewundert!«

»Da kriege ich bestimmt wieder Durchfall!«

»Wenn Sie jetzt aufhören, geht es vielleicht noch«, meinte Förster.

»Aber was mache ich mit dem Eis?«

»Geben Sie mal her!«

Dreffke nahm das Eis, stand auf und warf es in den nächsten Mülleimer.

»Er liegt immer nackt im Garten«, flüsterte Frau Strobel Förster zu.

»Nicht ganz.«

»Na ja, das Höschen, das er da anhat, das zählt nicht! Da kann man ja alles sehen!«

»So genau gucke ich da nicht hin, Frau Strobel.«

»Das springt einem doch ins Auge, Herr Förster, also wirklich! Ich habe ja auch nichts dagegen, aber er ist so ...«

»So was?«, wollte Dreffke wissen, der sich längst schon wieder gesetzt hatte.

»Sie sind so alt, Herr Dreffke.«

Dreffke lachte. »Machen Sie sich keine Gedanken, sehr viel älter werde ich nicht.«

»Haben Sie auch Post aus der Vergangenheit bekommen?«

»Eher aus der Gegenwart«, sagte Dreffke.

»Lieben Sie Ihre Frau, Herr Förster?«

Die Assoziationskette verstand Förster jetzt nicht. »Das würde ich schon sagen.«

»Warum heiraten Sie dann nicht? Hochzeiten sind was Wunderbares!«

»Ich werde darüber nachdenken.«

»Sie haben so eine schöne Frau!«

»Da haben Sie allerdings recht.«

»Das dichte schwarze Haar, diese dunklen Augen!« Sie wandte sich Dreffke zu: »Wissen Sie schon, dass er mich am Samstag an die Ostsee fährt?«

Dreffke nickte. »Er hat mir davon erzählt. Und wissen Sie was? Ich komme sogar mit.«

»Ach wirklich?«

»Ja«, sagte Dreffke. »Ich finde, das ist eine schöne Idee. Ein bisschen ans Meer, das ist bei diesem Wetter genau das Richtige. Ich war schon länger nicht mehr raus. Und da Ihre Freundin da oben mit den Zimmern recht großzügig war ...«

»Ja, ja, die Ingrid. Die war immer eine Angeberin. Und großzügig ist ja, wenn man es genau nimmt, vor allem ihr Mann.«

»Egal«, sagte Dreffke. »Das wird ein Abenteuer.«

Förster stand auf. »Ich muss noch was erledigen. Geleitest du die Gräfin nach Hause?«

Dreffke nickte. »Viele ehemalige Bullen sind heute Bodyguards.«

Förster wandte sich zum Gehen, hielt dann aber noch kurz inne.

»Dreffke?«

»Ja?«

»Stracciatella und Pistazie passen wirklich nicht zusammen.«

Dreffke antwortete, Förster habe einfach keine Ahnung.

32 Beauty Tabs

Endlich waren mal wieder ein paar Wolken zu sehen, also richtige, nicht diese Schönwetterwolken, die für Förster gar keine Wolken waren, sondern nur Himmelsdekoration im Stile naiver Malerei. Solche streng weißen Kumuluswolken brachten eine Unklarheit an den Himmel, die kein Versprechen auf schlechtes Wetter war, sondern nur überflüssige Zierde, wie Lametta am bürgerlichen Tannenbaum, und sollten es nur schlechten Malern leichter machen, mittelmäßige Landschaftsbilder zu malen, denn so eine klare, glatte, vollblaue Fläche bekamen sie nicht hin, das Einfache ist den Amateuren immer ein Graus, und deshalb konnte Förster diese Wolken nicht ernst nehmen, das waren für ihn Volkshochschulwolken.

Heute aber, da waren Wolken am Werke, die wenigstens etwas Halbstarkes hatten, so ein pubertär-rotziges Grau, das nicht zwangsläufig Regen garantierte, aber einem wenigstens mal wieder klarmachte, dass man sich nicht zu sicher fühlen sollte und Niederschlag eine ständige Möglichkeit war.

Förster ließ die Wolken Wolken sein und betrat den Zooladen, in dem er neulich den Hamsterkäfig gekauft hatte. Hinter dem Tresen zwischen den ganzen Käfigen, Aqua- und Terrarien stand wieder dieser etwa vierzigjährige Mann mit der hohen Stirn, der diesmal aber kein kariertes Hemd trug, sondern ein schwarzes Poloshirt mit dem Namen des Ladens auf der linken Brust. Auf der anderen Seite war im gleichen Grün wie das Logo der Name *Ralf* eingestickt. Sein Gesicht war beige. Ralf stand da, als hätte er den ganzen Morgen schon auf Förster gewartet und wäre etwas ungehalten, weil dieser eindeutig zu spät war. Förster fragte nach Trockenfutter für Hamster.

Ralf zögerte. Förster hob die Augenbrauen.

»Sie wissen schon«, sagte Ralf dann, »dass man Hamstern nicht ausschließlich Trockenfutter zu fressen gibt, oder?«

»Selbstverständlich«, antwortete Förster, der in den letzten Tagen im Internet viel über Edward Cullen und seine Artgenossen gelernt hatte, und hielt die Angelegenheit damit für erledigt.

»Viele geben ihren Hamstern«, fuhr Ralf fort, »ausschließlich Trockenfutter, weil es so schön einfach ist, und wundern sich dann, dass die Tiere krank werden.«

»Nein, nein, bei mir wird er wunderbar bekocht, erst gestern hatten wir ein zauberhaftes Bœuf bourguignon, dazu einen schweren Roten, da war er ganz begeistert.«

Ralfs Gesichtsfarbe wechselte von einem dunkleren Beige-Ton in einen helleren.

»Nein, nein«, versuchte Förster den Mann zu beruhigen, »ich habe ihm immer wieder ein paar Insekten gefangen, weil Hamster bekanntermaßen keine reinen Vegetarier sind. An Frischfutter gibt es außerdem Paprika oder ein, zwei Scheiben Salatgurke, dazu getrocknete Banane oder eine rote Kolbenhirse. Da ist er ganz wild drauf. Jetzt ist mir das Trockenfutter als Nahrungsergänzung ausgegangen.«

Ralf dachte einen Moment nach und entspannte sich dann. »Sie glauben gar nicht, wie beknackt manche Leute sind.«

»Das glaube ich sofort.«

Ralf ging zu einem Regal und nahm eine mittlere Packung Futter heraus. »Die braten den Viechern Steaks und Schnitzel und was weiß ich. Oder geben ihnen Schokolade oder Bonbons, weil der Hamster von vorne so aussieht wie der verstorbene Opa. Das hält man im Kopf nicht aus, wirklich!«

Stimmt, dachte Förster, auch Edward Cullen sah von vorne ein bisschen aus wie Ludwig Erhard.

»Nichts gegen Trockenfutter«, machte Ralf weiter, »vor allem können sie das horten, die Tiere. In der Natur legen sie ja stets Vorräte für schlechte Zeiten an, das machen sie im Käfig auch, nur fängt das Frischfutter da schnell an zu schimmeln oder zu gären, das ist nicht lustig, das kann ich Ihnen sagen. Das versteckte Frischfutter sollte man ihnen auf jeden Fall immer wieder wegnehmen.«

Förster nahm sich vor, nachher Edward Cullens Höhle zu untersuchen, wenn der in seinen Röhren unterwegs war, und gegebenenfalls vergammeltes Obst gegen Trockenfutter auszutauschen. Ralf nahm währenddessen eine zweite Packung aus dem Regal und stellte sie vor Förster hin.

»Hier hätte ich noch etwas, das ganz sinnvoll sein kann.«

Beauty Tabs Fellkur, las Förster auf der Packung. Und: *Reich an Vitaminen.* Interessanterweise stand da auch noch *Ricchi di vitamina* und *Bohaté na vitamíny.* Förster fragte, aus welcher Sprache die zweite Formulierung sei.

»Das ist Tschechisch«, sagte Ralf.

»Wieso Tschechisch?«

»Das andere ist Italienisch.«

»Ausgerechnet Tschechisch?«

Ralf zuckte mit den Schultern. »Keine Ahnung. Das Zeug ist jedenfalls gut. Mit viel Zink, Biotin und Vitamin B, das gibt ein schönes, seidiges Fell. Und die Ballaststoffe sind gut für die Darmflora.«

»Klingt gut.«

Ralf beugte sich leicht über den Tresen. »Aber nicht, dass Sie selbst davon naschen!«

»Seidiges Fell wäre nicht schlecht.«

Ralf lachte, Förster lachte zurück.

»Außerdem brauche ich noch einen hamsterfähigen Transportkorb.«

Ralfs Lachen fiel in sich zusammen. »Sie wollen mit dem Tier verreisen?«

»Es geht nicht anders.«

»Das ist der pure Stress für das Tier!«

»Der ist gerne unterwegs. Ich habe ihn auf einer Eisenbahnbrücke gefunden.«

Ralfs Beige changierte Richtung ausgebleichter Trenchcoat. »Eisenbahnbrücke?«

»Und jetzt muss ich übers Wochenende weg.«

Ralf entspannte sich wieder. »Wochenende ist kein Problem. So lange kann er ruhig alleine bleiben. Sie sollten nur vorher den Käfig säubern, die Nippelflasche füllen und sicherstellen, dass er genug zu fressen hat. In diesem Fall natürlich Trockenfutter, damit da nichts schimmelt und Insekten anzieht.«

Förster war noch nicht überzeugt. »Meinen Sie wirklich?«

»Glauben Sie mir, drei, vier Tage hält so ein Tier aus. Das

ist sehr viel besser, als es mit auf die Reise zu nehmen. Dieses Geruckel und Gerüttel im Auto – also, das geht selbst mir auf die Nerven. Ich verreise aber auch ganz allgemein nicht so gern.«

»Gut«, sagte Förster, »dann keinen Transportkorb.«

»Wenn Sie ganz sichergehen wollen, dass es ihm gut geht, können Sie ihn natürlich auch bei uns vorbeibringen. Wir haben eine Tigerpython, die würde sich freuen.«

Sicherheitshalber fragte Förster nach. »Das war ein Scherz, oder?«

»Natürlich«, antwortete Ralf. »Auch Zoohändler haben Humor.«

In der Tür drehte Förster sich noch einmal um und sagte, dass er das mit dem Poloshirt für eine gute Idee halte.

»Ja, wir wollen ein bisschen moderner werden«, sagte Ralf und wirkte, wie Förster fand, zwischen den ganzen Tieren, unterlegt von deren chaotischem Geschrei, eher unmodern.

Draußen, die Papiertüte mit dem Logo des Zoogeschäfts in der Hand, dachte Förster, dass das Leben doch immer neue Erfahrungen bereithielt. Bisher hatte er nicht mal gewusst, dass es so etwas wie Beauty Tabs für Hamster überhaupt gab. Er dachte an Marika Rökk und die Werbung für Merz Spezial Dragees *(Natürliche Schönheit kommt von innen)*, fragte sich, ob Tschechen besonders hamsterfreundlich waren, und blickte hinauf zu den ernst zu nehmenden Wolken, zwischen denen aber schon wieder der blaue Himmel zu sehen war.

33 Bulli

Die Uli stand wieder oben am Fenster und rauchte, während Fränge am Bulli herumschraubte und Brocki auf ihn einredete, bis Fränge den Kopf aus dem Hinterteil des Autos nahm und Brocki anbrüllte, dass der Beckenbauer höchstens die Hälfte seiner Länderspiele gemacht hätte, wenn der Schwarzenbeck nicht gewesen wäre, aber als er Förster sah, beruhigte er sich wieder und murmelte, dass Brocki in diesem Leben nicht mehr schlau werde, der neue Keilriemen jetzt aber drin und die Kiste somit startklar sei. Eigentlich könnte er jetzt gleich die Sitze rausnehmen und das Gestell für die Matratze einbauen lassen, dann könne er hier abhauen, wo er sowieso nur von Verfall und Ignoranz und schlechtem Wetter umgeben sei, was, dachte Förster, nur den Grad von Fränges fortschreitendem Realitätsverlust anzeigte, da es Verfall und Ignoranz definitiv überall gab, aber es am hiesigen Wetter in diesem Jahr nun wirklich nichts auszusetzen gab.

»Pennen kann man übrigens auf den Sitzen nicht«, fügte Fränge hinzu. »Die sind unbequem, das habe ich letzte Nacht ausprobiert.«

Also ist er weder bei Peggy gewesen noch ziellos durch die Straßen geirrt, dachte Förster und fragte sich, ob das ein gutes oder ein schlechtes Zeichen war.

»Keine Angst, ich habe unsere Tour nicht vergessen«, sagte Fränge zu Förster, der das auch nicht vermutet hatte, aber so eine Doppelt-hält-besser-Zusicherung konnte ja nie verkehrt sein. »Am Sonntagabend sind wir wieder zurück, am Montag habe ich den Termin bei dem Schrauber in Wanne, der macht mir das Gestell da rein, dann lege ich eine Matratze drauf, dadrunter ein bisschen Gepäck, und am Dienstag geht es ab durch die Mitte.«

Niemand sagte etwas. Es war wahrscheinlich nicht die schlechteste Idee, dass Fränge sich und der Uli ein bisschen Zeit gab, um mit der Situation klarzukommen.

»Wir brauchen Koffein«, sagte Fränge schließlich und verschwand durch den Hintereingang ins Haus. Brocki ging um den Bulli herum und setzte sich hinters Steuer. Förster kletterte auf den Beifahrersitz. Man saß schon ziemlich hoch in so einem Bulli und verdammt weit vorne, der Schaltknüppel sah aus wie ein Spazierstock, und verglichen mit modernen Autos wirkte das ganze Ding wie ein Entwurf, aber es erinnerte einen an früher, an langweilige, endlose Urlaubsfahrten ohne Sicherheitsgurt, und genau diesen ins Melancholische lappenden Moment suchte Brocki sich aus, um Förster nach dessen Eltern zu fragen.

»Das Wetter in Südfrankreich ist mindestens genauso gut wie bei uns«, sagte Förster und wollte es dabei bewenden lassen, doch hatte er die Rechnung ohne den Lehrer gemacht.

»Habe ich dir schon mal gesagt, dass du coole Eltern hast?«, fragte Brocki.

»Noch nie!«

Das war ein stehender Spaß zwischen ihnen, also praktisch ein Running Gag. Förster amüsierte sich über diesen

Gegensatz aus stehend und running und dachte, vielleicht sollte ich mal was schreiben, das *Laufende Witze* heißt, aber das versteht wieder keiner, oder es findet keiner lustig, weil die anderen immer klüger sind und mehr wissen als man selbst. Jedenfalls war Brockis Bewunderung für Försters ach so coole Eltern schon ein speckiger, durchlöcherter Hut, den Förster sich ohnehin nie hatte aufsetzen wollen. Das ging darauf zurück, dass Försters Vater immer die Stones gehört hatte, während Brockis Eltern über die Tatsache, dass Katja Ebstein keine Schlager mehr sang, niemals hinweggekommen waren. Und jetzt lebten die Försters auch noch da, wo die Stones früher eine Zeit lang gehaust hatten. Förster dachte an die Skype-Gespräche mit seinen Eltern und ihren laufenden oder stehenden Witz, dass der Vater immer so tat, als wäre der Ort für ihren Alterssitz eine zufällige Wahl, und die Mutter dann stets so ein Lächeln aufsetzte, für das Förster genau jetzt ein schönes Wort einfiel, und zwar: mokant. Er freute sich, dass er bei dem Gedanken an seine Mutter auf ein Adjektiv wie mokant kam. Mal sehen, wie das Lächeln ausfiel, wenn er ihnen demnächst einen Quasi-Urenkel präsentierte.

»Jedenfalls musste ich gerade an sie denken«, sagte Brocki, »vielleicht wegen dem Bulli.«

Hätte Fränge das gesagt, hätte Brocki ihn darauf hingewiesen, dass *wegen* immer den Genitiv nach sich zu ziehen hatte. Förster unterließ das. Stattdessen wies er darauf hin, dass sein Vater einen Käfer gefahren sei.

»Das war ein Bulli im Körper eines Käfers«, beharrte Brocki.

»Wenn du es sagst.«

Förster hätte Brocki auch gern nach dessen Eltern gefragt, aber die hatten ihren Tilman erst bekommen, als die Mutter schon fast vierzig gewesen war, weshalb sie nun schon etwas länger auf demselben Friedhof lagen wie Brockis Silke.

Fränge kam mit einem Tablett aus dem Haus, drei Tassen drauf, in denen sich die feinsten Schaumhauben wölbten, die der zeitgenössische Caféhausgänger sich wünschen konnte. Brocki und Förster stiegen aus dem Führerhaus und nahmen sich ihre Tassen. Fränge und Brocki setzten sich in die offene Seitentür, Förster blieb stehen und wollte gerade ansetzen, da sagte Fränge: »Die Uli weiß Bescheid.«

»Worüber?«, fragte Brocki.

»Darüber, wer Johannes Paul I. umgebracht hat, Herr Lehrer! Nein, sie weiß natürlich über Peggy und mich Bescheid.«

»Dabei warst du so vorsichtig!«

»Diese Ironie kann ich jetzt echt nicht brauchen.«

»Du hast es geradezu darauf angelegt, dass es rauskommt. Jetzt darfst du dich nicht wundern.«

»Wie nimmt es der Alex auf?«, wollte Förster wissen.

»Der weiß noch nichts. Als ich heute Morgen oben war, hat er noch geschlafen. Jedenfalls reiß ich deshalb am Montag die Sitze aus dem Bulli, dann kommt das Gestell rein, und es geht ab durch die Mitte.«

»Was für ein Gestell eigentlich?«, fragte Brocki.

»Das habe ich mir zimmern lassen, von so einem Typen in Wanne-Eickel, das passt genau da rein, und zwar so, dass man oben pennen kann und untendrunter noch was lagern.«

»Mach dir doch eine kleine Küche rein und so ein Faltdach obendrauf, das sieht man immer wieder«, meinte Brocki.

Fränge schüttelte den Kopf. »Bei einem original 78er T2 das Dach aussägen? Brocki, du bist eine Gefahr für die Menschheit, ehrlich!«

Förster riskierte einen Blick, aber die Uli stand nicht mehr am Fenster.

34 Nett ist vierunddreißig

Dreffke saß in der Küche und hustete in sein Taschentuch. Förster sah ihm dabei zu, während Frau Strobel im Wohnzimmer zugange war und immer wieder murmelte, sie brauche nicht viel, sie habe noch nie viel gebraucht, sie sei ganz anspruchslos, eine einfache Person, aber noch nicht völlig verblödet, das solle nur niemand denken. Das Saxofon war schon gereinigt und verstaut, der alte Koffer tat es noch, nur hatte der Samt innen drin mit den Jahren gelitten, aber das konnte man über die Saxofonistin genauso sagen, hatte Förster heute Morgen gedacht, da kam eins zum anderen.

»Ich nehme jetzt Zewas!«, rief Dreffke. »Man versaut sich ja alle Taschentücher!«

»Du benutzt noch Stofftaschentücher?«

»Aber ohne Monogramm. Man soll nicht übertreiben.«

Dafür, dass sie nicht viel brauchte, brauchte Frau Strobel auf jeden Fall eine Menge Zeit, aber wir sind ja nicht auf der Flucht, dachte Förster.

»Was macht die denn so lange?«, fragte Dreffke. »Es geht nur an die Ostsee, nicht nach New York.«

»Müsste man auch mal wieder hin«, sagte Förster.

»Ach, was soll man da!«

»Du kennst dich aus, was?«

»Ich hab *Kojak* gesehen. Ich weiß Bescheid.«

»Ach komm, Dreffke! Die Haltung ist deiner nicht würdig.«

»Stimmt. Und ich bin ja tatsächlich drüben gewesen. So ein Bullen-Austausch-Programm. Zwei Wochen Brooklyn. Also, ich muss da nicht mehr hin. Man kommt sich immer vor wie im Fernsehen.«

»Ich fand es gut«, gab Förster zu. »Aber es ist nicht das Outback.«

Dreffke stöhnte auf. »Was hast du nur immer mit deinem Outback?«

»Irgendwann will ich wenigstens mal gucken, wie es da ist.«

»Ich war nie in Buxtehude und will auch gar nicht wissen, wie es da ist.«

»Was hast du gegen Buxtehude?«

»Gar nichts«, sagte Dreffke. »Ich muss nur nicht unbedingt hin.«

»Ich will irgendwo sein, wo es groß, weit und leer ist.«

»Die Ostsee ist nicht gerade ein Ballungsraum.«

»Stimmt auch wieder.«

»Aber vielleicht ist sie dir zu popelig, zu deutsch, zu klein. Vielleicht brauchst du in Zeiten abnehmender eigener Bedeutung das Gefühl, von etwas umgeben zu sein, das Größe atmet, also Atlantik, Pazifik, Indischer Ozean. Vielleicht hätte es der Herr gern etwas polyglotter.«

»Abnehmende Bedeutung – das war nicht nett.«

»Nett ist vierunddreißig.«

»Ich denke, es heißt: Egal ist achtundachtzig.«

»Und nett ist vierunddreißig.«

»Sagt wer?«

»Ich sage das«, sagte Dreffke.

»Woher kommt eigentlich dieses Egal ist achtundachtzig?«, fragte Förster.

»Die Redewendung«, sagte Dreffke und straffte sich ein bisschen, als würde er einen Vortrag halten, was Förster sich gut vorstellen konnte: Dreffke vor einer Hundertschaft von Polizeischülern, wie er den richtigen Gebrauch des Schlagstocks erklärt, »die Redewendung kommt daher, dass die Zahl 88 immer gleich aussieht, egal wie man sie dreht und wendet. Ist aber auch problematisch, denn das ist unter Nazis ein versteckter Hitlergruß. H ist der achte Buchstabe im Alphabet, und 88 heißt dann Heil Hitler.«

»Herr Förster, ich brauche einen Rat!«, rief in diesem Moment Frau Strobel.

Förster ging hinüber ins Wohnzimmer.

»Meinen Sie, Herr Förster, ich sollte lange Unterhosen einpacken?«

»Ich glaube nicht, Frau Strobel.«

»Ich bin gerne vorbereitet.«

»Es ist Sommer, und zwar ein besonders warmer.«

»Wahrscheinlich haben Sie recht.«

Frau Strobel dachte einen Moment nach.

»Aber meinen Sie, ich sollte vielleicht lange Unterhosen mitnehmen?«

»Nein, nein, Frau Strobel, lange Unterhosen brauchen Sie nicht.«

Sie sah ihn lange an, ging dann an ihm vorbei und schloss sich im Bad ein. Förster hoffte, dass der Unrat unter der Stadt blieb, wo er war und hingehörte.

»Die ist ziemlich durch den Wind, was?«, sagte Dreffke, als Förster wieder in der Küche war.

»Sieht so aus.«

»Ist ja auch verdammt aufregend, so eine Reise, in ihrem Alter.«

»Wissen Sie«, rief Frau Strobel aus dem Bad, »ich hätte gar nicht gedacht, dass ich überhaupt noch mal verreise. Man hat so viel gesehen in seinem Leben. Manchmal denkt man, jetzt reicht es aber auch!«

Sie hörten die Spülung der Toilette, dann Wasser, wie es in den Spülstein rauschte. Frau Strobel kam mit nassen Händen wieder aus dem Bad, das Wasser rauschte weiter.

»Waren Sie eigentlich schon mal in New York, Frau Strobel?«, fragte Dreffke.

»Sie glauben gar nicht, wo ich schon überall war, Herr Wachtmeister!«

Förster ging ins Bad und drehte das Wasser ab.

»Wir haben«, fuhr Frau Strobel fort, »in einem kleinen deutschen Club in Downtown gespielt. Obwohl, wenn ich mich recht erinnere, gehörte das schon zur Lower Eastside. Dann haben wir noch in einem Hotel in Upstate New York gespielt und eine ganze Woche irgendwo in New Jersey, aber nageln Sie mich nicht auf den Namen dieses Bumslokals fest, das ist alles schon eine Ewigkeit her.«

Förster und Dreffke warfen sich einen Blick zu. Frau Strobel war offenbar eine weit gereiste, kluge Frau, die sich im Alltag ganz gerne versteckte.

»Hast du eigentlich schon gepackt?«, wollte Förster von Dreffke wissen.

»Gepackt? Hört sich an, als würden wir eine sechswöchige Expedition machen. Paar Klamotten in die Tasche, und ich bin fertig. Hauptsache, die Kaffeemaschine ist auch wirklich aus.«

»Ich bräuchte dann jetzt Ihre Hilfe, Herr Förster«, sagte Frau Strobel.

»Lange Unterhosen brauchen Sie nicht.«

Die Strobel legte die Stirn in Falten. »Lange Unterhosen? Bei dem Wetter? Das wäre Blödsinn!«

Förster folgte ihr ins Schlafzimmer, wo sie ihn bat, eine Kiste von dem Kleiderschrank aus glänzendem Nussbaum zu heben. Die Kiste war eher eine längliche Pappschachtel. Förster nahm das Ding und legte es auf das Bett. Frau Strobel bedankte sich mit einem knackigen: »So, und jetzt gehen Sie bitte raus, Herr Förster.«

Er tat wie befohlen, hörte, wie hinter ihm die Tür ins Schloss geworfen wurde, und setzte sich zu Dreffke in die Küche. Umgehend verspürte er Bierdurst, weil zwei in der Küche sitzende Männer einen starken Schlüsselreiz für Förster bedeuteten, vor allem, wenn er selbst einer dieser Männer war. Vorhin hatte immer einer von ihnen gestanden, da war nichts passiert, aber jetzt saßen sie beide an diesem kleinen Tisch mit der gemusterten Kunststoffdecke. Das beschwor Bilder aus Försters Kindheit herauf, Bilder von Großvätern an Küchentischen, mit Bierflaschen in den groben Händen, und auch sein Vater hatte in jungen Jahren gerne Bier getrunken, bevor er gemeinsam mit seiner frankophilen Frau in die französische Lebensart abgerutscht und zum Wein übergelaufen war, aber das Gallische hatte Förster selbst nie so sehr angesprochen.

»Was treibt sie dadrin jetzt?«, fragte Dreffke.

»Ich glaube, sie zieht sich um. Meinst du, im Kühlschrank ist Bier?«

Dreffke stand auf und sah nach. »Drei Pullen.«

»Dann gib zwo her. Lege ich später aus dem eigenen Vorrat zurück.«

Es waren Plastikflaschen, vom Discounter, mit Schraubverschluss statt Kronkorken oder Bügelverschluss, aber da wollte Förster jetzt mal drüber hinwegsehen, auch wenn der Klang, der beim Anstoßen entstand, mit Biertrinken nichts zu tun hatte.

Sie hatten knapp die Hälfte getrunken, als Frau Strobel in einem roten Petticoat-Kleid mit schwarzen Punkten vor ihnen stand und sagte: »Passt noch.« An den Füßen hatte sie schwarze Gesundheitsschuhe. Sie drehte sich einmal um die eigene Achse. Der Stoff rauschte. Der Reißverschluss hinten war noch nicht geschlossen. Sprachlos erhoben Förster und Dreffke ihre Flaschen und prosteten Frau Strobel zu.

Förster dachte: Jetzt geht es aber los!

DRITTER TEIL
Susi Rock

35 Da musst du mir aber bitte den Unterschied erklären

»Du hast keine Ahnung, Brocki!«, rief Fränge und drehte sich um.

»Guck nach vorne!«, entgegnete Brocki.

»Fände ich auch besser«, sagte Förster.

»Ganz ruhig! Wir zockeln hier mit achtzig über die rechte Spur, ich könnte ein Nickerchen einlegen, und keiner würde es merken.«

»Musst du jetzt aber nicht vormachen!«, sagte Finn, obwohl er Stöpsel in den Ohren hatte und eigentlich Musik hörte, während Frau Strobel neben ihm mit offenem Mund döste und Dreffke so tat, als zöge draußen interessante Landschaft vorbei, dabei war das nur Westfalen.

»Keine Sorge«, meinte Fränge, »ich kann gar nicht schlafen, wenn in meinem Auto ein derartiger Blödsinn geredet wird. Leckmuscheln sind und bleiben, was sie immer waren: eine absolute Delikatesse! Die Auster des kleinen Jungen! Auf dem Bonanza-Rad durch die Siedlung, raus zu der alten Brache, die Leckmuschel in der Hand, während hinterm Förderturm die Sonne untergeht!«

»Wo gab es denn bei uns einen Förderturm?«, fragte Brocki. »Da war auch keine Brache, alles I a verbaut!«

»Außerdem heißt es Schleckmuscheln«, sagte Dreffke.

»Wann hat das jemals Schleckmuschel geheißen?«, wollte Fränge wissen und drehte sich wieder nach hinten.

»Guck nach vorne!«, sagte Brocki. »Wenn du mit deiner bescheuerten Pilotenbrille aus dem Hellen hier hinten ins Dunkel guckst, siehst du sowieso nichts!«

»Aber ihr seht mich, darauf kommt es an! Gesehen werden, ohne zu sehen. Showbiz, Brocki! Noch eine Sache, von der du keine Ahnung hast.«

»Das hat schon immer Schleckmuschel geheißen«, sagte Dreffke.

»Also bei Wikipedia steht, man kann beides sagen«, mischte sich Finn ein, das Smartphone in der Hand.

»Wikipedia!«, höhnte Fränge. »Was wissen die schon! Die wissen vielleicht, was ein Bonanza-Rad *ist,* aber die sind nie drauf *gefahren!*«

»Meinst du jetzt die Wikipedianer?«, fragte Förster. »Die Bewohner des Planeten Wikiped? Hört sich an, als würden da alle zu Fuß gehen, also per pedes, oder Fahrrad fahren oder so, vielleicht sogar auf einem Bonanza-Rad. Und nebenher schreiben sie noch Enzyklopädien.«

»Bist du besoffen, Förster? Am frühen Morgen? Musst du zum Arzt? Soll ich rechts ranfahren, damit du dich übergeben kannst? Ich meine, wir können auch umkehren, immerhin ist das mein Bulli, und wenn ich nicht will, dann fahren wir nirgendwohin! Noch kann ich umkehren, nach Wanne fahren und mir das Gestell für die Matratze hier reinmachen lassen, dann guckt ihr alle aber ganz gepflegt in die Röhre!«

»Es hört sich nur so komisch an: die von Wikipedia«, sagte Förster. »Klingt so nach: die da oben. Das ist albern.«

»Es hat jedenfalls«, ließ Fränge sich nicht beirren, »schon immer Leckmuscheln geheißen und nicht Schleckmuscheln, schon deshalb, weil man das Zeug darin leckt und nicht schleckt.«

»Da musst du mir aber bitte den Unterschied erklären!«, forderte Brocki.

»Jeder weiß, dass beim Lecken nur die Zunge arbeitet und beim Schlecken auch die Lippen beteiligt sind, und wenn man eine Leckmuschel schleckt, dann läuft man Gefahr, sie zu verschlucken und dran zu ersticken, deshalb Leckmuschel.«

»Könnt ihr bitte das Thema wechseln?«, bat Finn.

»Kannst du nicht deine Lady Gaga oder was du da hörst, einfach lauter machen?«, sagte Brocki.

»Ach«, gähnte Finn, »Lady Gaga ist nur was für Vollhonks, die sich von Marketingkonzepten verarschen lassen, anstatt sich mit Musik zu beschäftigen.«

Ein paar Sekunden herrschte Stille, zumindest sagte niemand was, denn richtig still, dachte Förster, kann es in einem alten VW Bulli auf der Autobahn nie sein.

»Haben wir in dem Alter auch so geredet?«, wollte Förster wissen.

»Schlimmer«, meinte Fränge. »Nachrüstung, Pershing II, Cruise Missile, Wahnsinn der Abschreckung, militärisch-industrieller Komplex – you name it!«

Brocki reagierte ernsthaft gereizt. »Geh mir weg mit diesen Anglizismen!«

»Sprache verändert sich, Brocki, das kannst auch du nicht verhindern.«

Brocki schüttelte nur den Kopf und wechselte das Thema.

»Wenn es nicht Lady Gaga ist, was hörst du denn dann da?«

»Denn, dann, da – klingt wie Neue Deutsche Welle«, fand Förster.

»Aztec Camera«, sagte Finn.

Fränge zog die Brauen hoch und sah Förster an. »Was weiß der Gnom von Aztec Camera? Das ist doch gar nicht seine Zeit!«

»Durch die fast uneingeschränkte, sofortige Verfügbarkeit aller möglichen Inhalte ist Rockmusik in ihre klassische Phase eingetreten, Fränge, die Kids bedienen sich aus dem kompletten Pool des Populären, die beschränken sich nicht mehr auf Zeitgenössisches.«

Fränge nickte. Und schwieg.

Eine Zeit lang hörte man wieder nur den Motor und das Surren der Reifen auf dem Asphalt. Außerdem dachte Förster, dass eine Klimaanlage schon eine tolle Sache war, jedenfalls in anderen Autos, hier gab es natürlich nur eine fast wirkungslose Lüftung, was das Autofahren für den Feinschmecker wieder zu dem ursprünglichen, beschwerlichen, aber offenbar kathartischen Vergnügen machte, das es früher, nach Försters Erinnerung, eigentlich nie gewesen war, denn die endlosen Fahrten mit seinen Eltern nach Südfrankreich waren ihm als kontinuierliche Pein in Erinnerung, die langweilige Episode einer öden Fernsehserie in Endlosschleife.

»Schleckmuscheln«, beendete Dreffke dann das Schweigen, »sind auf jeden Fall ungesund.«

»Darauf können wir uns einigen«, sagte Fränge.

»Unmengen von Zucker, Glukosesirup und jede Menge Chemie.«

»Lebt die eigentlich noch?«, fragte Brocki mit einem

Blick auf die völlig regungslose Frau Strobel. »Ich meine, wenn nicht, könnten wir auch wieder umkehren.«

Dreffke beugte sich über die alte Frau und sagte: »Sie atmet flach, aber sie atmet.«

»Die macht es noch länger als du, Brocki«, meinte Fränge.

»Weil sie pennt, während du redest, Fränge. Dein Gelaber ist auf jeden Fall lebensverkürzend, das steht fest.«

»Gleich kommt Dümmer Dammer Berge«, sagte Fränge.

»Ja und?«, sagte Förster.

»Förster, bei Dümmer Dammer Berge rausfahren ist Pflicht! Da haben wir früher schon immer die erste Pause gemacht, weil die Raststätte über die Autobahn drübergebaut ist!«

»Wir sind meistens nach Südfrankreich gefahren, Fränge.«

»Fränge hat ausnahmsweise recht«, sagte Brocki. »Wir sind auch jedes Mal Dümmer Dammer Berge raus, wenn wir an die Nordsee gefahren sind. Aber ich sage euch: Wenn wir alle hundertfünfzig Kilometer Rast machen, wird das eine lange Fahrt.«

»Wir sind ja nicht auf der Flucht«, beruhigte Förster ihn.

»Der da schon«, sagte Brocki und meinte Fränge.

Genau in diesem Moment wachte Frau Strobel auf und sagte, sie müsse mal raus.

»Damit ist das entschieden«, sagte Fränge und setzte den Blinker.

36 Voucher

Als Förster sich mit Frau Strobel endlich alle Stufen zum Eingang hochgearbeitet hatte, war Fränge, der gleich losgelaufen war, nachdem er den Bulli abgeschlossen hatte, schon wieder zurück.

»Ist immer noch irre«, sagte er. »Du läufst einmal über die ganze Autobahn, gehst hinten runter und bist auf der anderen Seite. Ich habe gewunken. Habt ihr mich gesehen?«

»Wir haben da nicht so drauf geachtet«, sagte Förster. »Außerdem ist da Grünzeug zwischen.«

»Ist ja auch egal. Ich finde es jedenfalls super!«

»Das ist die Hauptsache, Fränge.«

In der ganzen Körperhaltung viel straffer als sonst, stochte Fränge wieder nach drinnen, wo die anderen bestimmt schon in der Schlange zur Essensausgabe standen, nachdem sie, wie Brocki ihnen eingeschärft hatte, zuerst aufs Klo gegangen waren. Das kostete zwar siebzig Cent, dafür bekam man aber auch einen 50-Cent-Voucher (ein Wort, über das Brocki sich dann doch wieder aufregen musste), den man beim Essenskauf einlösen konnte, weswegen es, so Brocki, totaler Blödsinn sei, erst zu essen und dann auf die Toilette zu gehen, weil man dann denke: Verdammt, jetzt habe ich noch diesen 50-Cent-Voucher, also muss ich mir noch was kaufen, sonst ist das ja Verschwendung. Also kaufe man sich noch einen Schokoriegel oder ein Eis oder eine Zeitschrift, die man beim Fahren sowieso nicht lesen könne. Fränge hatte dem natürlich widersprechen müssen, indem er meinte, man könne erst essen, dann zur Toilette gehen und den Voucher beim Kauf des Kaffees danach, der ohnehin unvermeidlich sei, einlösen, wobei er auf Voucher herumkaute, als sei es sein neu gefundenes Lieblingswort. Brocki war kopfschüttelnd Richtung Klo gegangen.

»Und was ist, wenn man zwar pinkeln muss, aber gar keinen Hunger hat?«, hatte Finn ihm noch hinterhergerufen, aber darauf war Brocki nicht mehr eingegangen.

Förster führte Frau Strobel in die Raststätte, wandte sich nach rechts und stieg mit ihr die Stufen, die sie außen gerade hochgekommen waren, drinnen wieder hinunter. Unpraktisch, dachte er, jedenfalls, wenn man mit einer greisen Saxofonistin mit altersbedingter Blasenschwäche unterwegs war. Förster hatte sich vorher versichert, dass er genug Kleingeld dabeihatte, Vorbereitung ist ja alles, um die zwomal siebzig Cent in den Automaten zu werfen, und damit auch wirklich nichts schiefging, ging er als Erster, zog den Voucher (bescheuertes Wort, da hatte Brocki recht, aber Förster fiel kein anderes ein), warf dann das Geld für Frau Strobel ein, lotste sie durch das Drehkreuz und zeigte ihr die Damentoilette, was seine Nachbarin mit der Bemerkung quittierte, dieses Frauensymbol da neben der Tür habe sie schon vermuten lassen, dass sie genau dort hineinmüsse.

Förster suchte sich wie immer das vorletzte Urinal aus – das letzte war das besonders niedrig hängende für

Kinder – und war froh, dass hier Trennwände angebracht waren, weil es ihm unangenehm war, neben anderen Männern zu pinkeln, die nicht selten völlig unbefangen herüberlugten. Förster seinerseits las gerne die Werbung an der Wand oder sinnierte darüber, wie diese wasserlosen Urinale wohl funktionierten, und freute sich, dass er weder spülen noch in andere Becken blicken musste, in denen noch die Hinterlassenschaft der Vorpinkler zu sehen war. Ach, dachte er, es war einfach eine Wohltat, wie die meisten Raststätten heute aussahen, verglichen mit den verwanzten, dunklen, engen Buden seiner Kindheit. Er wusch sich die Hände, föhnte sie trocken, las den Aufdruck der Firma auf dem Handföhn und fragte sich wie schon so oft, ob es wohl amerikanisch *Dän Dryer* ausgesprochen wurde oder *Dann Dryer,* weil das Gerät aus Dänemark kam.

Draußen wartete er auf Frau Strobel, sah sie irgendwann am Handwaschbecken, wie sie sich sehr gründlich die Hände wusch und dann unter den Trockner hielt, der auch gleich loslegte, was Frau Strobel nicht davon abhielt, immer wieder oben draufzudrücken, auf einen Schalter, den es nicht gab. Sie guckte verwirrt und ein wenig verärgert, war schließlich aber doch zufrieden, kam heraus, hakte sich bei Förster ein und ließ sich nach oben führen.

»Was ist jetzt mit diesem Gutschein?«, fragte sie auf der Treppe.

»Den lösen wir beim Essenholen ein.«

»Ich habe gar keinen Hunger.«

»Vielleicht möchten Sie einen Kaffee trinken.«

»Nee, nee.«

»Den Gutschein kann man auch an einer anderen Raststätte einlösen.«

»Ist sowieso alles Blödsinn.«

Oben saßen die anderen an einem Tisch, tranken Kaffee (Dreffke und Fränge) oder Cola (Finn) und sahen Brocki beim Essen zu, Schnitzel mit Pommes, dabei war es erst kurz nach elf, aber wahrscheinlich war Brocki schon wieder seit fünf Uhr auf den Beinen, da konnte man auch ein bisschen früher zu Mittag essen.

»Und?«, sagte Brocki zu Finn. »Ist das nicht toll, so eine Raststätte quer über die ganze Autobahn?«

»Ist mal was anderes«, bestätigte Finn.

»Ich frage mich«, fuhr Brocki fort, »wieso es nicht mehr solche Dinger gibt. Ist doch eine gute Idee, eine Raststätte für beide Richtungen.« Kauend blickte er aus dem Fenster nach unten auf den Asphalt und die Autos. »Am liebsten würde ich da runterspucken. Wie früher von den Brücken am Rhein-Herne-Kanal auf die Schiffe. Es war nicht alles schlecht.«

»Ich mag Raststätten nicht besonders«, sagte Finn.

»Heute ist doch alles top. Du hättest die Dinger früher sehen sollen«, sagte Fränge, »total siffige Buden waren das.«

»Auch nicht alle«, widersprach Brocki mit vollem Mund.

»Ach komm, das waren ganz schlimme Absteigen, früher. Aber heute? Alles tutti.«

»Wieso alles tutti?«, höhnte Brocki. »Was soll das heißen? Tutti heißt alles, also heißt alles tutti quasi alles alles. Was für ein Schwachsinn!«

»Ich habe mal«, erzählte Finn, »in der Zeitung gestanden, weil mein Vater mich an so einer Raststätte vergessen hat.«

»Ernsthaft?«, entfuhr es Fränge.

»Ich war mit meinem Vater allein unterwegs«, erzählte Finn weiter. »So ein Wochenende unter Männern, ist erst ein paar Jahre her, also ich war kein Säugling, von dem man dachte, dass er auf dem Rücksitz pennt. Wir wollten auf einen Campingplatz an der Nordsee, weil mein Vater dachte, das muss man mal gemacht haben, dabei hasst er so etwas, der steigt am liebsten im besten Hotel der Stadt ab, damit er vom Portier bis zum Zimmermädchen alle niedermachen kann, die ihm über den Weg laufen. Aber dann hat ein Freund ihm erzählt, wie toll das gewesen sei, als der mit seinen zwei Söhnen campen und fischen gegangen ist wie in einem amerikanischen Film, und was der Freund kann, dachte mein Vater, kann er schon lange. Er hat im Wagen die ganze Zeit telefoniert und musste dann hundert Kilometer vor dem Ziel unbedingt zur Toilette. Ich glaube, der hat sogar beim Strullen noch telefoniert, jedenfalls hatte er das Headset noch im Ohr, als er wieder zum Auto kam. Ich habe mir ein bisschen die Beine vertreten und ihn dann von Weitem gesehen, wie er in den Wagen stieg und einfach wegfuhr.«

»Hammer«, warf Fränge ein.

»Ich bin zu dem Typen in der Tanke gegangen und habe ihm erzählt, was passiert ist. Der hat sich total aufgeregt und das dann wohl an die Zeitung weitergegeben. Ich hätte einfach die Klappe halten und warten können, mein Vater war eine halbe Stunde später wieder da und hat mich aufgesammelt, aber ich war wütend und wollte, dass das alle mitbekamen. Mein Vater war ebenfalls stocksauer, weil ich so einen Aufstand gemacht hatte, und darüber haben wir uns so gefetzt, dass wir wieder nach Hause gefahren sind. Das war der Campingausflug mit meinem Dad.«

»Was ist mit dir, Dreffke?«, sagte Förster. »Du bist so still.«

»Das ganze Elend auf dieser Welt erschüttert mich einfach. Ich gehe mal austreten.«

»Wollen Sie danach noch Ihren Voucher einlösen?«, fragte Brocki.

»Nee«, gab Dreffke knapp zurück.

»Was machen Sie denn dann damit? Ich meine, wir fahren gleich schon weiter.«

Dreffke baute sich vor Brocki auf und sagte: »Junger Mann, der Tag, an dem ich fürs Pinkeln bezahle, der ist noch nicht gekommen. Wenn da ein Teller steht, damit man der guten Seele, die hinter mir sauber macht, ein Trinkgeld zukommen lassen kann, entrichte ich mit Freuden meinen Obolus, aber ich schmeiße kein Geld in eine Maschine, damit ich pissen gehen kann!«

Alle blickten Dreffke nach, wie er die Treppe zu den Toiletten hinunterging, wo er, wie Förster vermutete, über das Drehkreuz springen würde, und Frau Strobel sagte, es sei schön, endlich mal wieder auf einen Mann mit Prinzipien zu treffen. Dem konnte Förster nur zustimmen, holte sich einen Kaffee zum Mitnehmen und löste bei der Gelegenheit seinen Voucher ein.

37 Young at heart

Frau Strobel und Finn schliefen, jedenfalls hatten beide die Augen geschlossen, wobei Finn auch noch Kopfhörer trug, weshalb es sein konnte, dass er nur besonders intensiv Musik hörte. Dreffke hatte die Arme vor der Brust verschränkt, und Brocki wiederholte bereits zum dritten Mal, dass in der populären Musik bis 1980 praktisch alles gesagt sei, beziehungsweise gesungen, weshalb es nichts bringe, Musik zu kaufen, die später aufgenommen worden sei. Damit brachte er Fränge wieder maximal auf die Palme, und auch Förster hielt das für eine viel zu gewagte Position, aber wahrscheinlich war das auch gar nicht Brockis Meinung, sondern es gefiel ihm einfach, wie Fränge sich aufregte, und Förster fragte sich, wann Fränge endlich schlau wurde und nicht auf jede Provokation einstieg, das war ja praktisch schon Theater, wenn auch kein absurdes wie in Berlin mit dem Buchhändler, sondern mehr so wie in einem angelsächsischen Konversationsstück.

FRÄNGE: Das ist absolut kulturreaktionäres, rückwärtsgewandtes Geschwätz, Brocki! Es gibt ein Leben nach Led Zeppelin. Es wird da draußen irrsinnig viel tolle Musik gemacht, das kannst du mir glauben.

BROCKI: Also, ich höre die nicht, diese irrsinnig tolle Musik. Ich höre diesen ganzen industriell produzierten Dance-Schrott, den höre ich!

FRÄNGE: Schlechte Musik für den Massengeschmack hat es immer gegeben. Guck dir die Charts der Sechziger an, da ist praktisch nur Müll drin! Roy Black, Ralf Bendix, Freddy Quinn – nur solche Mutanten! Die gute Musik musst du suchen, Brocki, aber das muss man eben auch wollen, man muss offen sein für das Neue, Unbekannte. Das hält einen übrigens auch jung.

BROCKI: Wieso soll ich jung bleiben, wenn es so viel Mühe gekostet hat, älter zu werden?

FRÄNGE: Mühe? Ich bin einfach so älter geworden.

BROCKI: Du weißt, was ich meine: diese ganzen Erfahrungen, die Schmerzen, der Tod, die Enttäuschungen und die Dummheit von 99 Prozent deiner Mitmenschen.

FRÄNGE: Du bist so negativ, das ist dein Problem.

BROCKI: Die Welt ist negativ, ich bin der reinste Sonnenschein, vor allem, wenn niemand dabei ist. Wenn ich alleine bin, bin ich ein Komiker, aber sobald man einen Fuß vor die Tür setzt, kann man das nicht mehr durchhalten. Also, wer heutzutage vor die Tür geht und sich nicht aufregt, der ist doch fertig mit Schönschreiben!

FRÄNGE *wirft einen Blick in den Rückspiegel:* Wieso grinst du so blöd, Brocki? Was gibt es da zu grinsen, wenn du einem deinen Welthass vor die Füße kübelst?

FÖRSTER: Ich glaube, er findet es einfach toll, wie du dich aufregst, Fränge.

FRÄNGE: Ja, weil ich noch mit Leidenschaft gesegnet bin! Oder geschlagen, je nachdem. *Young at heart,* um es mit Sinatra zu singen. Young at heart, solltest du auch mal versuchen, Brocki.

BROCKI: Das ist jetzt aber auch nicht unbedingt nach Led Zeppelin. Außerdem hast du gerade erst Karten für Bruce Springsteen gekauft!

FRÄNGE: Herrgott, ich habe doch nicht gesagt, dass ... Jetzt grinst er wieder! Ich kann dieses Grinsen nicht ertragen! Ich fahr gleich gegen den nächsten Brückenpfeiler, nur damit der mit dem Grinsen aufhört!

Pause.

BROCKI: Und wisst ihr, was ich auch nicht ertrage? Bonustracks, wenn CDs wiederveröffentlicht werden! Outtakes und alternative Versionen und Songs, die mal auf einer B-Seite von irgendeiner Single waren! Ich meine, da hat sich eine Band Gedanken darüber gemacht, wie sie ihre Platte aufbaut, so eine Platte hat schließlich ihre eigene Dramaturgie, ihren eigenen Rhythmus, und wenn sie zu Ende ist, dann ist sie zu Ende. Fertig, basta, aus. Aber dann kommt noch was hintendran. Das nervt.

FRÄNGE: Also ich finde alternative Versionen und Outtakes sehr interessant.

BROCKI: Auf einer Extra-CD! Nicht auf der Haupt-CD! Das macht die ursprüngliche Platte kaputt!

FRÄNGE: Aber dieser ganze Rhythmus, den sich eine Band gedacht hat, ist sowieso beim Teufel, weil man eine CD nicht umdrehen muss, da gibt es keine A- und B-Seite. Das war beim Rumknutschen eh immer blöd, weil man nach zwanzig Minuten umdrehen musste.

FÖRSTER: Nur Amateure mussten umdrehen, Profis haben zu Kassetten geknutscht, mindestens C90, noch besser C120, auch wenn die nicht so lange gehalten haben, aber das war ja dann egal.

BROCKI: Also wenn sich die C120 um den Tonkopf gewickelt hat, stand man aber als technischer Laie da.

FRÄNGE: Okay, also dann C90, da muss ich dir ausnahmsweise recht geben.

FÖRSTER: Hört, hört!

FRÄNGE: Und dann passten auf eine Langspielplatte nur etwa vierzig Minuten. Überträgt man das auf eine CD, bleibt praktisch die Hälfte unbespielt. Was für eine Verschwendung!

BROCKI: Dieser Hang, im Zeitalter der CD immer längere Platten zu machen, ist sowieso doof. Hör dir, was weiß ich, *Revolver* von den Beatles an. Das sind wie viel? Ich glaube fünfunddreißig Minuten. Fünfunddreißig Minuten Perfektion! Da klatscht man keine alternativen Versionen dahinter! Da hört man sich diese Perfektion fünfunddreißig Minuten an, lässt das auf sich wirken und freut sich. Dann fängt man vielleicht, aber nur vielleicht, wieder von vorne an.

FÖRSTER: Das geht?

BROCKI: Das geht. Von vorne anfangen ist unproblematisch.

FRÄNGE: Das Entscheidende ist: Man muss nach vorne gucken! Es ist ja nicht so, als würde ich nicht auch ab und an noch Led Zeppelin hören. Oder AC/DC oder was weiß ich. Der Mensch braucht das Heimelige des Bekannten. Aber eben nicht immer. Ich meine, ich könnte das Café Dahlbusch nicht betreiben, wenn ich sagen würde, bis 1980 ist alles gesagt, was Musik angeht. Da kommt so ein Junge rein und fängt an zu singen, und ich sage, Mensch Junge, von wem ist die Nummer, und er sagt: Das ist *Murder me Rachael* von The National, und ich sage: Von wem? Und er wieder: The National. Ich schreib mir das auf, hör mir im Internet ein bisschen was an und bestelle mir ein paar CDs. Zack, eine neue musikalische Erfahrung! Und das war, bevor The National durch die Decke gegangen sind!

BROCKI: Die sind durch die Decke gegangen?

FRÄNGE: Aber so was von!

BROCKI: Durch meine nicht.

FRÄNGE: Bei dir steckt ja auch noch Led Zeppelin drin.

BROCKI: Du willst dich nur jung fühlen, weil du Angst vor dem Tod hast.

FRÄNGE: Du nicht?

BROCKI: Ach Gott, man kann ja nichts dagegen machen.

FRÄNGE: Weiß man nicht.

BROCKI: Weiß man sehr wohl! Bisher hat noch keiner was dagegen gefunden, gegen diesen Tod.

FRÄNGE: Du nimmst das total locker, oder was?

BROCKI: Was heißt locker, ich nehme es eben hin. Und du? Hast du mehr Angst vorm Sterben oder vorm Totsein?

FRÄNGE: Na logo: vorm Totsein. Dieses Ausmaß an Nichts, das macht mich mehr fertig als, sagen wir, eine lange Krebserkrankung.

BROCKI: Kann auch nur einer sagen, der keine hatte. Sterben kann dauern.

FRÄNGE: Ich meine ja nicht, dass das leicht wäre. Wie alle hoffe auch ich, ich falle einfach tot um. Und auf dem Kopfhörer läuft eine total angesagte, frische neue Indie-Band, und wenn sie mich finden, werden sie sagen: Aha, der hat sich bis ins hohe Alter für neue Sachen interessiert!

BROCKI: Oder sie sagen: Aha, der alte Sack wollte sich unbedingt anbiedern.

FRÄNGE: Was ist mit dir, Förster? Wie hältst du es mit Tod und Sterben?

BROCKI: Der ist doch durch seine Werke schon unsterblich.

FÖRSTER: Ich sage es mit Woody Allen: Ich möchte Unsterblichkeit nicht durch meine Werke erlangen, sondern dadurch, dass ich nicht sterbe.

BROCKI: Aber alle anderen sterben, und irgendwann bist du alleine.

FRÄNGE: Brocki und ich wären nicht mehr da.

FÖRSTER: Dann bliebe mir euer Gelaber erspart.

BROCKI: Dann müsstest du die wichtigen Fragen des Lebens selbst abwägen und beantworten. Das überfordert dich, Förster.

FÖRSTER: Es gibt nur eines, das sicher ist: Vor Elvis war nichts.

Pause.

BROCKI: Du sprichst ein wahres Wort gelassen aus, Förster.

Und das war dann der Moment, in dem Dreffke sich vorbeugte und sagte, er könne sich dieses ganze Gequassel nicht mehr anhören, er brauche dringend eine Pause, was Fränge und Brocki natürlich nicht einsahen, weil Dümmer Dammer Berge höchstens eine Dreiviertelstunde her war, aber Dreffke meinte, wenn er schon hier in der Gegend sei, müsse er jemanden besuchen, so viel Zeit müsse sein, es liege auch nicht weit von der Autobahn weg. Die Art, wie er das sagte, duldete keinen Widerspruch, also ließ Fränge sich sagen, an welcher Ausfahrt er rausmusste.

38 Denkmal und Königin

Dreffke dirigierte Fränge über Landstraßen, wobei da nicht viel zu dirigieren war, es ging halt einfach eine lange, meistens streng geradeaus führende, bisweilen sich in sanfte Kurven legende Landstraße entlang, die dann und wann durch ein paar Bäume zur Allee wurde, bevor sie praktisch nackt weitermachte oder durch kleine Orte mit rot geklinkerten Häusern führte, bis Fränge von der Landstraße abbog und sie über eine Schotterpiste zu einem Bauernhaus kamen, das nicht geklinkert war, sondern einwandfreies Fachwerk zu bieten hatte, der Traum eines frustrierten Großstädters, dachte Förster. Dreffke murmelte, er besuche jetzt jemanden, den er seit zwanzig Jahren nicht gesehen habe, und Fränge sagte: »Freund von dir?«, aber Dreffke antwortete nicht, sondern öffnete die Schiebetür und stieg aus. Praktisch im selben Moment erschien ein Mann in Dreffkes Alter in der Tür des Fachwerkhauses. Der Mann mochte Dreffkes Generationsgenosse sein, aber darüber hinaus gab es keine Ähnlichkeiten zwischen den beiden. Dreffke war groß, der andere klein. Dreffke hatte Haare, der andere nicht. Dreffke ging als schlank durch, auch wenn er einen Altersbauch vor sich hertrug, der andere war ziemlich rund. Dreffke trug ein hellblaues Hemd zu einer dunkelblauen Jeans, der andere ein schrill gemustertes Hawaiihemd und kakifarbene Shorts. Die beiden gingen aufeinander zu wie in einem Western-Showdown, und Dreffke legte dem anderen eine Hand auf die Schulter, was Förster frappierend an die Begrüßung der Einheimischen in *Asterix auf Korsika* erinnerte, und er fragte sich, ob er jemals so alt sein würde, dass ihm nicht ständig Bücher, Filme oder Comics aus seiner Kindheit und Jugend einfielen, wenn er die Welt betrachtete. Andererseits gab es natürlich Schlimmeres, wie zum Beispiel sich gar nicht mehr zu erinnern oder gar keine Ähnlichkeiten zwischen der realen Welt und jener der Kunst mehr zu erkennen, denn dann nahm man alles nur noch so hin, was im Wahnsinn oder in der Demenz endete, und bei dem Gedanken wandte er sich Frau Strobel zu, die jetzt klar und wach und fast ein bisschen verwegen in die Welt blickte.

»Der totale Überschwang«, sagte Fränge. »Das sind echte Kumpels.«

Dreffke und der andere standen da wie ein Alte-Freunde-Denkmal, und Förster war richtig froh, dass ihm jetzt *Old Friends* von Simon & Garfunkel einfiel, nicht besonders originell, aber beruhigend weit weg von jeder Form von Demenz, und bei Denkmal dachte er dann auch noch an den gleichnamigen Song von Wir sind Helden, und alles war in Deutsche Markenbutter. Förster war plötzlich richtig aufgekratzt, vielleicht auch deshalb, weil es hier endlich die Chance zu geben schien, ein bisschen was über Dreffke zu erfahren.

Meinte offenbar auch Brocki, der »Das könnte interessant werden« sagte und ebenfalls ausstieg. Nacheinander kletterten sie aus dem Bulli, und Dreffkes alter Freund sah sie ohne sichtbare Regung an, als wäre es das Selbstverständlichste auf der Welt, dass am Samstagmittag ein alter

Bekannter nebst zusammengewürfelter Entourage vor der Tür stand.

»Das ist der Erich«, sagte Dreffke. »Wir sind früher zusammen Streife gefahren und waren dann beide bei der Fahndung.«

Erich nickte nur.

»Das sind Leute, die ich kenne«, fuhr Dreffke fort.

»Schön, wenn man Leute kennt«, sagte Erich. »Du warst ja immer ein Leutekenner.«

»Ja, ja«, sagte Dreffke.

»Der Dreffke konnte immer gut mit Leuten«, sagte Erich. »War immer so ein ganz Charmanter. Fand meine Frau auch.«

Dreffke grinste, Erich nicht.

»Zwanzig Jahre haben wir uns nicht gesehen«, sagte Dreffke, aber das wussten ja schon alle.

»Wegen mir hätten auch ruhig noch ein paar Jahre dazukommen können«, sagte Erich.

»Der macht nur Spaß«, meinte Dreffke, und Erich erwiderte: »Ja, klar!«, lachte aber nicht.

»Kann es sein, dass das jetzt ein kleines bisschen peinlich ist?«, fragte Finn.

Und dann lachte der Erich doch noch und fiel Dreffke um den Hals, aber Förster war sich nicht sicher, ob damit tatsächlich alles wieder gut war, denn irgendwie sah es so aus, als wollte Erich Dreffke das Rückgrat brechen, was allerdings bei Dreffke gar nicht so leicht war. Immerhin fing Dreffke an zu husten, und als Erich merkte, dass sein alter Freund mit dem Husten nicht mehr aufhören konnte, ließ er ihn los, und Dreffke hustete und hustete, ging dabei ein bisschen in die Knie, bis Erich seinen Ellenbogen ergriff, um ihn zu stabilisieren. Dreffke hustete in seine Hand, und als er fertig war mit Husten, war die Hand natürlich ziemlich rot, und alle machten ein betretenes Gesicht, nur Förster kannte diesen Anblick schon. Frau Strobel hatte das alles gar nicht mitbekommen, sondern spazierte über den Hof und blieb gerade vor einem sehr alten 190er Mercedes stehen, der vor einer ebenfalls nicht gerade neu erbauten Scheune stand.

Erich nahm Dreffke mit ins Haus. Förster und die anderen standen etwas blöd herum, bis Erich wieder herauskam und sie hereinbat, er wolle gern einen Kaffee aufsetzen, außerdem könne er Hilfe brauchen, wenn es darum ginge, Dreffkes Leiche wegzuschaffen. Keiner lachte, aber alle gingen ins Haus, außer Förster, der spontan dachte, dass er jetzt ein bisschen Ruhe brauchte, wenn er schon mal auf dem Land war, oder *am* Land, wie man in Süddeutschland gerne sagte, wobei *auf* dem Land eigentlich präziser war, man lief ja praktisch auf dem Land herum, wohingegen es *in* der Stadt hieß, wahrscheinlich, weil man da von hohen Häusern umgeben war, die einem das Gefühl gaben, *in* etwas zu sein, und *auf* dem oder *am* Land war man definitiv draußen, und das war in diesem Moment definitiv gut.

Er ging die Schotterpiste zurück, und nach etwa fünfzig Metern zweigte ein anderer, schmalerer Weg nach rechts ab. Förster kam an einem umgepflügten Feld entlang, wurde von Fliegen und Wespen begleitet und dachte noch, dass er das eigentlich nicht leiden konnte, so viel hektisch fliegende und wespende Natur, aber heute machte ihm das nichts aus, vielleicht auch, weil keine Menschenseele unterwegs war und Förster im Bulli einfach zu viele Seelen um sich gehabt hatte in den letzten Stunden. Seelen machten Arbeit, immer wieder, vor allem die von Brocki und Fränge, bei denen man nun wirklich nicht glauben konnte, dass die schon seit fast fünfzig Jahren auf diesem Planeten unterwegs waren, irgendwie hatten sich deren Streitereien seit der Oberstufe nicht mehr verändert, und was sagt das über mich selbst, dachte Förster, dass ich von denen ebenfalls nicht loskomme? Vielleicht müsste man sich einfach ein paar Stunden auf so ein Feld legen, in die pralle Sonne, oder wenigstens unter einen Baum setzen, da kamen einem ja angeblich ganz tolle Ideen, Newton hatte so immerhin die Schwerkraft erfunden.

Nach zwei- oder dreihundert Metern in der imponierend kräftigen Augustsonne bog er in einen sich rechts anbietenden Weg ein, der in einen kleinen Wald führte. Aus der Sonne in den Schatten zu kommen, das war schon was Feines, nicht zuletzt, dachte Förster, wenn man Förster heißt, der Förster gehört nämlich in den Wald. Bei so einem Wald, da dachte man ja schnell an Märchen, und zu einem Märchen gehört definitiv eine Fee, und genau so eine machte Förster jetzt in etwa fünfzig Metern Entfernung zwischen den Bäumen aus. Sie trug ein langes weißes Feenkleid, hatte einen Korb in der Hand und sammelte offenbar Pilze, war also eine Pilzfee, auch wenn Förster sich fragte, was für Pilze jetzt schossen, man sagte doch immer, dass der Herbst die Pilzzeit sei. Als einer, der mit Winnetou-Filmen aufgewachsen war, hätte er sich natürlich gut anschleichen können müssen, aber wo sollte man es trainieren, wenn man in der Stadt groß geworden war, also trat Förster gleich mal auf einen Ast, und dessen Knacken war laut genug, dass die Fee sich umdrehte und gar nicht mehr wie eine Fee aussah, sondern eher wie eine, also Förster wollte jetzt nicht Hexe denken, denn so fürchterlich sah sie nicht aus, aber sie war schon etwas älter und ging nicht mehr als Fee durch, also war sie wohl, jedenfalls im Märchen, eine Königin.

Die Königin fragte, ob sie Förster helfen könne, und der sagte, er gehe hier nur ein bisschen spazieren, was sie dazu bewog, den Korb ein wenig höher zu heben, als wolle sie sich dahinter verstecken.

»Wir sind zu Besuch bei Erich«, sagte er, und sie ließ den Korb wieder sinken.

»Wer ist wir?«

»Dreffke und ich und ein paar andere.«

Die Brauen der Königin schossen nach oben, und Förster hätte schwören können, dass in ihren Augen ein Licht angeknipst worden war.

»Dreffke ist hier?«

»Er ist mit Erich ins Haus gegangen.«

Die Königin kam näher. Sie war etwas jünger als Erich und Dreffke.

»Regina«, sagte sie.

»Echt?«

»Warum so überrascht?«

»Regina heißt Königin.«

»Das weiß ich wohl.«

»Ich bin Förster.«

»Und Sie stehen im Wald.«

»Nein, ich heiße Förster.«

»Das habe ich mir schon gedacht.«

»Sie kennen Dreffke?«

»Oh ja, schon sehr lange.«

»Ich bin sein Nachbar.«

»Mich hat er mal verhaftet.«

»Ehrlich?«

»Ich hatte schlechten Umgang.«

Ein paar Sekunden lang waren da nur die typischen Waldgeräusche, also das Rauschen der Blätter und das Knarren der Bäume, das vielleicht auch das Hacken eines Spechts war, da war Förster sich nicht so sicher.

»Sie sammeln Pilze? Ich dachte, das geht erst im Herbst.«

»Steinpilze gibt es schon im August. Bleiben Sie zum Essen?«

»Nein danke, wir sind auf der Durchreise.«

Die Königin blickte in ihren Korb und meinte, sie habe jetzt genug Pilze, außerdem sei sie neugierig auf Dreffke. Förster wollte den Weg zurückgehen, den er gekommen war, aber Regina meinte, sie seien hier praktisch direkt hinter dem Grundstück, also folgte er ihr, und wie sie so vor ihm herging, erkannte er, dass sie unter ihrem weißen Kleid offenbar nichts weiter trug. Mann, Mann, dachte Förster, der Erich.

Es dauerte nicht lange, da kamen sie an ein Holztor, das in eine ziemlich hohe Hecke eingelassen war.

»Sehen Sie nur«, sagte Regina. »Da sitzen sie, als wären sie die besten Freunde. Na ja, sind sie ja eigentlich auch.«

Förster blickte durch die Latten des Holztores und sah Dreffke und Erich an einem Tisch auf einer Blumenwiese sitzen. Ein schöner Garten, etwas wild und sehr bunt, er erinnerte Förster ein bisschen an den Nolde-Garten am gleichnamigen Haus. Dreffke und Erich redeten, aber sie lachten nicht, schienen in Ernsthaftes vertieft zu sein.

»Die lachen gar nicht«, sagte Förster. »Wenn so alte Freunde sich treffen, lachen die sonst immer, weil sie sich lustige Geschichten von früher erzählen.«

»Die beiden waren Bullen«, sagte Regina. »Die haben nicht viele lustige Sachen erlebt. Aber in erster Linie liegt es an mir, dass sie nicht miteinander lachen.«

Förster fragte sich, ob es in Ordnung war, nachzufragen, oder ob es sich eher ziemte, über diese Bemerkung einfach hinwegzugehen, aber er war zu neugierig.

»Dreffke hat mich nicht nur verhaftet«, sagte Regina. »Er war bei der Sitte, und ich kannte ihn schon eine Weile, als unser Laden hochging. Das hatte weniger mit dem zu tun, für das Dreffke und Erich zuständig waren, sondern mit Geld aus einem Überfall, aber damit will ich Sie nicht langweilen.«

Klar, dachte Förster, eine sechzigjährige, noch immer attraktive Königin in einem durchsichtigen weißen Kleid erzählt Geschichten aus der Halbwelt, von leichten Mädchen und schweren Jungs, Überfälle inklusive – todlangweilig. Er beließ es dabei.

»Machen wir es kurz, ich habe mich in ihn verknallt, aber er sich nicht in mich, dafür aber der Erich. Ich kam in den Knast, und als ich rauskam, ging ich nach Australien, habe da geheiratet, ein paar Kinder großgezogen und bin zurückgekommen. Dreffke war immer noch mein Schwarm, aber er hatte seine Frau, seine große Liebe. Also fing ich was mit Erich an. Ein Mal, ein einziges Mal konnte Dreffke mir nicht widerstehen, darüber ist Erich kaum hinweggekommen.«

Förster nickte. »Die Zeit heilt eine Menge.«

»Aber eben nicht alle Wunden«, sagte Regina und öffnete das Tor. Dreffke und Erich schossen hoch und standen plötzlich sehr dicht beieinander. So, dachte Förster, müsste man sie jetzt in Stein meißeln. Goethe und Schiller in Weimar praktisch nichts dagegen.

39 Hatercookies

Diese rot geklinkerten Dörfer, durch die sie jetzt wieder rollten, hatten Förster schon als Kind deprimiert. Hier war irgendwie immer Wochenende. Zu Hause konnte man die Werktage und Wochenenden ganz gut voneinander unterscheiden, Montag bis Freitag war es lauter, es fuhren mehr Autos, die Geschäfte hatten geöffnet, die Leute waren wacher und auch hektischer, aber am Sonntag, da lungerten sie herum, waren langsam, treibende Quallen eben, selbst wenn sie Sachen erledigten, die unter der Woche liegen geblieben waren. Ganz allgemein fielen der Samstagnachmittag und der gesamte Sonntag total aus der Reihe, aber dann kam man zum Beispiel im Urlaub in diese kleinen Städte, und da fühlte sich jeder Tag wie Sonntag an. Förster hatte das nie gemocht, dieses Langsame, Selbstzufriedene, diese Haltung, dass die Städter sich nicht so aufspielen sollten. Das war so eine Sache, die man als Kind verstand, ohne es zu verstehen, aber als Jugendlicher ging es dann los, dass man es richtig begriff, und dann kam eine Phase des Zorns, bis man irgendwann beim Deprimiertsein anlangte.

»Jetzt ist Mittagessenszeit«, sagte Fränge irgendwann, und Brocki stöhnte auf, Finn lachte, Frau Strobel fragte, was los sei, und Dreffke schwieg. Bevor eine echte Diskussion aufkommen konnte, bog Fränge auf den Parkplatz eines kleinen Edeka ein. Brocki schüttelte nur den Kopf, Finn sagte, er brauche ein Hanuta, Frau Strobel fragte, ob sie schon da seien, und Dreffke schwieg weiter, stieg aus, blieb aber vor dem Laden stehen. Fränge und die anderen gingen rein, auch Brocki. Dreffke und Förster stellten sich an den Straßenrand und sahen den Autos zu, die vorbeifuhren.

»Alles gut?«, fragte Förster.

»Klar«, gab Dreffke zurück. Und fuhr nach einer Pause fort: »War gut, dass ich da war. Wer weiß, wie lange ich noch mache mit dieser Husterei.«

»Erich schien nicht begeistert.«

»Der ist immer so.«

»Und um Erich ging es auch gar nicht, was?«

Dreffke atmete durch. »Ach, irgendwie schon.«

»Tolle Frau, die Regina.«

»Immer gewesen.«

»Bereust du irgendwas?«

»Ich hatte die tollste Frau der Welt. Und bereuen bringt nichts.«

»Vielleicht steigst du ja auch noch mal in den Ring.«

»Kann ich dem Erich nicht antun.«

»Muss ja nicht die Regina sein.«

Dreffke grinste. »Soll ich deine Moni anbaggern?«

»Aber nur in deiner knappen roten Badehose!«

»Was hast du gegen das Teil?«

»*Du* kannst das tragen, Dreffke, ist alles in Ordnung.«

»Die passt noch, wieso soll ich mir eine neue kaufen?«

»Hab ich gar nicht gesagt.«

»Ich hol mir ein Bier. Willst du auch eins?«

Förster war nicht in der Stimmung für Bier am Mittag, außerdem musste er ja noch beifahren, aber er wollte

Dreffke auch nicht alleine trinken lassen, alleine trinken, das war noch deprimierender als ewige Wochenenden in rot geklinkerten Käffern, also nickte er und meinte, man sei ja nicht zum Vergnügen unterwegs, konnte aber Dreffke nicht mal ein Grinsen abringen, was sicher zum einen an der Qualität der Formulierung, zum anderen an Dreffkes Gemütszustand lag, und da war ein Mittagsbier vielleicht nicht das Schlechteste.

Im Edeka war ein ziemliches Gedränge, denn der Laden war klein, eng und niedrig. Fränge fanden sie vor dem Regal mit den Süßigkeiten, und er kriegte sich überhaupt nicht mehr ein.

»Hey Förster«, sagte er, »hast du gesehen, was die hier haben? Die haben Hatercookies!«

»Hatercookies? Was soll das sein?«

»Na, diese Typen, die sich anonym im Internet über alles Mögliche auskotzen, nennt man die nicht Hater? Und für die gibt es hier Kekse!«

»Ich dachte, Cookies sind so Krümel, die andere Computer auf meinem hinterlassen, damit die wissen, was ich für Sachen einkaufe und so.«

»Ja, ja, das auch, aber dann sind da noch die Hater. Das Netz ist voller Hater, ehrlich, und das da sind ihre Cookies.« Fränge zeigte ins Regal: »Die Dinger sind so komisch gestapelt, dass man die Aufschrift auf den Packungen nicht richtig erkennen kann, und ich habe da gerade Hatercookies gelesen. Tatsächlich sind es aber *Hafer*cookies! Das Leben wäre viel lustiger, wenn man sich öfter verlesen würde. Hatercookies – wie geil ist das denn?«

»Weiß ich nicht, Fränge.«

»Was?«

»Das heißt Bitte, und ich weiß nicht, wie geil das ist, das mit den Hatercookies.«

»Du wirst es noch erfahren, denn ich werde die jetzt kaufen, diese Hatercookies.«

»Mach das«, sagte Förster und ließ ihn stehen. Dreffke war schon wieder an der Kasse, auf dem Band standen zwei Dosen, es ging ihm also nicht darum, sich zuzuschütten, sondern nur um ein gepflegtes Mittagsbier.

Frau Strobel war bei Obst und Gemüse zugange, tastete alles ab wie eine Sterneköchin, die für den Abend im Luxusrestaurant einkaufte. Förster kannte sich mit so was nicht aus, er kaufte einfach, musste aber zugeben, dass er Obst, das sich zu weich anfühlte, wieder zurücklegte, nur war er kein professioneller Betaster, wie das Frauen aus der Generation von Frau Strobel waren, die man jederzeit in einer TV-Quizsendung als Telefonjoker für alte Sitten und Gebräuche oder Rezepte und Kräuter und Ähnliches einsetzen konnte. Förster und Moni hatten mal mit Monis Mutter *Wer wird Millionär* gesehen, und da hatte die Mutter für die Frage, aus welcher Pflanze Safran gewonnen wird, keine vier Antwortmöglichkeiten gebraucht, sondern wie auf Knopfdruck »Krokus« gesagt und sich dann gewundert, dass Förster das nicht wusste, das sei schließlich Allgemeinwissen. Dass Förster dafür fast sämtliche Fragen aus dem Bereich Populäre Musik oder Film hatte beantworten können, hatte die Mutter nicht beeindruckt, schließlich wurde man von diesem Wissen nicht satt. Inwiefern man satt wurde, wenn man wusste, was man aus Krokus machen konnte, hatte Förster dann lieber nicht gefragt, dafür aber an die gleichnamige Schweizer Heavy-Metal-Band denken müssen.

Er ließ Frau Strobel weitertasten, so war sie wenigstens

beschäftigt. Er streifte durch den Supermarkt, dachte darüber nach, das eine oder andere zu kaufen, verwarf alle Ideen wieder und stand schließlich vor dem Viertelregal, in dem es das für so einen Laden typische, sehr schmale Schreibwarenangebot zu bewundern gab, und da fiel sein Blick auf ein paar schwarze DIN-A5-Schulhefte mit gelblichen Namens-Etiketten. Daneben hingen in Plastik und Pappe verpackte Gel-Schreiber, und das brachte Förster auf den Gedanken, dass diese merkwürdige Fahrt es wert wäre, für die Ewigkeit festgehalten zu werden, also stellte er sich mit dreien dieser Hefte und zwei Gel-Schreibern in die Schlange an der Kasse.

Draußen drückte Dreffke ihm eine bereits geöffnete Dose in die Hand und stieß mit ihm an.

»Wenn man unterwegs ist, ist Dose Pflicht«, meinte Dreffke.

»So sieht es aus.«

Dreffke warf einen Blick auf die Hefte in Försters Hand. »Musst du noch Hausaufgaben machen?«

»Ich dachte, man wird doch gegen so eine Gewebeentnahme auch mal anschreiben dürfen.«

»Definitiv.«

Es dauerte noch etwas, bis Finn, Brocki und Fränge aus dem Laden kamen. Finn mit einem Hanuta, Brocki hatte sich für einen halben Liter Milch entschieden und Fränge drei Packungen von seinen Hasskeksen in der Hand. »Hatercookies, man glaubt es nicht!« Er riss die erste Packung auf und verdrückte einen Keks. »Und lecker sind die Dinger auch noch!«

»Fehlt nur noch die Queen«, stellte Brocki fest. »Wo habt ihr die denn vergessen?«

40 *In letzter Zeit nimmt es überhand*

Frau Strobel war nirgends zu sehen. Förster ging zurück in den Supermarkt, aber auch da keine Spur. Es wurde kurz beraten, und die Mehrheit fand, die gute Frau könne nicht weit sein in diesem kleinen Kaff, also machten sich Förster und Dreffke in unterschiedlichen Richtungen auf die Suche, während der Rest lieber am Bulli warten wollte, vorgeblich, um Frau Strobel abzufangen, falls sie von alleine wieder auftauchte, tatsächlich aber, vermutete Förster, weil sie alle vom Einkaufen schon wieder so schlapp waren, dass sie dringend eine Pause brauchten, bevor die Strapazen dieser beschwerlichen Reise weitergingen. Jedenfalls guckten sie alle ziemlich müde, nur Dreffke hatte das aufgesetzt, was er selbst seinen Bullenblick nannte, ein Blick, der ihn streng und professionell, fast ein bisschen böse wirken ließ.

Dreffke ging nach links, Förster nach rechts, und schon nach wenigen Minuten war er aus dem Ort raus, auf der Landstraße. Er blickte sich um und dachte an den Spruch »Hier möchte man nicht tot überm Zaun hängen«, der hier besonders wahr wirkte, denn wahrscheinlich würde es hier überhaupt nicht auffallen, wenn man längere Zeit schlaff und leblos über so einem Jägerzaun hing. Nicht entdeckte Leichen, Menschen, die keiner vermisst – deprimierender ging es ja nun nicht.

Frau Strobel aber hatte es gut, die wurde ja nicht nur vermisst, sondern sogar gesucht. Und in genau diesem Moment auch gefunden, und zwar – wie Förster mit einem gewissen Stolz feststellte – von ihm und nicht etwa von dem Profi mit dem Bullenblick.

Frau Strobel stand im Straßengraben, wirkte dadurch noch kleiner als ohnehin schon, und betrachtete ein schlichtes Holzkreuz, unter dem eine rote Friedhofskerze brannte. Tot überm Zaun mochte hier nichts Besonderes sein, aber tot im Graben, das brachte einem zumindest ein Holzkreuz ein.

»Da hat sich einer totgefahren«, sagte Frau Strobel.

»Sieht so aus«, antwortete Förster.

»Geht schnell, heutzutage.«

»Ging schon immer schnell, glaube ich.«

»Ach, Herr Förster, Sie haben doch keine Ahnung!«

»Das mag sein.«

Sie blickten ein paar Sekunden schweigend auf das Holzkreuz, dann bat Frau Strobel Förster, ihr aus diesem Graben herauszuhelfen, schließlich wolle sie hier keine Wurzeln schlagen. »In dieser gottverdammten Einöde«, fügte sie noch hinzu. Förster tat wie befohlen, und sie machten sich auf den Rückweg in den Ort.

»Darf ich Sie fragen, was Sie hier wollten, Frau Strobel?«

»Ich dachte, ich hätte jemanden gesehen, den ich von früher kenne. Eine Frau.«

»Ach ja? Wen denn?«

»Wenn ich Ihnen das sage, halten Sie mich für noch bekloppter als ohnehin schon.«

»Ich halte Sie nicht für bekloppt.«

Frau Strobel schien erst noch ein wenig nachzudenken,

ob sie ihn da beim Wort nehmen konnte, entschied sich dann aber, ihm zu vertrauen.

»Ich hatte gedacht, ich hätte mich selber gesehen. Nur jünger, verstehen Sie?«

»Ich glaube schon.«

»Manchmal habe ich den Eindruck, man läuft sich ständig selbst über den Weg«, sagte Frau Strobel und klang ernsthaft verärgert. »Das ist kein Zustand, Herr Förster! Wie oft gibt es einen denn? Zwei-, dreimal, das lasse ich mir ja noch gefallen, aber in letzter Zeit nimmt es überhand! Ich finde es auch komisch, dass die sich untereinander nicht kennen! Also, dass die Jüngeren über die Älteren nicht Bescheid wissen, das leuchtet ein, aber die Älteren müssen sich an die Jüngeren erinnern, das tue ich doch auch. Ich rede mit denen, und die gucken mich an, als wüssten sie gar nicht, wer ich bin. Die meisten Menschen kennen sich selbst nicht mehr, Herr Förster, ist das nicht schlimm?«

»Das ist traurig, Frau Strobel.«

Sie blieb stehen, fasste Förster am Arm und sagte: »Herr Förster, ich bin so alt, das können Sie sich gar nicht vorstellen.«

»Sie sind gar nicht so alt, Sie sind nur schon lange auf der Welt.«

»Mein Großvater hat noch den Kaiser gesehen. Er hat davon erzählt, wie der Kaiser in einer offenen Kutsche durch die Stadt gefahren ist, nur ein paar Meter von meinem Großvater entfernt. Immer wieder hat er das erzählt, immer wieder mit neuen Einzelheiten. Irgendwann habe ich geglaubt, ich hätte selbst den Kaiser gesehen. Und wissen Sie, ich habe auch schon gedacht, ich sei die Kaiserin. Verrückt, nicht?«

»Sie wären eine tolle Kaiserin, Frau Strobel.«

»Es ist so merkwürdig, wenn man langsam blöde wird.« Sie atmete tief durch. »Jetzt müssen Sie mir aber noch eine Frage beantworten, Herr Förster.«

»Wenn ich kann.«

Sie sah ihn an, ihre Augen waren ganz klar.

»Wo fahren wir hin? Ich habe vergessen, wo wir hinfahren.«

Förster sagte es ihr.

»Die Ingrid«, murmelte Frau Strobel. »Das wird schön. Die Ingrid ist eine Gute. Man merkt es nur nicht sofort. Wir haben immer sehr viel Spaß gehabt, die Ingrid und ich. Sehr viel Spaß.«

Hinter ihnen räusperte sich jemand, und als Förster sich umdrehte, stand da Dreffke.

»Du hast sie also gefunden«, sagte Dreffke.

»Wer hier wen gefunden hat, ist nicht ganz klar«, gab Frau Strobel zurück.

»Wo war sie denn?«, wandte sich Dreffke an Förster. Frau Strobel fiel ihm ins Wort und sagte: »Sie war spazieren. Aber jetzt wird es Zeit, dass wir weiterfahren. Also nicht trödeln, meine Herren.«

Als sie zum Bulli kamen, sagte Fränge: »Ihr werdet das vielleicht nicht gerne hören, aber wir müssen noch woanders einen kleinen Zwischenstopp machen. Liegt praktisch direkt auf dem Weg.«

41 Liguster

Förster war kurz davor nachzufragen, was bei Fränge »praktisch auf dem Weg« hieß, denn sie kurvten jetzt schon eine ganze Weile über die Dörfer, doch die anderen beschwerten sich nicht, hatten sich offenbar damit abgefunden, dass auf dieser Reise der Weg schon das erste Ziel war, eine geradezu buddhistische Gelassenheit erfüllte diesen Bulli.

»Weißt du«, sagte Fränge irgendwann, »in Gegenden wie dieser hier möchte ich eigentlich nicht leben, aber mir geht auch durch den Kopf, dass man hier ziemlich sicher vor Selbstmordanschlägen ist.«

Brocki seufzte. »Der Kopf, durch den das geht, kann nicht gesund sein.«

»Aber ehrlich, in der Stadt muss man mittlerweile mit allem rechnen.«

»Dafür muss man hier immer damit rechnen, dass einer im Weinbrand-Rausch mit seiner Jagdflinte Amok läuft. Dann lieber Selbstmordattentäter, da bist du wenigstens Teil des Weltgeschehens.«

»Egal, wir sind da«, sagte Fränge und hielt vor einem Haus aus (Überraschung!) roten Backsteinen, das aber nicht aussah wie all die anderen, gedrungen dastehenden Häuser aus roten Backsteinen, die diese Gegend so bedrückend berechenbar machten, sondern mehr wie ein altes

Amtshaus oder eine alte Schule, geschmackvoll restauriert, abgeschliffene Fensterrahmen, alles frisch verfugt. Fränge war gerade erst ausgestiegen, hatte kaum drei Schritte auf das Haus zugemacht, da ging auch schon die grüne, reich verzierte Eingangstür auf, eine Frau in Jeans und T-Shirt trat heraus und rief: »Was willst du denn hier?«

Förster sagte: »Ach, Fränge, das ist jetzt nicht dein Ernst!«

Fränge erwiderte: »Reg dich ab, Förster.«

Und Brocki: »Wo ist der Selbstmordattentäter, wenn man ihn braucht?«

»Du hättest anrufen können!«, rief die Frau, die nicht im Entferntesten aussah wie eine Hecke (wie Fränge neulich behauptet hatte), nicht Liguster und nicht Hainbuche, auch nicht Eibe, mehr fielen Förster nicht ein. Aber es wäre eh alles falsch gewesen, weil Heike fast besser aussah als damals, so frauenhaft und im besten Sinne reif, die strahlt ja, dachte Förster, die strahlt quer durch den kleinen Vorgarten bis auf die Straße, wo es sowieso schon sommerlich hell ist, aber durch sie noch ein bisschen heller wird.

Plötzlich stand Dreffke neben ihm und sagte: »Förster, man sieht dir an, dass du Kitsch denkst. Hör auf damit!«

Nacheinander kletterten auch Finn, Frau Strobel und Brocki aus dem Bulli. Heike musterte einen nach dem anderen. »Was ist denn das für eine Prozession, Frank? Seid ihr unterwegs ins Gelobte Land?«

»Nur an die Ostsee, Heike.«

»Und da dachtest du, unterwegs gehe ich mal meiner Schwester auf die Nerven.«

»Na ja, neulich haben wir über dich gesprochen, und jetzt waren wir in der Nähe, also dachte ich: wieso nicht?«

Förster meinte Heike anzusehen, dass sie einerseits

nicht gerade vor Freude von den Socken war, dass an einem Samstagmittag so eine wilde Gruppe bei ihr vor der Tür stand, sie andererseits schon immer über die schwachsinnigen Ideen ihres kleinen Bruders hatte lachen müssen.

»Dass du hier nicht fehlen darfst, war klar«, sagte Heike, als Brocki vor ihr stand.

»Einer muss doch auf den Bengel aufpassen«, erwiderte Brocki. Sie umarmten sich.

Als dann Förster näher kam, wechselte sie Stand- und Spielbein. Sie sagte: »Und wenn ich dich sehe, fallen mir alle meine Sünden wieder ein!«

»Es war nur eine, Heike.«

»Und aus dir ist trotzdem was geworden.«

»Darüber gehen die Meinungen auseinander.«

Sie umarmte ihn und flüsterte: »Förster, du Jugendsünde!«

Heike machte Tee für Frau Strobel und Kaffee für alle anderen. Förster sah sich um. Kein Mann war aufgetaucht, keine Kinder, aber neben der Tür lungerten Schuhe herum, die nahelegten, dass beides hier vorhanden war. Er fragte nach, und Heike sagte, während sie Milch für den Cappuccino ihres Bruders aufschäumte, dass ihr Mann und ihre Tochter bei einem Leichtathletik-Wettkampf seien, zu dem sie leider nicht habe mitgehen können, weil sie bis Montag noch einen Text aus dem Tschechischen zu Ende übersetzen müsse, womit sie in Försters Ohren zweierlei mitteilte, einerseits nämlich, dass sie sich sonst sehr wohl für die sportlichen Aktivitäten ihrer Tochter interessierte und sich die Reisegruppe Dahlbusch/Förster andererseits nicht einbilden sollte, sie könnten hier den ganzen Tag verbringen. Wobei speziell Förster sich das gut hätte vorstellen können, denn das Haus gefiel ihm, im Eingangsbereich dunkler, grober Holzboden, hier in der individuell eingerichteten Küche Steinfliesen, eine Kochinsel in der Mitte, hängende Töpfe und Pfannen wie im Film. Die Wände weiß, am Kühlschrank ein paar Magneten, dezente Eleganz, und durch die geöffnete Terrassentür gelangte man in einen Garten mit hochwachsenden Blumen in allerlei Farben, ein Garten, der einen wünschen lässt, dachte Förster, man hätte im Biologieunterricht besser aufgepasst, um die ganze Schönheit auch beim Namen nennen zu können, mal abgesehen von dieser unpassend perfekt geschnittenen Hecke, die das Grundstück nach hinten begrenzte.

Als all die Heißgetränke fertig waren, hatten sich zwei Gruppen gebildet: Finn, Dreffke und Frau Strobel saßen auf der Terrasse in der Sonne, während Fränge, Brocki und Förster mit Heike in der Küche standen, an Herd, Kühlschrank oder Tisch (natürlich Holz) gelehnt, Tassen in den Händen.

»Also jetzt ganz ehrlich«, sagte Heike, »was wollt ihr hier? Ich meine, Frank, du hast seit mindestens zwei Monaten nicht mehr angerufen, und Förster und Brocki habe ich praktisch seit Jahrzehnten nicht gesehen, und plötzlich steht ihr vor der Tür. Mit einem Bulli. Wem gehört der überhaupt?«

»Das ist meiner«, sagte Fränge. »Da kommen noch ein Gestell und eine Matratze rein, und dann kann man damit ab durch die Mitte.«

»Wieso sollte man das wollen?«

»Fränge macht die berühmte Krise in der Mitte des Lebens durch«, sagte Brocki.

»Wenn es nur die Mitte wäre! Aber das Beste ist vorbei, mein Freund, und wir haben es nicht mal als das Beste erkannt!«

»Der Bulli ist also deine Harley«, sagte Heike.

»Ein Bulli ist ein Bulli ist ein Bulli, hat schon Gertrude Stein gesagt«, meinte Fränge. »Manche Dinge sind nur sie selbst und stehen nicht für was anderes, schon gar nicht für was Kaputtes in ihrem Besitzer, überlasst also die Psychologie den Profis oder den Milchmädchen.«

»Milchmädchen?«, wunderte sich Brocki. »Es heißt Milchmädchen-Rechnung, nicht Milchmädchen-Psychologie, also müsste man die Mathematik den Milchmädchen überlassen, nicht die Psychologie. Es sind Unschärfen wie diese, die dich ruinieren werden, Fränge!«

»Das war keine Unschärfe, Brocki, sondern sprachliche Kreativität, frag den Profi hier.« Fränge deutete auf Förster.

»So kreativ war es nun auch nicht«, antwortete der, »den Begriff Milchmädchen-Psychologie habe ich schon ziemlich oft gehört, und nicht nur von Fränge.«

»Du bist so lange ohne Bulli ausgekommen«, sagte Heike zu ihrem Bruder, »wieso willst du ausgerechnet jetzt ab durch die Mitte?«

»Wieso nicht?«

»Die Uli macht ihm Stress«, warf Brocki ein.

»Aha.«

»Ja, ja, aha«, machte Fränge.

»Die Uli macht Stress«, sagte Heike. »Einfach so.«

»Er hat was mit einer seiner Kellnerinnen«, petzte Brocki.

»Ach nee, Frank, das ist jetzt nicht dein Ernst!«

»Das ist kompliziert. Man kann es nicht so einfach reduzieren auf *Der hat was mit 'ner Kellnerin*, also das hört sich total bescheuert an.«

»Das ist ja auch bescheuert!«, sagte Brocki.

»Andererseits wird er seine Gründe haben«, schwenkte Heike auf Bruderkurs, denn selbst, dachte Förster, wenn sie geneigt ist, ihn, was die Sache mit der Uli betrifft (über welche sie noch so gut wie nichts weiß), für einen Idioten zu halten, heißt das noch lange nicht, dass sie ihn hier in ihrer Küche an die Wand stellt, mit dem Rest der Anwesenden als emotionales Erschießungskommando, dem sie den Feuerbefehl gibt, denn Fränge ist und bleibt ihr kleiner Bruder, den sie erst mal gegen alles und jeden verteidigen würde, um ihn dann, im stillen Kämmerlein, selbst in den Senkel zu stellen, wie man so unschön sagt.

»Aber«, machte Heike weiter, »du bist bestimmt nicht hier, um in Gegenwart deiner Kumpels deine große Schwester über deine Ehekrise zu informieren, oder?«

»Ach, ich wollte eigentlich nur Hallo sagen.«

»Komm, hör auf!«

»Und ich dachte, der Förster, der wollte dich bestimmt auch mal wiedersehen.«

»Das hat er ja nun.«

»Mensch, Heike, ich habe erst neulich erfahren, dass du und der Förster ... Also dass ihr ...«

Heike lachte und schüttelte den Kopf. »Ach Frank, du warst immer eifersüchtig auf meine Freunde. Wenn ich mit einem in meinem Zimmer geknutscht habe, hast du nebenan AC/DC aufgedreht. Das war zum Totlachen.«

»Aber mit einem meiner Kumpels ...«

»Immerhin war es nicht Brocki.«

»Das hätte noch gefehlt.«

»Nein, nein, das lag außerhalb jeder Möglichkeit.«

»Hey, ich stehe neben euch!«, sagte Brocki.

»Was soll ich denn jetzt machen, Frank?«, wollte Heike wissen. »Was kann ich tun, damit du wieder ruhig schlafen kannst?«

Fränge zuckte mit den Schultern. »Weiß auch nicht.«

»Aber schön, dass wir drüber geredet haben, oder was?«

Fränge blickte zu Boden. »Vielleicht. Ich weiß auch nicht. Ich bin doof.«

»Das ist ja nun nichts Neues.«

Sie schwiegen noch ein paar Sekunden, dann stellte Förster seine leere Tasse, in der nur noch etwas Milchschaum quoll, in die Spüle und gab damit das Signal zum Aufbruch. Brocki gab Dreffke ein Zeichen, und die anderen drei kamen herein, Finn trug die Tasse von Frau Strobel. Heike umarmte ihren Bruder zum Abschied besonders lange und flüsterte ihm etwas ins Ohr. Im Hinausgehen fragte Förster noch, ob die Hecke im hinteren Teil des Gartens Liguster sei.

»Die hat der Nachbar gepflanzt«, sagte Heike. »Ich hasse das Teil. Ist mir zu ordentlich.« Und dann küsste sie ihn ganz leicht auf die Wange und legte dabei eine Hand auf seinen Rücken.

42 *Ruhe im Schiff*

Dann wurde auch endlich mal über eine längere Zeit nicht geredet oder gestritten, es war also praktisch Ruhe im Schiff, und während Finn Musik hörte, Frau Strobel wieder mit offenem Mund pennte, Dreffke und Brocki aus dem Fenster sahen und Fränge sich ausnahmsweise aufs Fahren konzentrierte, dachte Förster ein bisschen nach. So etwas kann ja nie schaden, einfach mal nachdenken, dachte er, über diese Reise und was sie bisher erlebt hatten, was ja, bei Licht besehen, wie man so sagte, nicht gerade viel war, also Dümmer Dammer Berge, Dreffkes Freund und Dreffkes Geliebte, Fränges Schwester und die ewigen Streitereien zwischen Fränge und Brocki, da war es schon spannender, dass Frau Strobel bisweilen sich selbst über den Weg lief und ihr Opa noch den Kaiser gesehen hatte. Morgen wirst du fünfzig, sagte Förster in Gedanken zu sich selbst, und nun machst du einen Trip, den du so oder so ähnlich mit zwanzig oft genug gemacht hast. Was erwartest du dir davon? Ich erwarte mir gar nichts, antwortete er sich selbst, von so was erwartet man sich nichts, man macht es einfach. Aha. Was Aha? Also, wenn man sich mit fünfzig ... Mit neunundvierzig. Also, wenn man sich mit neunundvierzig mal eben so in einen Bulli setzen und mit ein paar anderen Leuten an die

Ostsee donnern kann, geht es einem vielleicht nicht so schlecht, wie man glaubt, oder?

Daran hatte Förster ein wenig zu knabbern.

Und hakte nach: Du hast eine tolle Frau, ein paar Freunde und kannst jeden Tag ausschlafen.

Ja, ja.

Ich habe das Gefühl, da schleicht sich ein Aber an.

Das schleicht sich nicht an, das kommt mit Getöse den Hügel herunter und trifft einen mittschiffs im Tal, da, wo man unbeweglich und verletzlich ist, und das Aber fragt, was man hier noch soll, so unzulänglich wie man ist, teilnahmslos im wahrsten Sinne, denn dieser Förster, der ich ist oder zu sein vorgibt, ist vor allem eine faule Sau, er beteiligt sich nicht an den zeitgenössischen Debatten, hat keine klare Meinung zu E-Books, findet Krieg und Terror natürlich ziemlich schlecht und bedauert die Entfremdung des Individuums im digitalen Zeitalter, wobei man fragen müsste: Entfremdung wovon? Aber wenn du so was in den Raum stellst: Entfremdung des Individuums, dann nicken erst mal alle, und wenn nicht alle, dann wenigstens viele, viel zu viele, als dass man es noch ernst nehmen könnte. Dann ziehst du so völlig un-entfremdet (denn im Zug, auf der Autobahn und in den winzigen Fußgängerzonen der Kleinstädte, da bist du ganz bei dir selbst und dummerweise auch bei den anderen, da wünschst du dir Entfremdung, kriegst aber keine, sondern nur 100 % echtes Leben, wie es schlecht gekleidet lacht und stinkt), also völlig mittendrin in allem ziehst du über die Dörfer und liest den Scheiß vor, den du geschrieben hast, und verlierst die Achtung vor allen, die das so superduper finden, dass sie sich hinterher kaum einkriegen, und im Bett liest du Bücher von Leuten, die viel besser sind als du. Das gab es früher auch schon, aber heute sind die Leute, die diese Sachen schreiben, zwanzig Jahre jünger, also suchst du im Fernsehen nach Vollidioten, auf die du herabblicken kannst, aber da kommt es dir dann auch wieder hoch. Gott sei Dank gibt es aber moderne technische Geräte, die dich vom gemeinen (nie war ein Wort treffender) TV-Programm unabhängig machen, da begegnest du aber prompt wieder der Brillanz, die du selber gern hättest, was dich einen Moment erfreut und dann stundenlang deprimiert, diese Kluft zwischen dem Wollen und Können, der Neid auf jene, die diese Kluft nicht kennen oder fähig sind, sie zu ignorieren. Du hast einfach von nix 'ne Ahnung, oder wenigstens von kaum was, und die anderen, die wirken so viel schlauer, die durchblicken alles und bringen es auf den Punkt, du selbst schreibst und redest immer wieder haarscharf an diesem Punkt vorbei, nicht wirklich schlecht, aber eben auch nicht richtig gut. Dir fällt sie eben auch nicht ein, die große sinnliche, aber auch intellektuelle Erzählung über das ganze Hier, das ganze Jetzt, den Terror, die Krisen, die Flüchtlinge, das Mit- und Gegeneinander der Kulturen und die Werbung, die schreit: Das Beste oder nichts, und eigentlich stimmt das, das stimmt so, dass es wehtut, aber dann kannst du auch aufhören, nur dass du dann eben auch komplett am Ende bist, also vollständig komplett, denn dann gibt es nicht nur nicht mehr die Butter auf dem Brot, sondern irgendwann nicht mal mehr das Brot, und du kannst dich nur noch von einem Auto überfahren lassen, damit es wie ein Unfall aussieht, weil: Freitod hat was Selbstmitleidiges, und *Selbstmitleid,* das war schon der Titel über deinem Leben, dann soll wenigstens dein Sterben eine andere

Überschrift haben. Andererseits: Nach Unfall muss es nur aussehen, wenn jemand die Lebensversicherung kassieren soll, die du tatsächlich vor gefühlten Äonen abgeschlossen hast, aber du hast ja niemanden in die Welt gesetzt, für den dein Tod lukrativ sein könnte. Das mit den Kindern, der Ehe, der Familie und dieser ganzen Bedeutung, die du erlangst, wenn du zum Fortbestand der Art beigetragen hast, ganz zu schweigen von diesem Ausmaß an Liebe, das dich, nach übereinstimmenden Aussagen aller Betroffenen, durchströmen soll, ein Ausmaß und eine Art von Liebe, die du vorher nicht gekannt hast und danach nicht mehr erleben wirst, das alles ist an dir vorbeigegangen, in einiger Entfernung sogar, du wirst sterben, ohne diese Ur-Erfahrungen gemacht zu haben. Na gut, jetzt wirst du so etwas wie ein Großvater, weil die Tochter deiner Freundin ein Kind erwartet, aber das wird nicht das Gleiche sein, das ist nur Surrogat, das sind nicht deine Gene, die da weiterleben. Da wird wahrscheinlich große Zuneigung sein, aber nicht diese tiefe, das Universum durchdringende, die Physik hinter sich lassende Liebe, also wird dieses Kind dir nur wieder deine Mittelmäßigkeit und dein Versagen vor Augen führen, ein Gedanke, der aber schon wieder vor Selbstmitleid trieft, genauso wie der, dass du manchmal denkst, du lebst nur noch deshalb, weil du dich nicht entscheiden kannst, wie du dich umbringen sollst.

Was natürlich auch wieder Quatsch war, weil es ihm ja gut ging, dachte Förster, vor allem, weil er eine tolle Frau hatte und damit mehr, als viele in seinem Alter von sich behaupten konnten. Trotzdem hatte er das Gefühl, er habe nie genug riskiert, und deshalb war das Beste jetzt vorbei. Nur: Was war das Beste? Wieso hatte er es nicht festgehalten und in einen Tresor gesperrt? Und bei Tresor dachte er wieder, dass er eigentlich Anfang der Neunziger nach Berlin gemusst hätte, der Mauerfall, das prägende Ding seiner Generation, also, das hätte er schon mitnehmen sollen, aber da war er ja lieber irgendwo hocken geblieben, von wo die anderen alle weggelaufen waren. Was aber nicht Mut gewesen war, wie er sich lange eingeredet hatte, sondern Faulheit vor dem Feind, Feigheit in der Sonne, und überhaupt: Freitod, was für ein Schwachsinn, Förster hatte genau wie Fränge viel zu viel Angst vor dem Totsein, was man nicht mit der Lust zu leben verwechseln sollte. Schön wäre, dachte Förster weiter, eine Art Zwischenexistenz, in der man nicht lebt, also auch nicht darüber nachdenken muss, was man anzieht, was man isst und wie man das Geld für die Miete zusammenkriegt, aber trotzdem alles mitbekommt, also nicht tot ist. Diese Zwischenexistenz wäre etwa so, als würde man den ganzen Tag fernsehen. Kein Problem, dachte Förster, solange man das Programm selbst bestimmen kann. Das ist das Tolle an einer Existenz im Überfluss: Du kannst Depressionen kriegen, ohne groß gelitten zu haben, ohne Krieg und Vertreibung und Völkermord, einfach nur durch Zuvielwissen und Nochmehrahnen, weil, wer gesund ist, nur uninteressant wird und man das mit der ganzen Angst, die einem eingeredet wird, einfach glauben muss, weil sonst die, die einem diese Angst einreden, keine Existenzberechtigung mehr haben, und das will man ihnen als mitfühlendes Wesen nicht antun. Also dann doch Freitod, damit die zuständigen Stellen berichten können, dass tatsächlich alles immer schlimmer wird? Und wieso kommt in diesem ganzen Gedankenwust nicht ein einziges Mal diese Gewebeentnahme vor, fragte sich Förster, das wäre immerhin ein I-a-Grund, sich richtig schlecht zu fühlen, aber nein, das wäre ja zu einfach für den Herrn Förster, so eine ganz reale, objektive Lebensgefahr, unromantisch bis dorthinaus, dieses schwiemelige, wertherartige, fast grundlose Rumdeprimieren ist schließlich viel schicker, aber dann mach es auch richtig und lass dich jetzt und hier aus dem Bulli fallen, der fährt knapp hundert, vielleicht reicht das. Aber Förster vermutete, dass es bei seinem Hang zur Mittelmäßigkeit nur für ein paar Knochenbrüche reichen würde, und dann liegt man, dachte er, zu Hause rum und muss sich von der Frau, die natürlich sofort von den Äußeren Hebriden aufgebrochen ist, den Hintern abwischen lassen, und das geht ja nun gar nicht, also bleib ruhig sitzen, Förster, mein Förster, dachte Förster und dachte außerdem an Monika und dass es wohl doch stimmte, dass die Liebe das war, was den ganzen Scheiß zusammenhielt, und das konnte dann auch wieder nicht so verkehrt sein.

Und dass genau jetzt sein Handy vibrierte und er mit einem Blick aufs Display feststellen durfte, dass eine Nachricht von Monika eingetroffen war, von genau der Monika, an die er gerade gedacht hatte, das war dann schon wieder so unwahrscheinlich, dass er sich nie trauen würde, das in einem Roman zu verwenden.

Bin auf dem Weg zum Flughafen.
Ich werde dir folgen, Förster, mein
Förster, wohin du auch gehst oder fährst.

So, dachte Förster, und jetzt ist wirklich Ruhe im Schiff.

43 Trockenfutter

Förster war eingenickt, schreckte plötzlich hoch und wusste erst gar nicht, warum, aber dann sagte Fränge, er habe scharf bremsen müssen, weil vor ihm einer ausgeschert sei, was Brocki zu der Frage veranlasste, wieso Fränge überhaupt auf die linke Spur gezogen sei, mit der Sardinenbüchse könne man doch gar nicht überholen, aber Fränge meinte, einen holländischen Wohnwagen, den schaffe er noch. Während Fränge und Brocki nun einen Streit über Holländer im Speziellen und nationale Stereotype im Allgemeinen begannen, drehte Förster sich um und sah, wie Finn sehr leise in sein Handy murmelte, so leise, dass er es in der hohlen Hand halten und dort hineinsprechen musste, um den Schall seiner Stimme zu bündeln. Das hatte Finn unterwegs schon ein paarmal gemacht, fiel Förster jetzt ein, und als Finn bemerkte, dass Förster ihn ansah, beendete er das Gespräch ziemlich schnell, sah ein paar Sekunden nach draußen, und als Förster schon wieder nach vorne gucken wollte, fragte Finn, ob sie an der nächsten Raststätte rausfahren könnten, er habe da etwas zu erledigen. Das reizte schon niemanden mehr zum Widerspruch, offenbar war allen egal, ob sie jemals ankommen würden, wo auch immer. Vielleicht hatten sie es schon längst vergessen, immer unterwegs, das könnte auch eine Lösung sein, dachte Förster, immer hier, niemals dort, als Anti-Hannes-Wader-Hit.

Försters Handy meldete sich. Er fummelte es aus der Hosentasche, sah, dass das Display *Die Uli* anzeigte, drückte sich unwillkürlich noch näher an die Beifahrertür und meldete sich mit einem neutralen »Ja?«

»Hier ist die Uli.«

»Hallo.«

»Verstehe. Ist er in der Nähe?«

»Absolut!«

Fränge drehte sich zu Förster: »Mit wem redest du da? Ist der taub?«

Förster war also etwas zu laut gewesen, aber das war die Aufregung, weil er nicht wusste, wie er Fränge hätte klarmachen sollen, dass er mit der Uli sprach, schließlich würde Fränge sofort denken, dass es dabei um ihn ging, aber das würde Förster natürlich nicht machen, mit der Frau des besten Freundes, der mit dieser Frau Probleme hatte, über genau diese Probleme sprechen, aber wie machte man andererseits klar, dass man darum gebeten hatte, zwischendurch über das allgemeine Wohlbefinden eines nachtaktiven Nagetiers unterrichtet zu werden?

»War er das?«, fragte die Uli.

»Allerdings«, antwortete Förster diesmal gedämpft.

»Wieso sprichst du so leise? Ich verstehe dich kaum«, sagte die Uli.

»Wir sind im Auto«, sagte Förster. »Wie geht es ihm denn?« Vielleicht, dachte Förster, bekomme ich es hin, dass die anderen denken, es gehe um meinen Vater.

»Ist was mit deinem Vater?«, erkundigte sich da auch schon Brocki von hinten.

»Ich kann das Trockenfutter nicht finden«, sagte die Uli.
Förster seufzte. Eigentlich hatte er ihr alles genau erklärt, auch angeboten, es zusätzlich als Nachricht zu schicken. Nein, nein, hatte die Uli gesagt, sie sei ja schließlich nicht senil.

Förster wölbte nun seinerseits die Hand um das untere Ende seines Handys, wie es vorhin auch Finn gemacht hatte, und flüsterte: »Unter der Spüle.«

»Wieso flüsterst du denn jetzt?«, wollte Fränge wissen.

»Was hast du gesagt?«, rief die Uli.

»Unter der Spüle«, flüsterte Förster etwas lauter.

»Was ist denn da so geheim?«, ließ Fränge nicht locker.

»Ich verstehe immer noch kein Wort«, stöhnte die Uli.

»Hast du 'ne Freundin, oder was?« Fränge grinste. »Also ich meine, noch eine?«

»Förster«, sagte die Uli, »ich hab echt nicht viel Zeit.«

»Die Moni ist gerade mal zwei Wochen weg!«, schaltete sich Brocki ein.

»Könnt ihr mich bitte ...«, sagte Förster.

»Förster, du schlimmer Finger!«, lachte Fränge. »Aber anderen die Hölle heiß machen!«

»Ich habe überhaupt niemandem ...«, sagte Förster und hielt dabei unwillkürlich das Handy ein paar Zentimeter vom Ohr weg.

»Förster, wird das noch was?«, rief die Uli nun so laut, dass Fränge stutzte.

»Das war doch die Uli!«, sagte er.

»Unter der Spüle!«, brüllte Förster nun. »Das verdammte Trockenfutter ist unter der scheiß Spüle!«

Und die Uli: »Sag das doch gleich!«

Försters Geschrei hatte Frau Strobel geweckt, die sich sofort erkundigte, ob man schon angekommen sei, was Finn freundlich verneinte.

»Er braucht eigentlich gar keins, ich habe heute Morgen frisches reingetan.«

»Da ist nichts mehr.«

»Ja, also, dann gib ihm was, aber nicht zu viel.«

»Die Uli kümmert sich um deinen Hamster?«, fragte Fränge, nachdem Förster aufgelegt hatte.

»Ich habe sie nur gebeten, mal nachzuschauen.«

»Ihr seid ja ganz schön dicke, die Uli und du!«

»Wir sind nicht dicke, die Uli und ich, aber wen sollte ich denn sonst fragen?«

»So ein Tier, das kann ohne Probleme zwei Tage alleine bleiben. Ist doch praktisch erwachsen.«

»Was weißt du denn über Hamster?«

»Ich finde, er sieht ziemlich erwachsen aus.«

»Von vorne«, mischte sich jetzt auch noch Dreffke ein, »sieht er sogar ziemlich alt aus.«

»Hamster werden aber nur zwei Jahre.«

»Hauptsache, du kennst dich aus, Fränge.«

»Mach mal halblang, Förster, ich darf doch wohl aufmerken, wenn du in einer für mich kritischen Phase mit meiner Frau anbändelst.«

»Ich bändel doch nicht ... Herrgott, Fränge, du hast doch 'nen Schatten, ehrlich jetzt!«

»Sage ich seit vierzig Jahren!«, meinte Brocki.

»Ich frage mich nur«, überging Fränge diese Bemerkung, »wieso du das so heimlich machst, mit Mikro abdecken und flüstern.«

»Weil ich dachte, dass du genauso reagierst, wie du es jetzt tust. Total überzogen!«

»Okay, alles klar, also mach du schön mit meiner Frau rum, ich stell mich daneben und klatsch Beifall, kein Problem, Förster, alles roger!«

Das war der Moment, in dem Dreffke nach vorne schoss, ins Lenkrad griff und den Bulli auf den Seitenstreifen lenkte. Bevor Förster und den anderen durch den Kopf gehen konnte, dass sie dabei hätten draufgehen können, stand der Bulli auch schon, da Fränge rechtzeitig gegengelenkt und gebremst hatte.

»Ey Mann, was sollte das denn?«

»Ich kann mir dein Gelaber nicht mehr anhören«, meinte Dreffke. »Und ich dachte, da verrecke ich lieber im Straßengraben.«

»Der ist doch krank!«, stieß Fränge hervor.

»Ganz gesund sind Sie aber auch nicht!«, mischte sich überraschenderweise ausgerechnet Frau Strobel ein.

»Es ging um das Trockenfutter!«, versuchte Förster, die ganze Diskussion wieder auf den Boden zu holen. »Ich hatte die Uli gebeten, nach Edward Cullen zu schauen, und da ist ihr aufgefallen, dass der kein Trockenfutter mehr hat, das ist alles.«

»Das kann man auch offen und ehrlich machen, da muss man nicht in die hohle Hand flüstern«, murmelte Fränge und startete den Wagen, den er beim Bremsmanöver abgewürgt hatte. »Trockenfutter!«, fügte er noch hinzu, als er sich wieder in den fließenden Verkehr einfädelte.

44 *Romeo und Julia*

Als sie die Raststätte erreichten, war Finn gleich weg, quer über den Parkplatz, um die Raststätte herum, wo Förster ihn aus den Augen verlor. Die anderen begaben sich zur Essensausgabe, da sie in Dümmer Dammer Berge ja nur Brocki beim Essen zugesehen hatten und das Obst und die anderen Sachen, die sie in dem Hatercookie-Supermarkt gekauft hatten, das Mittagessen nicht hatten ersetzen können. Also wurden jetzt Schnitzel bestellt, und zwar ausschließlich Schnitzel, wie Förster auffiel, als wäre an Raststätten nichts anderes erlaubt. Um ein bisschen den Rebellen zu geben, gönnte er sich eine Nudelpfanne und eine Cola Zero. Die Raststätte war ein Flachbau mit behindertengerechtem Eingang, sodass auch Frau Strobel keine Probleme gehabt hatte, hineinzukommen. Neben dem Gebäude war ein kleiner Kinderspielplatz mit einer Schaukel und einem Gebilde aus Röhren, durch das hamsterartig ein paar Kinder krabbelten. Auch eine Sache, dachte Förster, die mir entgeht: Kinder während einer langen Autofahrt beschäftigen. Als Opa macht man ja nicht besonders viele Fernreisen mit der übernächsten Generation.

Die anderen hatten noch an ihren Schnitzeln zu arbeiten, als Förster seine nur halb verspeisten, eher so mittel schmeckenden Nudeln von sich wegschob, nach draußen ging, unwillkürlich den gleichen Weg wie Finn einschlug und sein Handy hervorholte, um in Berlin anzurufen. Philipp ging ran. Förster fragte, wie es Lena gehe. Da wirkte der höfliche und Förster sehr zugewandte Philipp für einen Moment überrascht, fing sich aber schnell wieder und sagte, Lena gehe es gut und ob Förster sie selbst sprechen wolle.

»Hallo Förster«, sagte Lena. Es ging ihr wirklich gut, das war deutlich zu hören. »Wo bist du?«

»Ich stehe neben einer Raststätte«, antwortete er und erklärte auch ihr, worum es bei der ganzen Fahrt ging.

»Klingt spannend.«

»Ich wollte nur hören, ob alles in Ordnung ist.«

»Klar, alles prima.«

»Und das Kind?«

Lena musste lachen. »Wenn es dem Kind nicht gut ginge, würde es mir auch nicht gut gehen. Süß, dass du dir Sorgen machst.«

»Ach, Sorgen würde ich das nicht nennen ...«

»Doch, doch, Förster, das kann man schon so nennen, muss man sogar, aber ich finde das toll. Du wirst noch genug Gelegenheiten haben, dich um das Kleine zu kümmern. Wir gedenken, euch schamlos als Babysitter auszunutzen.«

Das war der Moment, in dem Förster ein Junge und ein Mädchen auffielen, die beide auf der gleichen Seite einer Wippe saßen und sich küssten, sie rittlings auf ihm, und als sich ihre Lippen und Gesichter voneinander lösten, stellte sich der Junge als Finn heraus. Und das Mädchen war natürlich Sarah, das war Förster gleich klar, denn in Finns Alter hatte man nicht unbedingt an jeder Raststätte eine Braut. Sarah war es bestimmt gewesen, mit der Finn vorhin telefoniert hatte. Er und ich, dachte Förster, wir haben beide in die hohle Hand gemurmelt, aber bei ihm ging es um die große Liebe und bei mir um Trockenfutter.

»Förster?«

»Ja, ich bin noch dran.«

»Also wirklich vielen Dank, dass du dich erkundigst. Du musst mit der Mama demnächst unbedingt noch mal vorbeikommen, okay?«

»Ja, sicher, machen wir. Grüß Philipp.«

Er steckte das Telefon wieder ein und betrachtete das junge Glück auf dem Spielplatz, was ja nun ein Bild war, dessen Symbolik einem fast körperliche Schmerzen bereitete, kaum auszuhalten war das, und Förster fragte sich, wie das aufzubrechen war, aber da hatte Finn ihn auch schon gesehen. Er nahm seine Sarah an die Hand und kam zu Förster herüber.

»Das ist die Sarah«, sagte Finn.

»Hallo Herr Förster«, sagte Sarah.

»Sie hat mit ihren Eltern Urlaub an der Nordsee gemacht.«

»Und der ist jetzt vorbei, der Urlaub?«, fragte Förster.

»Für mich schon«, sagte Sarah.

»Wissen deine Eltern, dass du hier bist?«

»Ich bin sicher, die NSA weiß mehr über mich als meine Eltern.«

»Also seid ihr durchgebrannt?«

»Keine Ahnung«, sagte Finn. »Sarah möchte bei uns mitfahren, aber das betrifft nur heute und morgen und dann – keine Ahnung! Scheiß auf Pläne.«

Förster nickte. »Das ist Romantik, nicht wahr?«

»Aber hallo!«, meinte Sarah.

»Romeo und Julia. Die Montagues und die Capulets.«

»Ich werde aber ganz bestimmt kein Gift trinken, schon gar nicht in einer versifften Gruft«, stellte Sarah fest.

Wieder nickte Förster, und mit den Worten: »Ich bekomme Depressionen, wenn ich noch länger auf diesen Spielplatz starren muss«, drehte er sich um und ging wieder zu den anderen in die Raststätte, Finn und Sarah im Schlepptau.

Frau Strobel war mit ihrem Schnitzel noch nicht fertig, schien aber wild entschlossen, es bis zum letzten Bissen zu vertilgen, inklusive Pommes und Salatgarnitur. Die anderen schauten der alten Saxofonistin zu, als könnten sie von der noch was lernen, schließlich lernte man nie aus, auch nicht, was das Essen anging. Er stellte Sarah den anderen vor und sagte, dass sie bei ihnen mitfahren werde. Brocki gab den Pauker und fragte, ob denn auch die betroffenen Eltern informiert seien. Förster entgegnete, die NSA wisse Bescheid, das müsse reichen.

Brocki blieb skeptisch. »Die Sache kommt mir komisch vor.«

»Mach dir keine Sorgen, ist alles geklärt«, versuchte Förster die Diskussion zu beenden.

»Die sind beide so jung«, sagte Brocki.

»Das ist aber auch ihr einziges Verbrechen«, sagte Fränge, stand auf und gab Sarah die Hand. »Ich bin der Fränge. Mir gehört das Café Dahlbusch.«

»Sie sind der mit der Kellnerin, oder?«, fragte Sarah, und als sie die Blicke der anderen bemerkte, schob sie nach: »Hätte ich nicht sagen sollen, was?«

Brocki lachte. »Das war genau richtig!« Er stellte sich ebenfalls vor.

»Der Lehrer«, sagte Sarah, allerdings in einem Tonfall, als spreche sie über jemanden, der dabei erwischt worden war, wie er versucht hatte, das Trinkwasser einer ganzen Großstadt zu vergiften.

Sarah wusste auch über alle anderen Bescheid, und auf eine entsprechende Nachfrage von Dreffke sagte sie, sie steige nicht unvorbereitet in einen Bus voller Fremder, wenn sie nur einen Gleichaltrigen an ihrer Seite habe, der keine Kampfsportarten beherrsche. Die wird es weit bringen, dachte Förster.

Und als dann alle sagten, sie müssten jetzt unbedingt noch mal aufs Klo, stöhnte Brocki auf und sagte, das sei doch blöd, jetzt würden alle ewig und drei Tage mit ihren Vouchern herumlaufen, die man prima für das Essen hätte einlösen können, aber manche Leute wollten eben nicht schlau werden, und Förster dachte, diese Bemerkung habe gute Chancen auf den Titel »Satz des Tages«.

45 Nirgendwo mehr sicher

Jetzt saß Dreffke vorne und Förster hinten bei Brocki. Es blieb weitgehend still, als wäre vorläufig alles gesagt und um alles gestritten worden, nur ab und zu machte Frau Strobel ein Geräusch im Schlaf. Alle wunderten sich, dass sie so viel und so tief schlafen konnte, praktisch Sigourney Weaver in den Alien-Filmen, also Tiefschlaf für die Zeit der interstellaren Reise, Frau Strobel hatte das drauf, die würde heute Abend bestimmt die Einzige sein, die topfit wäre, außer natürlich Finn, dachte Förster, denn in dem Alter konnte einem auch eine stundenlange Fahrt in einem engen Bulli nichts anhaben, aber wir wollen jetzt, dachte Förster weiter, nicht wieder in diesem Alterssumpf versacken, das wird ja langsam peinlich, und zum Glück richtete dann auch Brocki das Wort an ihn.

»Wir hatten uns vorgenommen«, sagte er, während er weiter aus dem Fenster starrte, »an die Ostsee zu fahren, wenn wir Kinder haben, weil die Ostsee nicht so gefährlich ist wie die Nordsee. Hatten wir jedenfalls gedacht. Dann habe ich neulich gelesen, dass wieder einige Leute in der Ostsee ertrunken sind in diesem Sommer, weil es da ganz gefährliche Unterströmungen gibt.« Brocki sah Förster an. »Man ist nirgendwo mehr sicher, Förster. Nirgendwo.«

46 Die Ostsee

Da war sie also: die Ostsee. Fränge hatte angehalten, obwohl sie ihr eigentliches Ziel noch nicht erreicht hatten, aber er fand, sie sollten das alles in Ruhe auf sich wirken lassen, die glatte Fläche der See, den strahlend blauen Himmel, den Salzgeruch in der Luft, doch die anderen waren ungeduldig und drängten darauf, das Hotel anzusteuern. Fränge blieb noch ein paar Sekunden stehen, schüttelte den Kopf und murmelte, dass er ausgerechnet von einem Lehrer, also einem, der vorgab, ein Mensch des Geistes zu sein, etwas anderes erwartet hätte. Brocki hatte sich quasi selbstverständlich an die Spitze des Protestes gegen das Verweilen und Auf-sich-wirken-Lassen gesetzt.

Das Hotel war direkt ans Wasser gebaut, verfügte sogar über einen Steg, der aufs Meer hinausreichte, und außerdem über allerlei Türmchen und Erker. Downton Abbey on the Seaside, dachte Förster und fand, der Bulli mache sich gut zwischen den Luxuskarossen auf dem Hotelparkplatz. Sie luden zuerst ihre Sachen aus und dann Frau Strobel, die sich beim Aufwachen überrascht zeigte, dass sie schon da waren.

»So wie die will ich auch schlafen können«, sagte Fränge.

Frau Strobel meinte, den Koffer mit dem Saxofon nehme sie lieber selbst, aber während Förster noch darüber nachdachte, ob wohl so eine Art Mucker-Ethos dahintersteckte, von wegen: Keiner fasst mein Instrument an!, da sagte sie auch schon, das Ding sei ihr doch ein bisschen zu schwer, und drückte es Brocki in die Hand, um dann vorzugehen, als gehörte ihr das Hotel oder als wäre sie die Queen und der Rest ihr Hofstaat. Stimmt ja auch irgendwie, dachte Förster.

In der überraschend hohen, lichten, von allerlei teuren Sitzmöbeln bevölkerten Lobby kamen ihnen zwei Livrierte entgegen, der eine mit einem Wagen mit einer Art Überrollbügel aus Messing. Letzterer nahm ihnen die Koffer ab, der andere wandte sich an Brocki und führte ihn zur Rezeption, wo eine freundlich lächelnde Brünette Mitte zwanzig gleich zum Hörer griff. Nur Sekunden später kam aus einer Tür eine Dame, die in Frau Strobels Alter sein musste, aber deutlich besser in Schuss war. Ihre intensive Bräune hatte etwas Künstliches, und eine weiße Perlenkette schmückte ein erstaunlich tiefes, in seinem Knitter ausgesprochen selbstbewusst sich präsentierendes Dekolleté.

»Roswitha!«, rief sie und breitete die Arme aus, um Frau Strobel zu begrüßen.

»Nenn mich nicht Roswitha!«, gab Frau Strobel, glaubhaft erbost, zurück.

Die Gebräunte fiel Frau Strobel, die sich etwas zierte, um den Hals, hielt sie dann auf Armeslänge von sich und sagte: »Du hast schon besser ausgesehen!«

»Du aber auch!«

»Ach komm, du weißt, dass das nicht stimmt. Ich sehe super aus, und das gefällt dir nicht. Wen hast du denn da alles mitgebracht?« Sie schob Frau Strobel zur Seite, reichte nacheinander allen die Hand und ließ sich die Namen nennen. Sarah und Finn nannte sie mit einem leicht anzüglichen Unterton ein schönes Paar und sicherte ihnen das beste Zimmer von allen zu. Zu Dreffke sagte sie: »Und Sie, sind Sie Roswithas Lover?«

»Ich bin nur ein Nachbar.«

»Sie sehen auch viel zu gut aus.«

»Nenn mich nicht Roswitha!«, wiederholte Frau Strobel.

»Was ist das mit Roswitha?«, wollte Fränge wissen.

»Damit zieht die Ingrid mich seit hundert Jahren auf!«

»Na, na, na, Roswitha«, sagte Ingrid, »ich bin nicht so alt, wie du aussiehst. Es sind höchstens sechzig Jahre. Und niemand weiß mehr, wie das entstanden ist.«

Förster hätte jetzt am liebsten gefragt, wie denn Frau Strobel nun tatsächlich mit Vornamen hieß, aber Ingrid lotste sie schon zu den Fahrstühlen, zerrte Frau Strobel in den ersten, der sich öffnete, und bedeutete dem Livrierten mit dem Kofferwagen sowie Sarah und Finn, ihnen zu folgen, sodass der Aufzug dann auch voll war und der Rest auf den nächsten warten musste.

»Das war doch Absicht!«, sagte Fränge.

»Die weiß genau, was sie will«, bestätigte Brocki.

Sie waren alle auf der fünften Etage untergebracht, jedes Zimmer hatte Balkon und Meerblick, es war der feuchte Traum jedes Pauschaltouristen. Sie waren sich einig, dass es nicht gut wäre, Brocki und Fränge im selben Zimmer unterzubringen, also ging Fränge mit Förster und Dreffke mit Brocki.

Seufzend ließ Fränge sich aufs Bett fallen und meinte, im nächsten Leben komme er als Frau zurück und heirate wie Ingrid einen Hotelbesitzer. »Überhaupt«, fuhr er fort, »eigentlich sollte man nur noch im Hotel wohnen. Oder zumindest eine gewisse Zeit. Dieses ganze unpersönliche Ambiente, diese sterile Freundlichkeit – ein Traum! Hier muss man echt nicht der sein, der man ist. Super, das!«

»Ich hatte vergessen«, sagte Förster, »dass du starkes Interesse an einer temporären Persönlichkeitsveränderung hast.«

»Ach«, seufzte Fränge, »wieso eigentlich nur temporär? Warum nicht einen Schlussstrich ziehen unter die ersten fünfzig Jahre und sagen: In den zwoten bin ich ein ganz anderer? Und in den dritten geht es richtig los! Zieht euch warm an, wenn ich hundertzwanzig bin!«

»Wenn du in deinen zweiten fünfzig Jahren zwanzigjährige Kellnerinnen beschlafen willst, frage ich mich, was in deinen dritten kommen soll.«

»Jetzt hörst du dich an wie Brocki. Soll ich auf dem Balkon nächtigen?«

»Balkon«, murmelte Förster, »eine gute Idee.«

Er schob die Gardine zur Seite, öffnete die Flügeltüren und trat auf den von einem weißen Holzgeländer begrenzten Balkon. Da lag sie wieder, die Ostsee, immer noch sanft, eigentlich träge, aber die Sonne ließ sie glänzen, das sah schon klasse aus, da gab es nichts zu meckern. Auf dem Steg, der aufs Wasser hinausführte, flanierten die Menschen, als wäre das Böse in der Welt für immer abgeschafft worden.

Förster setzte sich in einen der beiden Lehnstühle, die hier nebst einem kleinen Tisch herumstanden, und streifte seine Schuhe ab. Das wird einem, dachte er, ja oft gar nicht klar, dass man den ganzen Tag nicht aus den Schuhen herauskommt. Wie auf Kommando kam eine leichte Brise durch die Stelen des Balkongeländers. Förster spielte mit den Zehen, blickte nach drinnen und sah, dass Fränge sich auf die Seite gedreht hatte und offenbar eingeschlafen war. Leise ging Förster hinein, holte aus seiner Reisetasche eines der Schulhefte aus dem Hatercookie-Supermarkt und packte einen der Gel-Schreiber aus, setzte sich auf den Balkon und fing an, Notizen zu machen, über die Ostsee, den Bulli und seine Insassen und was heute so passiert war. Plötzlich aber schweiften sie ab, seine Notizen, und zwar zu Martina und dem Märchenwald und der ganzen Zeit damals. Da steckte ein Buch drin, das wusste er, und in diesem Moment betraten nebenan Ingrid und Frau Strobel den Balkon. Förster rutschte in seinem Stuhl etwas nach unten, er wollte jetzt nicht gesehen werden. Warum, das wusste er auch nicht so genau.

Frau Strobel schaute aufs Meer. Während Förster sich fragte, ob sie gerade einen ihrer eher lichten oder eher dunklen Momente hatte, ob sie gerade Ingrid begegnete oder wieder nur sich selbst, legte Ingrid ihr eine Hand auf die Schulter. Frau Strobel wandte sich Ingrid zu, die über Frau Strobels Wange strich. Sie umarmten sich lange und blickten dann Hand in Hand auf die Ostsee.

47 Sex on the Beach

Förster musste zugeben, dass es Stil hatte, wie Dreffke hier auftrat: in seinem Zwei-Streifen-Trainingsanzug, aber mit einem Glas Whisky in der Hand, Dean-Martin-Style, nur ohne Zigarette, denn damit war Schluss bei Dreffke, Blut husten und Rauchen war als Idee so schlecht, dass sogar der alte Bulle davon Abstand nahm. Die Hotelbar hatte eine Terrasse mit Seeblick, aber Dreffke stand am Tresen, wahrscheinlich, weil das männlicher aussah. Es war jetzt eine halbe Stunde her, dass sich ein kerniger Greis in einem maritimen Zweireiher mit goldenen, ankerverzierten Knöpfen zu ihnen gesellt und ganz selbstverständlich ein Gespräch begonnen hatte, in dessen Verlauf er sich als Ingrids Ehemann und also Besitzer dieser Prachtherberge zu erkennen gegeben hatte, nicht ohne darauf hinzuweisen, dass die Geschäfte schon längst von seinem Sohn geführt würden, allerdings ohne die in solchen Fällen üblichen Reibereien. »Ich kann loslassen«, hatte der kernige Greis gesagt und glaubwürdig geklungen. »Ich kann so sehr loslassen, dass ich ohne Probleme hier Urlaub machen kann, ohne allen ständig über die Schulter zu gucken. Herrgott, ich bin froh, dass ich mit dem ganzen täglichen Ärger nichts mehr zu tun habe. Soll sich der Junge damit rumärgern, er wird dafür nicht schlecht bezahlt. Ich bin der Horst, was wollt ihr trinken? Ich nehme einen Sex on the

Beach. Ich weiß, das hört sich komisch an, wenn so ein alter Sack den bestellt, vor allem, da in diesem Fall eine junge Frau am Tresen steht und für die Cocktails zuständig ist, aber ich sage euch, das Ding schmeckt mir einfach, und was anderes bestellen, nur um nicht ins Gerede zu geraten – das brauche ich nicht mehr.«

Also bestellten sie alle einen Sex on the Beach, beziehungsweise tat Horst das für sie, bevor Dreffke und Förster widersprechen konnten. Die Frau hinter der Bar lächelte geschäftsmäßig und machte sich an die Arbeit, und bei ihrer schwarzen Bluse, auf die der Name des Hotels aufgestickt war, musste Förster an Ralf aus der Zoohandlung denken. Die Bar war gut gefüllt, auf der Terrasse war kein einziger Platz mehr frei, und Förster war sicher, dass er in dieser Ansammlung von Poloshirts und Mokassins der einzige Hamsterbesitzer war.

Horst fand heraus, dass Dreffke früher bei der Polizei gewesen war, und löcherte ihn mit Fragen zu Delikten und Delinquenten. Förster bestellte noch einen Sex on the Beach und nahm ihn mit nach draußen, wo die Sonne so verflucht malerisch unterging, als hätte ein nicht untalentiertes Kind richtig Spaß an seinem neuen Wasserfarbkasten gehabt. Fränge und Brocki saßen an einem Zweiertisch in der vordersten Ecke, da, wo sich das Front- und das Seitengeländer der Terrasse trafen, und hatten zwei Bier vor sich. Förster schlängelte sich durch die anderen Tische, wo unter Gerede und Gelächter Fingerfood und Knabbereien vertilgt wurden.

»Wie ich schon sagte, kann die Ostsee auch ganz schön gemein sein«, sagte Brocki gerade, »Stichwort Unterströmungen.«

»Deshalb Nordsee, Brocki«, entgegnete Fränge, »da weiß man, was man hat. Die Nordsee lügt nicht, die zeigt ganz offen, dass sie gefährlich ist.«

»Aber Ebbe und Flut gehen einem doch irgendwann auf die Nerven, ehrlich! Mal ist sie da, die Nordsee, dann wieder nicht. Wie eine Frau, die sich nur interessant machen will.«

»Quatsch, Brocki! Die Nordsee ist mega-interessant, und die Gezeiten sind das Interessanteste an ihr! Dieses ewige Werden und Vergehen, das ist das Leben selbst, Kollege! Die Ostsee ist ein langweiliger Streber, der dich hinterrücks beim Lehrer verpetzt, die Nordsee ist der prollige, aber leicht depressive Junge aus prekären Verhältnissen, der sich immer wieder zurückzieht, dann aber gegen die fiesen Pauker aufbegehrt, und mit dem man auf der Treppe zum Fahrradkeller rauchen kann.«

»Dafür ist die Ostsee das unterschätzte Mädchen, das Bücher liest und mit dem man super reden kann, dem man aber erotisch nichts zutraut, was sich dann als totaler Irrtum herausstellt.«

Förster ließ die beiden mit dem Fränge-Brocki-Programm weitermachen und bahnte sich seinen Weg durch die voll besetzten Tische, vorbei an den lederhäutigen, reichen alten Frauen und ihren dermatologisch nicht weniger bedenklichen Männern, für die pastellfarbene Poloshirts und braune Mokassins nie aus der Mode gekommen waren. Er trug seinen Sex on the Beach runter auf Letzteren, also den Beach, wo es aber nirgendwo nach Sex aussah, mal abgesehen davon, dass Förster sich immer gefragt hatte, wieso Strandverkehr so ein Traum für viele Menschen war, immerhin konnte da eine Menge Sand ins Getriebe gelangen. Er ging bis zum Wasser, immer am Steg entlang, der einem hier dieses Brighton- oder Blackpool-Feeling simulierte, und dachte daran, mit Monika hier zu sein, und später mit den Enkeln, also mit mehreren, denn Lena und Philipp wirkten nicht wie potenzielle Einzelkind-Eltern.

»Sie sehen verloren aus, Herr Förster!«

Finn und Sarah saßen unter dem Steg im Sand, eng umschlungen, Sand an den hochgekrempelten Hosenaufschlägen und zwischen den Zehen. Junge Füße an jungen Beinen, dachte Förster, die in junge Oberkörper übergingen, auf denen junge Köpfe saßen, die junge Gedanken unter dichten, jungen Haaren dachten.

»Ihr könnt mich duzen, ich bin kein Lehrer.«

»Woran denkst du?«, fragte Sarah.

»Daran, dass die Ostsee nur so ruhig aussieht, aber unter der Wasseroberfläche gefährliche Unterströmungen lauern.«

»Man ist nirgendwo mehr sicher«, sagte Finn.

»Erzählt ihr euch Gutenachtgeschichten?«

»Wir haben noch lange nicht vor, ins Bett zu gehen«, antwortete Sarah. »Aber Geschichten erzählen wir uns. Wusstest du, dass sein Vater was mit Finns Exfreundin hatte?«

Finn schien nichts dagegen zu haben, dass Sarah diese recht pikante Sache so locker ausplauderte: »Keine Geheimnisse.«

»Ach«, seufzte Förster und blickte aufs Meer, »ein paar sind gar nicht so schlecht.«

»Was ist dein Geheimnis?«, wollte Sarah wissen.

»Dass ich keins habe«, sagte Förster nach ein paar Sekunden.

»Das ist schlecht.«

»Sag ich ja.«

Vielleicht war ja diese Gewebeentnahme ein Geheimnis. Vielleicht aber auch nur etwas, das er nicht erzählt hatte. Da gab es, fand Förster, nämlich durchaus einen Unterschied.

48 Ein seltsames Spiel

Im Traum stand Förster auf einer Brücke. Neben ihm ein großer Hase. Weiß natürlich, harveylike, also auf seinen Hinterbeinen und mit Armen wie ein Mensch. Und mit einer roten Nase. Hase Rotnase. Ein Titel für ein Kinderbuch.

Im Traum dachte Förster: Das ist aber ein verdammt großer Hase, und wieso trägt er eine rote Nase? Eine rote Hasennase. Komisches Wort. Nur einen Buchstaben entfernt von Hakennase. Förster fragte sich, ob ihm ein Lektor oder eine Lektorin hier einen Wiederholungsfehler anstreichen würde. Zu viel Hase und Nase. Oder ob das für Traumsequenzen nicht galt.

Förster sah sich den Hasen näher an und stellte fest, dass die Nase nicht die Nase war, mit der der Hase auf die Welt gekommen war. Es war eine große rote Clownsnase aus Plastik. Der Hase machte sich also über Förster lustig.

»Was willst du?«, fragte Förster den Hasen. Er duzte ihn, obwohl er ihn noch nie gesehen hatte, doch einen Hasen zu siezen, egal wie groß, wäre ihm nicht mal im Traum eingefallen. Außerdem konnte er gar nicht sicher sein, dass es sich wirklich um einen männlichen Hasen handelte. Vielleicht war es auch eine Häsin. Dann würden diese ganzen Wortklangspiele mit Hase und Nase aber nicht mehr funktionieren. Häsinnennase, das hörte sich nicht gut an.

»Ich will dich was fragen«, sagte der Hase. Die Stimme kam Förster bekannt vor, er kam aber nicht drauf, woher.

»Nur raus damit!« Förster blickte auf den Fluss, der unter der Brücke hindurchfloss und die Farbe alter Königsmäntel hatte. Die purpurnen Flüsse, dachte Förster. Zumindest einer davon.

»Warum«, begann der Hase und beugte sich leicht vor, »gibt es in deinen Büchern keine Traumsequenzen? Alle Schriftsteller schreiben irgendwann eine Traumsequenz. Das kann poetisch sein, aber auch tiefgründig, psychologisch. Na ja, du weißt schon.«

»Hm«, dachte Förster und blickte jetzt auf die Stadt, zu welcher der purpurne Fluss hinströmte. Da war viel Licht in kleinen, gedrungenen Häusern, ein paar wenigen Hochhäusern und nicht näher zu bezeichnenden Industrieanlagen. Förster wusste, was dort hergestellt wurde, kam aber nicht drauf.

»Vielleicht liegt es daran«, sagte er, »dass ich mich nach dem Aufwachen nie an meine Träume erinnern kann.«

Jetzt war es am Hasen, »Hm« zu machen.

»Es ist einfach alles komplett weg. Manchmal habe ich so eine Ahnung, dass es verdammt krudes Zeug war, aber konkrete Erinnerungen – Fehlanzeige. Wäre es dann nicht unredlich, in einem Buch darüber zu schreiben?«

Jemand rief nach Förster, aber der Hase hörte das nicht.

»Ich weiß nicht«, sagte der Hase. »Irgendwie fehlt mir da was bei dir.«

»Ja, ja«, antwortete Förster, »mir auch.« Er fragte sich wieder, woher er die Stimme des Hasen kannte. Aber er wurde dadurch abgelenkt, dass erneut jemand seinen Namen rief.

»Kannst du schwimmen?«, fragte der Hase, und plötzlich fiel Förster ein, dass der Hase mit der deutschen Synchronstimme von Woody Allen sprach. Man machte sich hier ganz klar über ihn lustig.

»Förster!«

Die andere Stimme, die, die ihn unablässig rief, wie durch Watte gebrüllt und als wäre die Zunge des Rufenden unnatürlich geschwollen.

»Ich weiß nicht, ob ich schwimmen kann«, sagte Förster zu dem Hasen. »Das habe ich vergessen.«

»Hast du wohl nur geträumt.« Der Hase streckte seine Arme aus, um nach Förster zu greifen, aber da packte ihn schon jemand anderes an der Schulter, und Förster wachte auf. Über sich sah er einen offensichtlich volltrunkenen Fränge mit Tränen in den Augen.

»Förster«, lallte er, »du hast so tief geschlafen, als wärst du tot. Und da dachte ich: Jetzt das nicht auch noch! Jetzt stirbt der mir hier weg! Der Einzige, mit dem man ein vernünftiges Wort reden kann! Stirbt mir einfach so weg! In einem Hotelzimmer! Mensch Förster, du bist kein Rockstar! Du kannst nicht in einem Hotelzimmer verrecken! Damit willst du dich doch nur interessant machen! Lass es, Förster! Du stirbst am Schreibtisch. Fertig, aus, keine Widerrede!«

»Ist gut, Fränge«, sagte Förster und richtete sich auf, »noch lebe ich ja.«

»Und weißt du was?«, sagte Fränge. »Das ist auch gut so. Meine Güte, ich wüsste nicht, was ich ohne dich machen sollte, Förster!«

»Jetzt heul nicht rum, Fränge. Das hält ja keiner aus.«

Fränge wollte sich auf sein Bett setzen, verfehlte die

Kante aber knapp und rutschte auf den Boden, wo er zweimal versuchte, wieder aufzustehen, es dann aber bleiben ließ. Ist ja auch eine verdammt bequeme Auslegeware, dachte Förster.

»Oh Mann«, presste Fränge mit tränenerstickter Stimme hervor, »die Liebe ist echt ein seltsames Spiel! Irgendeiner ändert ständig die Regeln. Davon singt sie nichts, diese Frau! Wer hat das noch gesungen?«

»Connie Francis.«

»Genau.« Fränge sah Förster sehr ernst an. »Mann, bist du alt! Du kennst Connie Francis!«

Es klopfte an der Tür. Klar, dachte Förster, ist ja auch erst kurz nach halb drei. Kleine Pyjamaparty, da sage ich nicht Nein.

Es war Brocki. »Ist der Vollidiot hier?«

»Klar«, sagte Förster, »aber Fränge auch.«

»Der hat gesagt, er geht ins Wasser, und war weg. Ich dachte, na gut, habe ich endlich meine Ruhe, aber dann musste ich an seinen Jungen denken. Kann man ja nicht machen, den Jungen allein lassen. Und wenn es nur ist, weil der Hirni für dessen Ausbildung aufkommen muss.«

»Ich habe gesagt, ich gehe schwimmen, das ist was völlig anderes, als ins Wasser zu gehen. Und nenn mich nicht Hirni!«

»Ohne Wasser kein Schwimmen«, entgegnete Brocki, »und in deinem Zustand wäre das praktisch Selbstmord gewesen.«

»Frauen gehen ins Wasser, um sich umzubringen«, sagte Fränge, »Männer erschießen sich.«

Brocki lachte kurz auf. »Womit willst du dich denn erschießen? Mit 'ner Wasserpistole?«

»Die Liebe ist ein seltsames Spiel«, behauptete Fränge wieder, und Förster fragte sich, ob er das Thema damit wechselte oder doch eher vertiefte. »Nur ändert irgendwer ständig die Regeln.«

Brocki schüttelte den Kopf. »Die Regeln bleiben gleich, du hast nur keine Lust mehr, danach zu spielen.«

»Ach, Brocki, du bist so ein Spießer!« Und damit schlief Fränge ein oder tat zumindest so, denn als Förster und Brocki ihn hochzerrten, um ihn aufs Bett zu legen, packte er Brocki am Hemd und murmelte: »Die Peggy – ich weiß manchmal gar nicht mehr, wie die aussieht. Dabei habe ich die erst vorgestern gesehen. Ist das nicht komisch?«

»Nee, ist es nicht. Kannst du dich alleine ausziehen? Wir sind nicht deine Pfleger. Obwohl du eigentlich genau das brauchst. Du bist ein Pflegefall, Fränge, in jeder Hinsicht.«

Wie um ihnen das Gegenteil zu beweisen, stand Fränge auf und machte sich an seinem Gürtel zu schaffen, ließ die Hose herunter, stellte dann aber fest, dass er noch seine Schuhe anhatte. Brocki und Förster halfen ihm, und endlich lag Fränge im Bett. Sie deckten ihn zu wie ein Kleinkind, was er ja letztlich auch war. Und Brocki lächelte.

49 Sunday Morning Coming Down

Förster war nicht nur wach, sondern auch schon geduscht, lag in Jeans und einem frischen schwarzen Polohemd auf dem Bett und hörte, weil es ja so schön passte, *Sunday Morning Coming Down* von Kris Kristofferson. Er fragte sich, wieso er ausgerechnet heute auf ausgerechnet diese Nummer gekommen war, als Fränge die Augen aufschlug und irgendwas sagte, das Förster nicht verstand, weil er den Song ziemlich laut aufgedreht hatte, sodass Fränge eine Art asynchrones Playback zu dem fast fünfzig Jahre alten Country-Heuler lieferte. Förster zog sich die Stöpsel aus den Ohren und hörte, wie Fränge sich oder die Welt fragte, was das alles solle, wo er sei und warum die Sonne so ein Theater mache, um dann mit einem Seufzer ins Kissen zurückzufallen und »verdammte Sauferei« zu murmeln. Nach ein paar Sekunden stand Fränge auf und ging ins Bad, wo er sich ziemlich lange aufhielt. Förster hörte sich in aller Ruhe durch die erste Disc von *The Essential Kris Kristofferson*. Bei *Me and Bobby McGee* überlegte er wieder, ob man diese Originalversion nun besser finden sollte als die berühmte von Janis Joplin, also ließ er Double K zu Ende singen und rief dann ihre *Greatest Hits* auf. Ja, sicher, da war diese sexuell vibrierende Stimme, voller Not und Einsamkeit, aber Kristofferson lieferte das Ding einfach ab und fertig. Das gefiel Förster mittlerweile, auf der Schwelle zum Großvatersein, eindeutig besser. Und ganz nebenbei fand er es stark, dass er hier, ein paar Hundert Kilometer von seiner Plattensammlung entfernt, einfach so zwei Versionen eines Songs miteinander vergleichen konnte. Die moderne Welt hatte ihre Vorzüge, ganz klar.

In diesem Moment meldete sich sein Handy, und mit einem Blick auf das Display stellte Förster fest, dass die moderne Welt auch ihre Nachteile hatte, vor allem den ständiger Erreichbarkeit, was man natürlich durch ein Abschalten und/oder Nichtbeachten der entsprechenden Geräte unterlaufen konnte, aber das wäre dann, dachte Förster, auch irgendwie feige, also ging er ran.

»Hallo Mama!«

»Mensch Roland, sag doch nicht immer Mama! Klaus, er sagt immer noch Mama!«

Sein Vater rief etwas, das Förster nicht verstand.

»Roland, wir wollten dir ganz herzlich zum Geburtstag gratulieren.«

»Danke, Mama.«

»Ich hoffe, du hast schön reingefeiert?«

»Ach nein, ich habe gestern den ganzen Tag im Auto gesessen und war abends einfach müde und schon gegen elf im Bett.«

»Er hat nicht reingefeiert, Klaus! Er war um elf Uhr im Bett.«

Wieder rief der Vater etwas, wieder verstand Förster kein Wort, was sicher daran lag, dass die Mutter mit dem schnurlosen Telefon auf der Terrasse in der südfranzösischen Sonne stand, während der Vater die Kühle des terrakottagefliesten Wohnzimmers vorzog.

»Und wieso hast du den ganzen Tag im Auto gesessen?«

»Wir sind alle zusammen an die Ostsee gefahren.«

»Wer ist wir?«

»Frau Strobel, Dreffke, Fränge, Brocki und Finn, und unterwegs haben wir noch die Sarah aufgelesen.«

»Was ist mit Monika?«

»Die ist unterwegs.«

»Du wirst fünfzig, und deine Freundin ist nicht da?«

»Wenn man es genau nimmt, bin ich ja auch nicht da.«

»Warte, ich gebe dir deinen Vater.«

»Hallo Papa.«

»Hallo Roland. Herzlichen Glückwunsch zum Geburtstag.«

»Danke, Papa.«

»Du bist gar nicht zu Hause?«

»Ich bin an der Ostsee.«

»Ich habe immer die Nordsee vorgezogen. Aber eigentlich natürlich das Mittelmeer.«

»Ich weiß, Papa, deshalb haben wir auch nie in Dümmer Dammer Berge Rast gemacht.«

»Wo?«

»Dümmer Dammer Berge. Die Raststätte, die über die Autobahn gebaut ist.«

»Ja, ja, ich glaube, da bin ich schon drunter hergefahren.«

»Gib mir bitte das Telefon, Klaus!«, hörte Förster seine Mutter sagen. »Der Junge wird fünfzig, und du redest mit ihm über Autobahnen, also wirklich! Hallo Roland!«

»Hallo noch mal, Mama! Wie ist das Wetter bei euch?« Förster trat auf den Balkon, um sich einzureden, dass zwischen Südfrankreich und der Ostsee praktisch kein Unterschied bestand.

»Toll, wie immer«, sagte seine Mutter. »Deshalb leben wir ja hier.«

»Bei uns ist es auch nicht schlecht.«

»Du wolltest ja nicht, dass wir kommen.«

»Fünfzig ist das neue dreißig, da muss das wirklich nicht sein.«

»Also bei deinem Dreißigsten waren wir dabei. Da war was los! Und ich war so alt wie du jetzt.«

»Zwei Jahre älter.«

»Die machen den Kohl nicht fett.«

Aus dem Hintergrund rief Försters Vater, die Mutter solle fragen, ob er das Geschenk schon bekommen habe.

»Er ist an der Ostsee, Klaus!«, sagte seine Mutter. »Ich glaube kaum, dass er einen Nachsendeantrag gestellt hat.«

Der Vater nahm der Mutter das Telefon aus der Hand.

»Hast du unser Geschenk schon bekommen, Roland?«

»Nein, noch nicht.«

»Ich wäre so gerne dabei, wenn du es auspackst.«

»Was ist es denn?«

»Willst du es wirklich wissen?«

»Ich bin kein kleines Kind mehr, Papa.«

»Na ja, ich fand doch, du müsstest unbedingt wieder Gitarre spielen ...«

»Ihr habt mir eine Gitarre gekauft?«

»Nicht irgendeine. Die soll mal Keith gehört haben.«

»Ich konnte nie besonders gut spielen.«

»Aber du hast so cool ausgesehen, Roland. Ich weiß noch, bei diesem Konzert in deiner Schule ...«

»Da war ich sechzehn.«

»Du hast so toll gesungen. Ich erinnere mich, als wäre es gestern gewesen.«

»Im Gegensatz zu mir.«

»Du hast was von Kris Kristofferson gesungen. *Sunday Morning Coming Down.*«

»Ernsthaft?«

»Ein bisschen zu hoch, aber als hättest du das, was in dem Song vorkommt, alles schon erlebt.«

Förster blickte auf die spiegelglatte Ostsee, über die sich ein wolkenloser Himmel spannte. »Vielleicht ist das mit der Gitarre gar keine schlechte Idee, Papa. Und wenn sie mal Keith gehört hat ...«

»Man muss nur fest dran glauben, dann stimmt es auch. So oder so, das Ding hat *spirit,* ich sage es dir, Roland. Denk an uns, wenn du sie spielst. Sie kommt bestimmt in den nächsten Tagen.«

Nachdem sie aufgelegt hatten, dachte Förster, es wäre doch nicht ganz schlecht, die Eltern an so einem Tag bei sich zu haben. Aber wenn sie bei ihm gewesen wären, wäre er vielleicht nicht an die Ostsee gefahren, und das wäre dann auch wieder schade gewesen.

Als er ins Zimmer zurückkam, zog Fränge sich gerade an und wirkte dabei beneidenswert frisch und fit und ausgeruht – es war kaum auszuhalten.

»So!«, rief Fränge aus, mit einem besonders kurzen O. »Alles fit? Alles frisch, alles ausgeruht? Dann ab in den Speisesaal. Ich liebe Frühstücksbuffets in Hotels! Ich werde mir den Bauch vollschlagen, bis ich mich nicht mehr rühren kann.«

»Wieso bist du so fit?«

»Mensch, Förster, ich habe geschlafen, mich übergeben, dann geduscht – ein neuer Mensch. Alles super!«

Es klopfte, Dreffke stand vor der Tür, Brocki im Schlepp.

In Frau Strobels Zimmer war schon das Zimmermädchen zugange, denn die Strobel war schon lange wach, die hatte schließlich einiges zu tun, gestern Probe, heute Morgen Probe und Soundcheck, Tourneealltag.

»So, und jetzt wird gratuliert«, sagte Dreffke und umarmte Förster.

»Oh Mann!«, stöhnte Fränge. »Das hätte ich fast vergessen!«

»Nicht nur fast und hätte«, meckerte Brocki. »Du hast es vergessen, und zwar komplett.«

»Nicht ich habe es vergessen, sondern der Alkohol.«

»Ach, komm her!«, rief Brocki plötzlich, legte einen Arm um Fränge und drückte ihm einen gewalttätigen Kuss auf die Wange.

»Iiiih! Ein Hund hat mich geküsst!«, lachte Fränge, Lucy von den Peanuts zitierend, und Förster dachte, wenn ein Tag so anfängt, dass die zwei zusammen lachen und sich küssen, dann musste das ein guter Tag werden.

»Ich hasse Fahrstühle im Hotel«, sagte Brocki, während sie im Fahrstuhl nach unten fuhren.

»Schatz, wie kann man Fahrstühle hassen?«, stieg Fränge gleich voll fröhlich drauf ein.

»Da wären zum Beispiel die Spiegel. Man sieht immer blöd aus in diesen Hotelfahrstuhlspiegeln.«

»Das muss nicht an den Spiegeln liegen, Brocki.«

»Und Speisekarten im Fahrstuhl sind auch albern.«

»Du hättest ja die Treppe nehmen können.«

Im ersten Stock gingen zwar die Türen auf, aber da war niemand, und als sie im Erdgeschoss ankamen, hakte irgendwas an den Türen, die brauchten ewig, bis sie aufgingen, aber als es so weit war, machten alle große Augen, vor allem Fränge, denn in der Lobby, auf Höhe der Rezeption, stand in einem hellen Sommerkleid, strahlend schön, aber ein wenig unruhig: die Uli.

Völlig überrascht standen sie ein paar Sekunden wie festgeschraubt da, aber als die Türen sich schon wieder schließen wollten, hielt Dreffke seine Hand in die Lichtschranke und schob sie alle nach draußen.

Die Uli kam auf Förster zu und sagte: »Happy Birthday, Förster.«

Die Uli umarmte Förster dann auch, aber der hatte nur einen Gedanken: Was ist mit Edward Cullen?

»Dem Hamster geht es gut«, sagte die Uli, als könnte sie Gedanken lesen, »und jetzt gehen wir erst mal frühstücken.«

50 Wie im Film

Die Sonne machte weiter mit ihrem Aufstand gegen alles Dunkle und Schlechte, während Förster mit Brocki und Dreffke auf der Terrasse saß, wo sie unter einem Sonnenschirm gefrühstückt hatten, tatsächlich zusammen mit Fränge und der Uli, die sich aber, nachdem sie beide während der Nahrungs- und Kaffeeaufnahme keinen Ton gesagt hatten, auf den Weg wohin auch immer gemacht hatten, um was auch immer zu besprechen. Aber Förster war sicher, es würde alles gut werden, weil ja die Sonne gnadenreich bei der Arbeit war und alles Dunkle und Schlechte bis zu ihrem Untergang endgültig besiegt haben würde. Nur: Wissen, dass alles gut würde, war das eine. Wie das Gute dann aussah, etwas ganz anderes.

Sarah und Finn, Sonnenkinder alle beide, hatten sich im Sand niedergelassen, die Rücken gegen die Holzstützen des Steges gelehnt. Sie redeten und scherzten und lachten und konnten kaum die Hände voneinander lassen, Romeo und Julia waren ein verkrachtes altes Ehepaar dagegen. Es war eine Pracht und eine Schönheit allüberall, dass einem ganz anders werden konnte, fand Förster. Sogar Dreffke ging es besser, er hustete kaum noch, die Luft hier oben tat ihm gut.

Es hätte alles so schön sein können, aber da kamen zwei

Männer und eine Frau, alle mittleren Alters, durch den Sand gestapft, und sie sahen nach Ärger aus. Sie gingen direkt auf Finn und Sarah zu, die dann auch plötzlich die Köpfe hoben und in sichtbarer Panik aufsprangen.

»Ich rieche Ärger«, sagte Förster, und Brocki und Fränge folgten seinem Blick.

»Wundert mich nicht«, entgegnete Brocki. »War klar, dass da was nicht stimmt.«

»Sollen wir uns einmischen?«, fragte Förster.

Brocki machte die berüchtigte wegwerfende Handbewegung, aber Dreffke sagte: »Auf jeden Fall!« Er stand auf und war schon mit den knotigen Füßen im Sand, als Förster und Brocki sich erhoben, um ihm zu folgen, während Dreffkes Schuhe auf der Terrasse zurückblieben.

»Weißt du, wie alt du bist?«, war das Erste, was Förster hörte, als sie näher kamen, und gesagt hatte es einer der beiden Männer, offensichtlich Sarahs Vater.

»Die Frage ist doch: Weißt du, wie alt ich bin?«, fragte Sarah zurück, und im Gesicht des Vaters war deutlich zu lesen, dass er zumindest einen Moment nachdenken musste.

»Manfred, letztes Jahr hast du tatsächlich ihren Geburtstag vergessen«, sagte Sarahs Mutter.

»Danke, Beate, das habe ich jetzt wirklich gebraucht!«

»Finn«, meldete sich jetzt der andere Vater zu Wort, »das ist echt nicht in Ordnung.«

»Wir haben uns Sorgen gemacht!«, steuerte Sarahs Mutter den unvermeidlichen Klassiker bei und wirkte dabei überhaupt nicht glücklich, dabei kam ihr Vorname doch vom lateinischen »beatus«, glücklich, aber das war wieder so ein unpassend abschweifender Gedanke, den Förster gleich wieder wegwischte.

»Und jetzt zu dir, mein Freund«, wandte sich Manfred an Finn. »Ich weiß nicht, wie oft ich dir gesagt habe, du sollst die Finger von meiner Tochter lassen!«

»Offenbar nicht oft genug«, gab Finn zurück.

»Freundchen!«, rief Manfred und packte Finn am Oberarm.

»Manfred!«, stieß seine Frau hervor, während es bei Finns Vater nur für ein »Hey!« reichte.

Es war dann Dreffke, der dem Vater den Arm mit flüssiger Professionalität auf den Rücken drehte. Der Vater ließ von Finn ab, Dreffke packte ihn am Nacken, führte ihn von der Gruppe weg und flüsterte ihm etwas ins Ohr. Der Vater schüttelte erst den Kopf, Dreffke fand noch ein paar gute Argumente, der Vater nickte endlich, und Dreffke ließ von ihm ab, es war, natürlich, wie im Film.

Sonntag. Draußen. Tag.
Ein Strand an der Ostsee im Sommer. Die
Sonne scheint. Menschen baden, liegen
auf Handtüchern, Kinder bauen Burgen, im
Hintergrund werfen zwei junge Männer in
gemusterten Schwimmshorts ein Frisbee hin
und her. BEATE, MANFRED, FINNS VATER, FINN,
SARAH, BROCKI, FÖRSTER und DREFFKE stehen an
einem breiten Steg, der von einem prächtigen,
englisch anmutenden Hotel ins Meer führt.
Später kommen FRÄNGE und DIE ULI dazu.

BEATE
(ärgerlich)
Manfred, wirklich, es war doch nicht nötig, gleich handgreiflich zu werden!

MANFRED
(lockert seinen Arm im Gelenk)
Beate, lass das bitte meine Sorge sein. Und überhaupt: Wer ist denn hier handgreiflich geworden?

DREFFKE
Die machen sowieso, was sie wollen! Und das ist auch gar nicht mehr zeitgemäß: ein Vater, der was gegen den Freund seiner Tochter hat.

MANFRED
Sie ist zu jung, mehr sage ich gar nicht.

SARAH
Zu jung wofür?

MANFRED
Das weißt du ganz genau.

SARAH
Aber du weißt es nicht, Manfred!

MANFRED

Nenn mich nicht beim Vornamen, Sarah, du weißt, ich kann das nicht leiden. Ich bin dein Papa, nicht der Manfred.

SARAH

Ich finde aber, du benimmst dich eher wie ein Manfred als wie ein Papa.

BEATE

Wir können doch über alles reden. Es wird nichts so heiß gegessen, wie es gekocht wird.

SARAH

Ja, Mama, man soll auch den Tag nicht vor dem Abend loben, aller guten Dinge sind drei, es geht der Krug so lange zum Brunnen, bis er bricht, und auch andere Mütter haben schöne Söhne.

FINN

Und ich habe gar keine Mutter, damit fängt es schon mal an!

FINNS VATER

Natürlich hast du eine Mutter. Sie ist nur nicht da.

FINN
Wenn du mich fragst, habe ich keine Mutter.

FINNS VATER
Darüber sprechen wir zu Hause.

FINN
Einen Scheißdreck tun wir!

FINNS VATER
Finn, bitte!

FINN
Was soll die ganze Laberei! Lasst uns einfach in Ruhe!

FINNS VATER
Finn, ich war auch mal jung.

FINN
Ach hör auf, du bist doch mit vierunddreißig auf die Welt gekommen!

FINNS VATER
Aber du kannst nicht einfach abhauen!

FINN
Wenn Sarahs Vater dich nicht

angerufen hätte, hättest du das gar
nicht mitbekommen! Morgen wäre ich
wieder zu Hause gewesen.

        FÖRSTER
  (zu Brocki)
Willst du nicht mal was sagen?

        BROCKI
Wieso ich?

        FÖRSTER
Du bist Lehrer. Du kennst dich mit
Kindern aus.

        FINN
Genau was ich brauche: Noch einer,
der mir in mein Leben reinquatscht!

        BROCKI
Ich halte mich da raus.

        BEATE
  (zu Sarah)
Ich verstehe ja, dass du das jetzt
für die große Liebe hältst.

        SARAH
Wer sagt das denn?

FINN
Tust du nicht?

SARAH
Darum geht es jetzt nicht, Finn.

FRÄNGE
(off)
Was ist hier los?

Alle drehen sich gleichzeitig um und sehen
FRÄNGE, daneben DIE ULI. Schnitt auf FÖRSTER,
der sich offensichtlich fragt, was das
zu bedeuten hat, dass die beiden da jetzt
stehen, sich aber nicht an den Händen halten
o.Ä. Ist das jetzt gut oder schlecht?

BROCKI
Du hast uns hier gerade noch
gefehlt, Fränge!

FRÄNGE
Ich bringe gerne meine Kompetenzen
ein. Aber dafür muss ich wissen,
worum es geht.

FÖRSTER
Die Montagues und die Capulets
haben Stress.

MANFRED
Was soll das jetzt wieder heißen?

SARAH
Romeo und Julia, Manfred. Ist so 'n Theaterstück.

BEATE
Aber die bringen sich doch am Ende um!

FINN
Haben wir erst mal nicht vor.

FINNS VATER
Wieso erst mal?

FINN
Der Tag ist noch lang.

FRÄNGE
Wer drüber redet, macht es sowieso nicht.

BROCKI
Labern statt machen, das ist deine Kernkompetenz, Fränge, das muss ich zugeben.

DREFFKE
Ihr seid alle krank.

> FÖRSTER
> Wer glaubt, dass es sinnvoll
> ist, zwei Sechzehnjährigen zu
> verbieten, sich zu verlieben, der
> hebt jetzt bitte die Hand.

MANFRED will die Hand heben, wird aber von
BEATE daran gehindert.

> FÖRSTER
> Okay. Und jetzt gehen wir alle
> tanzen. Dafür sind wir schließlich
> hergekommen. Die meisten von uns
> jedenfalls.

Er geht durch den Sand zum Hotel zurück.
DREFFKE und BROCKI folgen ihm sofort. Dann
SARAH und FINN. BEATE, MANFRED und FINNS
VATER sehen sich an. MANFRED zuckt mit den
Schultern und folgt den anderen, BEATE und
FINNS VATER hinterher. Als Letztes sehen wir
FRÄNGE und DIE ULI. FRÄNGE greift nach ULIs
Hand. Sie schüttelt sie ab. FRÄNGE schiebt
seine Hände in die Hosentaschen.

51 Alles für die Kunst

Noch während er durch den Sand stapfte (stapfen, tolles Wort, dachte Förster, sehr passend), meldete sich wieder sein Handy, das wird die Monika sein, vermutete er, aber dann war es Martina. Förster suchte sich einen Platz ganz vorne auf der Veranda und nahm ab.

»Ich wollte dir nur sehr herzlich zum Geburtstag gratulieren.«

»Vielen Dank.«

»Wo bist du gerade?«

»An der Ostsee.«

»Ich sage ja, Förster, schreib es auf und lass uns das spielen.«

»Vielleicht schreibe ich was ganz anderes auf.«

»Lass hören.«

»Du und ich und der Märchenwald. U2, Stone Roses, Blur.«

»Du solltest Elvis Costello nicht vergessen.«

Stimmt, dachte Förster, *All this useless beauty*, Martinas Lieblingssong, damals jedenfalls.

»Weißt du noch, was meine Lieblingszeile war? *And she's waiting for passion or humor to strike.* Leidenschaft oder Humor. Du hattest beides, Förster.«

»Und jetzt werde ich Großvater.«

»Verstehe ich nicht.«

Förster erklärte es ihr.

Martina lachte. »Glückwunsch, Förster! Tolle Sache, die Zeit, was?«

»Du hörst dich heute so anders an, Martina.«

»Vielleicht weil ich nicht im Bett liege und mich selbst bemitleide. Ich rufe auch an, um dich zu bitten, den ganzen schwermütigen Mist, den ich in dieser Woche erzählt habe, zu vergessen. Es ist so albern, sich rund um Geburtstage, an denen man nullt, zu beklagen, wie fürchterlich alles geworden ist. Aber was ich übers Theater gesagt habe, darfst du ruhig ernst nehmen. Ich fände es toll, wenn wir wieder was zusammen machen würden.«

»Wer weiß.«

»Humor und Leidenschaft, ich sage es dir!«

»Humor, Leidenschaft und Schweineblut.«

»Schweineblut muss sein, klare Sache.«

»Wenn du dich auf der Bühne nackig machst, Martina, sind wir auf Monate ausverkauft.«

»Alles für die Kunst, Förster.«

»Ich glaube, hier geht es gleich los, also ...«

»Du bist am Meer, da geht es doch immer irgendwie los.«

»Aber man muss auf die gefährlichen Unterströmungen achten, Martina.«

»Achte du nur auf die gefährlichen Unterströmungen, Förster, ich mache mir einen schönen Tag.«

»Ein guter Plan.«

»Alles für die Kunst. Bis bald.«

Bevor er reinging, streifte Förster die Schuhe ab und kippte den Sand aus.

52 Keine Ahnung

Der Beginn der Veranstaltung verzögerte sich etwas, deshalb blieben sie an der Bar hängen, wo Fränge für Dreffke, Förster und sogar Brocki Bier bestellte, weil man das so machte auf Konzerten, egal bei welcher Musik, so hatte Fränge das jedenfalls begründet.

»Wieder so eine Fränge-Regel«, begann Brocki das Unvermeidliche, »die niemand sonst kennt. Diese Verherrlichung von Alkoholismus ist doch bescheuert!«

»Das ist kein Alkoholismus, das ist Frühschoppen«, entgegnete Fränge.

»Tagsüber saufen ist prollig«, beharrte Brocki.

»Aber du hast nicht Nein gesagt, als ich bestellt habe.«

Brocki grinste. »Stimmt auch wieder.«

»Kannst deins ja stehen lassen, das kriegen wir schon weg. Vielleicht bringen sie dir eine Milch und dazu Buntstifte und was zum Ausmalen.«

Das Bier kam, und sie stießen miteinander an. Dreffke sagte, sie sollten einfach die Klappe halten, schließlich gebe es hier ja auch einen Geburtstag zu feiern. Während Förster dem ersten Schluck hinterherschmeckte, hatten die anderen das Thema gewechselt, es ging um Finn und Sarah und deren Eltern. Fränge meinte, dass das ja wohl eine Frechheit sei, wie die Alten sich aufführten, während Brocki erwartungsgemäß dagegenhielt, dass Eltern immer noch das Recht hätten, sich Sorgen zu machen, wenn ihre minderjährigen Kinder durchbrannten und man nicht wusste, wo die sich herumtrieben. Das weckte den Romantiker in Fränge, der das Hohelied der mutigen, riskanten Liebe sang, dann aber stutzte, als Dreffke sich einmischte und ihn fragte, wie das denn aussähe, wenn sein, also Fränges, Sohn so was machte, und während Fränge bei Brocki immer gleich auf Kontra schalten konnte, kam er bei Dreffke ins Nachdenken, wahrscheinlich weil der als Bulle eine Menge erlebt hatte, von dem Fränge im Detail gar nichts wissen wollte, und also passierte etwas Erstaunliches: Fränge gab zu, dass das, was Brocki gesagt hatte, vielleicht kein völliger Schwachsinn war.

Weil er vor dem Konzert noch Wasser lassen wollte, trank Förster sein Bier aus und ging durch den kleinen Salon, der an die Bar grenzte, in Richtung Toilette, wo ihm die Uli aus der Tür mit dem D entgegenkam.

»Dem Hamster geht's gut«, sagte sie gleich.

»Schon klar. Und selbst?«

»Ach Förster, was soll ich sagen?«

»Keine Ahnung.«

»Er ist ein Kind«, seufzte die Uli und blickte aus dem Fenster, vor dem ein älteres Ehepaar in zwei mit grünem Samt bezogenen Sesseln saß. Die Frau schaute zu Boden, aber der Mann in Försters und Ulis Richtung, was die Uli aber gar nicht wirklich wahrnahm. Trotzdem war deutlich zu sehen, dass der Mann den Eindruck hatte, die sieht mich an, die schöne Frau da, also lächelte er.

»Zuerst habe ich gedacht«, fuhr die Uli fort, »so etwas kann passieren. Schlucks runter und mach weiter, aber dann habe ich mich gefragt: Wieso passiert mir das nicht? Wieso bin ich noch nie mit einem dieser jungen Typen mit Mutterkomplex ins Bett gegangen? Die sind mir reichlich über den Weg gelaufen, Förster, glaub mir, aber, Herrgott, wozu das alles? Man glaubt, dieses Gefühl, das man dabei kriegt, geht nie vorbei. Aber wir wissen doch alle: Es ist schon vorbei, bevor es vorbei ist.«

Die Uli blickte noch immer in dieselbe Richtung, und der ältere Mann in dem grünen Sessel, welcher sich wunderbar mit seinem blassrosa Poloshirt biss, fühlte sich weiter beflirtet, hob die Hand und winkte der Uli zu, die das aber gar nicht wahrnahm, also winkte Förster zurück, was dem Senior die Gesichtszüge gefrieren ließ. Die Hand schwebte ein paar Sekunden in der Luft wie nicht abgeholt und sank dann in den Sessel zurück. Der Mann hinter der Hand sah erst seine Frau an und richtete seinen Blick schließlich ebenfalls auf den Boden.

»Es ist ein alter Hut, dass die Vorstellung, die man vorher vom Akt hat, immer besser ist als der Akt selbst. Kannst du auf ein Kalenderblatt drucken, so alt ist das. Und in der Kunst ist es genauso: Du hast eine tolle Idee und musst hinterher damit leben, was du draus gemacht hast. Das passt nie so richtig zusammen.«

»Aber ist das nicht total deprimierend?«

»Ich weiß nicht«, antwortete die Uli. »Das zu wissen, macht auch irgendwie locker. Außerdem habe ich das doch vor allem auf die ganzen Aktionen in den Zeiten der Ungebundenheit bezogen. Es ist was anderes, wenn der, auf dem du gerade noch gelegen hast, der ist, der ab und zu das Klo sauber macht und das Kind von hier nach da fährt. Ich finde es scharf, Sex zu haben mit einem, auf den man sich verlassen kann. Ernsthaft, da wird mir ganz unsachlich im Bauch. Ich geh raus, eine rauchen, kommst du mit?«

Nach links ging es in die Lobby und von da auf die seitliche Terrasse, wo die Raucherecke war. Hier drückte ein Mann mit blanker Glatze, Polohemd und Hose ganz in Weiß, wie ein Arzt oder Pfleger, gerade den Stummel seiner Zigarette in den Sand eines großen Standaschenbechers, aber als die Uli ihn um eine Kippe anschnorrte, da nahm er sich auch noch eine, gab der Uli Feuer und sah ihr ungeniert beim Rauchen zu.

»Siehst du, was ich meine«, sagte die Uli und zeigte mit ihrer Zigarette auf den Weißen, »ich kann sie alle haben. Der war eigentlich fertig mit Rauchen, aber wegen mir macht er jetzt weiter. Schon witzig, wenn man drüber nachdenkt.«

»Ist das Ihr Mann?«, fragte der Weiße und meinte Förster.

»Einer davon«, antwortete die Uli.

Der Weiße hob die Brauen.

»Nein, nein«, winkte die Uli ab. »Der ist mir viel zu alt.«

Das brachte den Weißen, der gut, aber nicht gerne, zehn Jahre älter als Förster war, ins Grübeln.

»Ich habe immer gedacht«, sagte Förster, »du bist wenigstens mit deiner Arbeit einigermaßen zufrieden.«

»Bin ich doch«, lachte die Uli. »Es kommt nur fast nie an das ran, was ich mir vorgestellt habe.«

»Was machen Sie beruflich?«, fragte der Weiße.

»Escortservice«, sagte die Uli.

»Oh, Sie leiten einen?«

»Nein, ich laufe noch.«

Mit der Antwort hatte der Weiße nicht gerechnet. Offensichtlich fragte er sich, ob er gerade verarscht wurde, entschied sich schließlich, die Frage zu ignorieren, und sagte: »Ich für mein Teil bin mehr als zufrieden mit meiner Arbeit! Geradezu glücklich! Liegt daran, dass ich ziemlich gut bin. Manche sagen, der Beste.«

Der Weiße wartete darauf, dass die Uli ihn fragte, was er denn mache, aber da konnte er lange warten. Tat er auch. Minutenlang sagten sie alle drei nichts. Dann war es an der Uli, ihre Zigarette in den Sand des großen Aschers zu drücken. Sie hakte sich bei Förster unter, aber sie gingen nicht wieder hinein, sondern um das Gebäude herum, denn die Terrasse, die umgab tatsächlich das ganze Hotel, das war architektonisch schon der Knaller, dachte Förster, da wünscht man sich fast, richtig Geld zu haben, um jedes Jahr herzukommen.

Als sie auf der hinteren Terrasse standen, hatten sie die Wahl, sich entweder zum x-ten Mal die still und träge daliegende Ostsee anzusehen (wovon Förster eigentlich gar nicht genug bekommen konnte) oder durchs Fenster in die Bar zu blicken, wo Fränge und Dreffke gerade beim soundsovielten Bier waren, während Brocki tatsächlich eine Bionade Litschi vor sich stehen hatte.

»Was hast du mit Fränge vor?«, fragte Förster die Uli. »Renkt sich das wieder ein? Immerhin bist du heute hergekommen.«

»Gutes Bild, das mit dem Einrenken. Wahrscheinlich denkt Fränge wirklich, er sei eine ausgekugelte Schulter, die man nur wieder ins Gelenk drücken muss, damit alles wieder tacko ist. Erst tut es noch weh, aber nach ein paar Tagen merkt man gar nicht mehr, dass da was gewesen ist. Aber so wird es nicht sein. Ich bin hier raufgefahren, weil der Alex bis morgen bei einem Freund ist und ich es zu Hause nicht mehr ausgehalten habe, Hamster hin oder her. Und jetzt sehe ich ihn hier, meinen Herrn Dahlbusch, und er will mich anfassen und mit mir reden, und ich denke: du mich auch! Keine Ahnung, wie das weitergeht, aber jedenfalls nicht einfach so.«

Direkt am Wasser stand eine Frau, die zum Hotel heraufwinkte, aber weder die Uli noch Förster meinte. Allgemein, dachte Förster, wird ja viel gewinkt an so einem Strand.

»Gib mir noch ein paar Minuten«, bat die Uli und drehte sich weg. Förster dachte daran, sie zu umarmen, aber bei einer wie der Uli würde das in so einem Moment gar nicht gut ankommen, deshalb war sie ja die Uli und der Fränge ein Idiot, also ging Förster nach drinnen.

Kaum hatte er einen Fuß im Gebäude, hörte er Fränge sagen, dass Kopfbahnhöfe der Wahnsinn seien, weil die Idee, dass eine Reise ein Ziel, einen Endpunkt habe, letztlich deprimierend sei. Immer weiterfahren sei aber auch keine Lösung, hielt Brocki ihm entgegen, und das war der Moment, als Horst hereinkam und sagte, dass es jetzt endlich losgehe.

53 Jatzen

Horst stand am Mikro, und zunächst sah es so aus, als wisse er gar nicht, was er sagen solle, vor Rührung oder Nervosität oder beidem, aber dann atmete er tief durch und sprach: »Meine sehr verehrten Damen und Herren! Fast ein halbes Jahrhundert nach ihrem letzten Auftritt, live und in Farbe: die Tanzkapelle Schmidt!«

Applaus brandete auf, der Saal war voll, da waren Hotelgäste und Passanten, vor allem aber die Verwandten der Musikerinnen, auch wenn Ingrid Förster und den anderen vorhin noch erklärt hatte, dass sie nicht komplett in Originalbesetzung auftreten konnten, da es zwei der sechs Frauen mittlerweile dahingerafft hatte. Für die habe man aber zwei junge Dinger um die fünfzig von der Musikschule in Kiel gewinnen können, denn die Tanzkapelle Schmidt, das waren immer sechs Frauen gewesen, drunter könne man es nicht machen. Sie waren so klug gewesen, sich nicht in nach Mottenkugeln muffende Uralt-Petticoats zu zwängen (auch wenn Frau Strobel gestern in ihrem Polka-Dot-Kleid zauberhaft ausgesehen hatte), sondern trugen sehr vorteilhafte, wie maßgeschneidert sitzende Hosenanzüge, mit blauen Pailletten besetzt, die an den breiten Revers in Gold gehalten waren, dazu Schuhe mit kleinem Absatz. Bemerkenswert flott kam als Erste Frau Strobel auf die Bühne, griff sich ihr Saxofon, das in einem schwarzen Ständer auf sie wartete, schmeckte das Mundstück an und spielte ein paar Töne, während nacheinander vier weitere Damen auftraten. Die eine, nicht jünger als Frau Strobel, setzte sich ans Klavier, eine weitere gleichen Alters brachte eine Klarinette mit, die beiden jungen Dinger von der Musikschule in Kiel besetzten Schlagzeug und Standbass. Es war Frau Strobel, die anzählte, eins, zwei, drei, vier, in abfallender Tonfolge, und in dem Moment war Förster sehr stolz auf sie und auch sehr froh, dass sie diese Reise gemacht hatten. Jederzeit würde er ihr wieder das Badezimmer vom Unrat, der unter der Stadt durchfloss, befreien. Die Damen swingten auf der Bühne, Bass und Schlagzeug machten einen geradezu undeutschen Job, und endlich kam Ingrid auf die Bühne, forderte mit ausgebreiteten Armen einen Auftrittsapplaus, den sie auch bekam, feuerte fingerschnippend ihre Damen an, wandte sich dann dem Mikrofon zu und begann zu singen, nicht ganz hell, vielleicht auch nicht ganz sauber, aber sicher und volltönend, mit genau dem Schuss an Frivolität, der einem mal wieder klarmachte, dass selbst in einem vermeintlich so harmlosen Gassenhauer wie *Es liegt was in der Luft* ein erotisches Versprechen liegen konnte.

Die Tanzkapelle Schmidt machte das, was man früher jatzen genannt hätte, Frau Strobel legte ein sauber sägendes Saxofonsolo hin, das von ihrer Kollegin mit einem komisch kollernden Klarinettenpart beantwortet wurde. Förster fühlte sich in die Zeit zurückversetzt, als Fernsehshows von Tanzkapellen begleitet wurden, von Max Greger, James Last, Heinrich Riethmüller, dem Jochen-Brauer-Sextett, hach da konnte einem ganz unschuldig werden ums verfettete Herz.

Mit der nächsten Nummer legte die Tanzkapelle Schmidt, was das Tempo anging, noch eine Schüppe drauf, packte die Badehose ein, nahm das kleine Schwesterlein und sauste dann nüscht wie raus nach Wannsee – dachte jedenfalls Förster, aber statt Wannsee sang Ingrid zur Ostsee, und wenn sie eine Zeile später doch wieder durch den Grunewald radelte, war das irgendwie egal und ganz reizend und professionell und cool, Förster kriegte sich gar nicht mehr ein.

Klar, nach zwei solchen Uptempo-Nummern war Gefühl an der Reihe, und Ingrid gab ihnen, begleitet nur von Klavier, Bass und Schlagzeug, Lolitas *Weißer Holunder,* denn der bleibt treu und blüht immer aufs Neu'. Danach konnte nur ganz Paris von der Liebe träumen, und Frau Strobel blies ihr Horn, als wäre sie erst Vorbild gewesen für Clarence Clemons von der E Street Band und jetzt seine Wiedergängerin, was natürlich völlig daneben und übertrieben war, aber Förster war jetzt in so einer Stimmung, in der einem alles Übertriebene genau richtig vorkam. Dann schnappte sich die Frau, die bisher das Klavier bearbeitet hatte, eine E-Gitarre, um bei Peter Krausens *Susi Rock* die richtigen Akzente zu setzen, was die Ersten zum Tanzen animierte. Immer wieder eine Freude, dachte Förster, wenn man Menschen sah, die das Tanzen richtig gelernt hatten, mit Sechser-Schritt und Kick und Flip und wie das alles heißen mochte.

Fränge und die Uli standen an unterschiedlichen Stellen im Ballsaal, die Uli mit verschränkten Armen, Fränge müde an eine Tür gelehnt, beide ein Triptychon der Ratlosigkeit, nur ohne den dritten Teil, was die Sache noch beklemmender machte. Dreffke stand neben Horst und wirkte in seinem Trainingsanzug tatsächlich wie der gealterte Bodyguard der Damen, immer bereit, durchdrehende Fans am Erstürmen der Bühne zu hindern oder nach der Show die Groupies zu filtern, damit die, die zu hässlich oder zu jung waren, gar nicht erst in die Garderobe oder ins Hotelzimmer kamen, wo es dann natürlich hoch herging, während der alte Bulle vor der Tür stand und aufpasste.

Brocki tanzte vor der Bühne mit einer Frau um die dreißig oder vierzig. Ein schönes Bild, dachte Förster.

Zwischendurch sagte Ingrid die Nummern an, stellte dann die Musikerinnen vor, die sich allesamt kurz verneigten und ein bisschen was auf ihrem Instrument spielten, ein paar Sekunden nur. Alle waren sehr gelöst. Es folgten noch *Schicke, schicke Schuh* von Conny Froboess und Nana Gualdis *Junge Leute brauchen Liebe,* und als könne er es spätestens jetzt nicht mehr aushalten, kam Fränge herüber, stellte sich neben Förster, wippte ein wenig mit den Fußspitzen und sagte dann: »Na, Förster, erinnert dich das nicht auch an deine Kindheit?«

»Wüsste nicht wieso. Als das ein Hit war, war ich noch im großen Teich.«

»Die Musik meiner Eltern. Ist natürlich voll die verlogene Fünfzigerjahre-Gemütlichkeit, aber sie hat es an die Zeit erinnert, als sie sich kennenlernten. Die sind ja ein bisschen älter als deine. Bei Conny Froboess muss ich immer an meinen alten Frottee-Schlafanzug denken.«

»Meine Mutter war mehr für Klassik, und mein Vater hat die Stones gehört.«

»Ja, ja, und im Sommer ans Mittelmeer, deshalb kennst du auch nicht Dümmer Dammer Berge. Manchmal tust du mir leid, Förster.«

Mit *Ich will keine Schokolade* und *Ohne Krimi geht die Mimi nie ins Bett* kam die Tanzkapelle Schmidt zum Ende ihres Gigs. Fränge zog weiter an die Bar, bestellte sich noch ein Bier, wollte offenbar da weitermachen, wo er heute Nacht aufgehört hatte, Konterbiere de luxe quasi, aber Förster ließ sich davon in seiner guten Laune nicht beirren, denn alles ging seinen Gang, das Wetter war schön, Frau Strobel glücklich, eine echte Susi Rock, auch an der Ostsee konnte also die Post abgehen, und dann stand Monika in der Tür.

54 *Die grundlose Schwermut des modernen Menschen*

Unter seinen Füßen, da war kein Boden mehr, sondern Wasser, und neben seinen Füßen, da waren andere Füße, nämlich die von Monika, mit schön rund geschnittenen, unlackierten Nägeln. Förster war allgemein kein Fuß-Fan. Socken und Schuhe waren seiner Ansicht nach vor allem erfunden worden, damit man die äffischen Quanten seiner Mitmenschen nicht ständig sehen musste, aber bei Monikas Füßen gab es nichts zu meckern. Überhaupt: Als er sie im Türrahmen zum Ballsaal hatte stehen sehen, war ihm ganz anders geworden: schön wie die Sünde, in ihren Jeans und ihrem ärmellosen T-Shirt und ihrer Lederjacke, die sie jetzt natürlich neben sich auf den Steg gelegt hatte.

»Du siehst aus«, sagte sie, »als wäre dir ganz schwer ums Herz.«

»Das ist nur die grundlose Schwermut des modernen Menschen.«

»Es gibt immer einen Grund, warum es einem schwer ums Herz ist.«

»Ach was«, sagte Förster, »kein Krieg, kein Hunger, dafür schönes Wetter, eine schöne Frau mit schönen Füßen –

kein Grund zu grübeln, den meisten Menschen geht es schlechter.«

»Und doch ...«

»Ja, ja, und doch«, sagte Förster.

»Was denn?«

»Ich stand neulich auf einer Brücke und konnte mich nicht dazu entschließen, die leere Bierflasche, die ich in der Hand hielt, runterzuschmeißen.«

»Das wäre ja auch asi gewesen. Außerdem war da doch bestimmt noch Pfand drauf.«

»Dann habe ich Edward Cullen gefunden. Und auf dem Friedhof lag ein besoffener Arzt, den habe ich später noch einmal getroffen, als ich mit Brocki unterwegs war, Doktor Cornelius, ein schräger Vogel.«

»Ja, der säuft wie ein Loch, aber am OP-Tisch ist er ein Ass.«

»Du kennst den?«

»Der Freund des Freundes einer Freundin.«

»Jedenfalls dachte ich da auf der Brücke, wie es wäre, wenn ich jetzt weit weg wäre. Irgendwo, wo es flach ist und weit, also bin ich aufs Outback gekommen, weil da der Name doch bestimmt Programm ist.«

Monika sah ihn an, und Förster ging es durch Mark und Pfennig, wie seine Mutter früher gerne gesagt hatte.

»Sag mir die Wahrheit«, forderte Monika.

Förster sah sie an, wie er sie, das wusste er, schon viel zu oft angesehen hatte, will heißen, er belästigte sie mit seiner Hilflosigkeit, und das war etwas, das er hasste wie die Pest, und genau das ging ihm jetzt durch den Kopf, also der Spruch mit der Pest, und er wunderte sich, dass dieser Spruch so lange überlebt hatte, obwohl doch die Pest schon länger kein Thema mehr war.

»Die Wahrheit ist, ich werde Großvater, ohne Vater gewesen zu sein, und die Wahrheit ist, dass ich ein Jammerlappen bin, und die Wahrheit ist, dass ich nächste Woche zu einer Gewebeentnahme muss.«

Monika nickte. »Eine Menge Wahrheiten auf einem Haufen.«

»Eigentlich nur drei.«

»Und Fränge?«

»Schwieriger Fall.«

»Er will nicht der sein, der er ist«, sagte Monika.

»Daran sind schon ganz andere gescheitert«, antwortete Förster.

Und dann blickten sie noch eine ganze Weile aufs Meer.

Dank

Ich möchte mich bei folgenden Personen, die zu diesem Buch beigetragen haben, bedanken: Nicola Einsle, Sandra Heinrici, Helge Malchow, Marco Ortu, Dorothee Schäfer. Robert und Ludwig.

Vielen Dank auch an das Internet.

Und an Roddy Frame, Kris Kristofferson, Frank Spilker, The National, Element of Crime, Elvis Costello und viele andere für Texte und Musik.

Vor allem aber an Maria.

Weitere Titel von Frank Goosen bei Kiepenheuer & Witsch

Sommerfest. Roman. Taschenbuch. Verfügbar auch als E-Book

Raketenmänner. Taschenbuch. Verfügbar auch als E-Book

Sechs silberne Saiten. Eine Weihnachtsgeschichte. Taschenbuch. Verfügbar auch als E-Book

Mein Ich und sein Leben. Komische Geschichten. Taschenbuch. Verfügbar auch als E-Book

Liegen lernen. Roman. Taschenbuch. Verfügbar auch als E-Book

Leseproben und mehr unter www.kiwi-verlag.de